［法］纪尧姆·米索——著

Guillaume Musso

缪伶超——译

La Fille
de Papier

纸女孩

CS 湖南文艺出版社
HUNAN LITERATURE AND ART PUBLISHING HOUSE

博集天卷
CS-BOOKY

献 给 我 的 母 亲

如果书不能再现生命，
如果它不能让我们更加尽情地啜饮生活，
那我们为什么要读书呢？

——亨利·米勒

目 录

Contents

---

0 // 序章

因为喜爱一个作家的书而关心他的生活，
就好比因为喜欢吃鹅肝酱而关心鹅的生活。

——玛格丽特·阿特伍德，加拿大小说家

"天使三部曲"风靡全美

一个年轻女子和她的守护天使之间的不可能的爱情故事，成为今年文坛的最大赢家。本文将对该现象进行分析。

双日出版社的编辑们至今都不敢相信，一个年仅三十三岁、初出茅庐的作家的处女作，起印只有一万册，竟会在短短几个月内成为今年全美畅销书之一。"天使三部曲"的第一部《天使之伴》已经连续二十八周蝉联畅销榜榜首，在美国狂销三百万册，售出超过四十国的翻译版权。

故事发生在既浪漫又梦幻的洛杉矶，讲述了医学院女学生达利拉和从小就陪伴她的守护天使拉斐尔之间的爱情故事。超现实的情节背后也触及了不少敏感话题，如乱伦、强奸、器官捐献和精神疾病。

如同"哈利·波特"系列和"暮光之城"系列一样，《天使之伴》凭借其展现的精彩纷呈的魔幻世界很快吸引了一批忠实读者。热情的书迷组建了一个规模相当大的虚拟社区，用特定的语言和复杂的符号相互交流。网络上也出现了数以百计关于作者汤姆·博伊德的网站。作家本人非常低调，原先是洛杉矶麦克阿瑟公园贫穷街区的一名普通高中老师，在"天使三部曲"大获成功之前，曾在自己十五年前就读的中学里给学有困难的中学生讲授文学课程。

处女作席卷全美之后，他离开了教学领域，与双日出版社签订了一份合同，内容包括继续完成三部曲的后面两本，以及……两百万美元。

（《今日美国》2008 年 2 月 6 日）

法国女钢琴家奥萝拉·瓦朗库尔
获得国际大奖艾维·费雪奖

现年三十一岁的著名女钢琴家奥萝拉·瓦朗库尔周六获得了蜚声国际的艾维·费雪奖。该奖项万众瞩目，每年颁发给一名为古典音乐做出杰出贡献的音乐家，奖金为七万五千美元。

奥萝拉·瓦朗库尔于 1977 年 7 月 7 日生于巴黎，是当今公认的最有才华的天才音乐家之一。

琴键上的巨星

奥萝拉·瓦朗库尔求学于费城柯蒂斯音乐学院，1997 年被著名指挥家安德烈·普列文发掘，并受邀在其指导下巡回世界演出。慧眼识英才的伯乐为她打开了世界舞台的大门。她在随后的独奏音乐会上表现出了极高的艺术造诣，然而古典音乐圈的精英主义气氛逐渐令她厌倦。2003年1月她突然宣布退出钢琴舞台，骑摩托车环游世界长达两年之久，最后到达印度萨瓦伊马多普尔的自然公园，在湖光山色间逗留了数月。

2005年，她回曼哈顿定居，重返舞台和录音棚，同时积极参与环境保护运动。高调出镜的她很快重新成为镁光灯追逐的焦点，其名气已远远超越了古典音乐领域。

她面容姣好，曾为多家时尚杂志担任模特（为《名利场》拍摄的大片气场十足，在《体育画报》中的出镜则更为大胆），并且为一个著名内衣品牌代言，已俨然是世界上广告收入最高的音乐家。

备受争议的非典型音乐家

瓦朗库尔年纪尚轻，便已经达到钢琴大师级水准，然而评论常常苛责她感情不够丰富，尤其是演奏浪漫主义时期作品的时候。

她一向标榜自由和独立，常常是演奏会组织方的"噩梦"：她无数次在演出开始前最后一分钟取消节目，"大牌"的脾气也是有目共睹。

她骄纵的个性在私生活中也有所体现。她标榜"永恒的单身主义"，重过程轻结果，坚守"carpe diem"[1]的信条，裙下拜倒者无数。她和娱乐圈名流的高调恋情使她成为古典音乐圈中唯一一个常上八卦杂志的风云人物，这当然会引起钢琴界"卫道士"们的反感……

（《留声机》杂志2008年6月1日）

1　拉丁文：及时行乐。

"天使三部曲"的作者向洛杉矶一所学校捐赠五十万美元

据洛杉矶哈维斯特高中校长称，畅销小说《天使之忆》的作者汤姆·博伊德刚刚向该校捐赠了五十万美元。这所高中位于麦克阿瑟公园一个较贫穷的街区，博伊德曾就读于此，毕业后成为该校老师，教授文学课程，开启创作生涯后辞职，专注于写作。

接到本报电话后，作家并不愿意证实这条消息。这位神秘的小说家面对媒体沉默寡言，现在正在撰写"天使三部曲"的最后一部。

（《洛杉矶时报》2008 年 6 月 26 日）

奥萝拉重返单身！

幸与不幸，因人而异。三十一岁的钢琴家兼超模奥萝拉刚刚与男友哈维尔·桑托斯分手，她与这位西班牙网球选手持续了几个月的恋情于近日宣告结束。

桑托斯在之前的罗兰·加洛斯法国网球公开赛和温布尔登网球锦标赛上表现出色，现在正和他的巴塞罗那友人在伊维萨岛度假。他的确需要一个长假来抚平情伤，而他前女友的单身状态相信不会持续太久……

（《星闻》2008 年 8 月 24 日）

"天使三部曲"即将被搬上银幕

哥伦比亚电影公司购买了汤姆·博伊德的浪漫幻想系列小说"天使三部曲"的电影改编权以及拍摄权。

《天使之伴》《天使之忆》，对读者来说，这两个名字如雷贯耳，数以百万计的读者已经被三部曲的前两部深深吸引，欲罢不能。

第一部小说《天使之伴》的改编和拍摄将于近期开始。

（《综艺》杂志 2008 年 9 月 4 日）

发件人： patricia.moore@speedacces.com
标题： 治愈
日期： 2008 年 9 月 12 日
收件人： thomas.boyd2@gmail.com

博伊德先生，您好。我一直以来就想给您写这封邮件。我叫帕特里夏，今年三十一岁，独力抚养两个孩子。我曾经爱上过一个男人，和他组建了一个小小的家，也陪他走完了他人生的最后一段路程。他得的是一种神经系统疾病，多年来被病痛折磨。那段时光不堪回首，我悲痛欲绝，不愿直面现实。我和他的故事太短暂了……也就是在他离开之后，我读到了您的书。

我在您的故事里寻找避风港湾，再回到现实世界中时心情已渐渐平复。您小说中的人物很幸运，常常可以改变自己的命运或者过往，能够纠正犯下的错误。现在，我只希望能够有幸再爱一次、再被爱一次。

谢谢您帮助我与生活和解。

奥萝拉·瓦朗库尔：货真价实的天才
还是媒体世界的冒牌货？

香榭丽舍剧院昨晚人头攒动，盛况空前。

年轻、光彩照人的女音乐家被镁光灯围追堵截，极高的媒体曝光率使她继续勾起大众的好奇心。

节目单上有贝多芬的钢琴协奏曲《皇帝》和舒伯特的《即兴曲》，犹如一份诱人的菜单，最后却货不对板。

虽然技巧上无懈可击，但是协奏曲演绎得既没有灵魂也没有诗意。可以毫不犹豫地评价：奥萝拉·瓦朗库尔不再是镁光灯下的天才钢琴家，而沦为市场化的产品。如果不是拥有傲人的身材和天使般的容貌，她在众多音乐家中毫不出众。"瓦朗库尔现象"依靠的不过是一架上足了油的机器，它灵巧地把一个普通的音乐家包装成名不副实的明星。

最可悲的是什么呢？就是观众完全被她的形象所蒙蔽，对她在音乐上的不成熟充耳不闻，依旧掌声如雷。

（《巴黎早晨》2008 年 10 月 12 日）

发件人： myra14.washington@hotmail.com
标题： 与众不同的书……
日期： 2008 年 10 月 22 日
收件人： thomas.boyd2@gmail.com

博伊德先生，您好。我叫迈拉，今年十四岁。我就是报纸上说的那种"郊区少年"。我在麦克阿瑟公园附近上学，上次您来我们班级开讲座的时候，我也去听了。我从来没有想过有一天会对小说感兴趣，然而您的小说真的深深打动了我。我攒了很久的钱想买您的第二本书，可还是没有攒够，只能一直站在巴诺书店的书架前蹭您的书读，因为我要读上好几遍……

写这封邮件只是为了说声谢谢。

奥萝拉和汤姆在莱昂国王乐队演唱会上表现暧昧?

莱昂国王乐队周六在洛杉矶举行了一场热力十足的演唱会。前来为这支来自纳什维尔的摇滚组合呐喊的观众中,有著名钢琴家奥萝拉·瓦朗库尔和畅销书作家汤姆·博伊德。两人表现得十分亲密,不时交换会意的眼神,耳鬓厮磨之余,还大方搂腰,很明显已超出了普通朋友的关系。下面的照片可以为证,请读者们眼见为实……

(TMZ.com 2008 年 12 月 13 日)

奥萝拉·瓦朗库尔和汤姆·博伊德:甜蜜慢跑

想要保持身材还是共度甜蜜时刻?奥萝拉·瓦朗库尔和汤姆·博伊德昨天在中央公园布满积雪的小径上一起慢跑……

(TMZ.com 2009 年 1 月 3 日)

奥萝拉·瓦朗库尔和汤姆·博伊德寻租曼哈顿公寓

(TMZ.com 2009 年 3 月 18 日)

汤姆·博伊德的新书将于年底出版

双日出版社昨日宣布:汤姆·博伊德"天使三部曲"的完结篇将于秋天出版。小说家的众多粉丝纷纷盼望早日拜读他的大作。

"天使三部曲"的最后一本名为《天堂之乱》,注定会成为今年的畅销书。

(《今日美国》2009 年 4 月 10 日)

汤姆欲觅完美钻戒赠奥萝拉

作家汤姆在纽约蒂芙尼花费三小时挑选完美钻戒，要送给已经交往数月的女伴。

售货小姐称："他看上去爱意绵绵，十分讲究，一定要挑到一款让女朋友满意的戒指为止。"

(《今日娱乐》2009 年 5 月 6 日)

发件人： svetlana.shaparova@hotmail.com

标题： 爱的回忆

日期： 2009 年 5 月 9 日

收件人： thomas.boyd2@gmail.com

亲爱的博伊德先生：

首先，我想请您原谅我的拼写错误。我是俄罗斯人，英语说得很差。我在巴黎认识了一个男人，并且爱上了他，您的书就是他送给我的。他送我书的时候，只说了句："读吧，你会明白的。"我现在和他（他叫马丁）已经不在一起了，但您的书让我记起我们之间的联结，一切都如此鲜活，历历在目。读您的书时，我好像置身于另一个世界。我想对您说声谢谢，如果您能读到这封邮件的话，也祝您的生活一切顺利！

斯韦特兰娜

奥萝拉·瓦朗库尔和汤姆·博伊德在一家餐厅中发生争执

(《娱乐在线》2009 年 5 月 30 日)

奥萝拉·瓦朗库尔对汤姆·博伊德"不忠"？

（《娱乐在线》2009 年 6 月 16 日）

奥萝拉·瓦朗库尔和汤姆·博伊德：曲终人散

著名钢琴家奥萝拉·瓦朗库尔与作家汤姆·博伊德维持了数月的美好恋情宣告结束，上周奥萝拉被目击和摇滚乐队斯芬克斯的鼓手詹姆斯·布利亚里出双入对。

★

您一定看过这段视频……它在 Youtube 和 Dailymotion 网站上的点击量一直居高不下，吸引了一长串评论，有些语带嘲讽——最多的就是这种，有些则是不胜唏嘘。

地点？伦敦皇家阿尔伯特音乐厅。事件？世界上最著名的古典音乐盛会之一，逍遥音乐会，由英国 BBC 电视台全程转播。

在视频开始时，可以看到奥萝拉·瓦朗库尔在掌声中上台，维多利亚风格的豪华穹顶下座无虚席，乐迷们起立欢迎她出场。奥萝拉一袭黑色紧身长裙，佩戴一串低调的珍珠项链，向乐队致意后，在钢琴前坐下，然后在琴键上有力地奏出了舒曼钢琴协奏曲的第一串音符。

前五分钟里，听众全神贯注，在音乐中载浮载沉。奥萝拉对乐句的处理越来越自由，由开始的激情奔放转为柔和，像一个梦境，直到……

……一个男人挣脱保安的阻拦，爬上了舞台，冲向独奏者。

"奥萝拉！"

年轻的演奏者受了惊吓，发出一声短促的叫喊。

于是，乐队一起停下，这时两名保镖突然出现，拦腰抱住闹事者，把他按在了地上。

"奥萝拉！"他又叫了一声。

钢琴家从慌乱中回过神来，站起身，做了一个手势，让两个保镖放开闹事者。整个音乐厅在震惊之后，陷入了一种奇怪的寂静。

男人站起来，把衬衫衣角塞进裤子里，想要挽回一些风度。他目光灼灼，双眼因酗酒和失眠而布满血丝。

他既不是恐怖分子也不是疯子。

只是一个一往情深的男人。

只是一个心中遍布伤痕的男人。

汤姆走近奥萝拉，向她笨拙地告白，近乎疯狂地希望这番话能够重新燃起这个他仍然深深爱着的人眼中的火焰。

但是年轻女人无法掩饰尴尬，也不愿再承受他的目光，打断了他：

"都结束了，汤姆。"

他愁苦极了，张开手臂，表示不明白她的意思。

"都结束了。"她又低声重复了一遍，垂下了眼帘。

(《娱乐在线》2009 年 6 月 16 日)

"天使三部曲"作者酒驾被捕

上周五晚上，畅销书作家汤姆·博伊德因酒后驾车被捕，被捕时车速为每小时一百五十公里，而事发路段限速七十公里。

汤姆·博伊德被捕后非但不保持低调，反而举止傲慢无礼，扬言要让交警丢掉饭碗。根据警方记录，他被关进醒酒室后检测出血液中酒精含量超过每毫升一点六克，大大超过了加利福尼亚州规定的每毫升零点八克。

他于数小时后获释，随即通过经纪人米洛·隆巴尔多发表了一项声明，向公众致歉："我的所作所为极其愚蠢、不负责任，的确对他人及我自己的生命安全造成了威胁。"

（《洛杉矶每日新闻》2009 年 9 月 10 日）

"天使三部曲"完结篇出版推迟

双日出版社日前宣布，汤姆·博伊德的第三部小说将推迟至明年夏天出版，看来读者不得不再耐心等待八个月才能知道这个大获成功的系列故事的结局。

这次推迟出版的原因可能是作者刚刚结束一段恋情，情场受挫，一蹶不振。

他的经纪人米洛·隆巴尔多否认了这种说法："汤姆并没有灵感枯竭，他每天都努力工作，为了给读者献上最好的小说。大家都应该明白这一点。"

然而他的粉丝们却无法接受这个说法。双日出版社一周之内收到无数抗议信。网上甚至出现了一封请愿书，呼吁汤姆·博伊德遵守对读者许下的诺言！

（《出版人周刊》2009 年 10 月 20 日）

发件人： yunjinbuym@yahoo.com
标题： 来自韩国的邮件
日期： 2009 年 12 月 21 日
收件人： thomas.boyd2@gmail.com

亲爱的博伊德先生：

我就长话短说吧，我只是想告诉您，我最近因为深度忧郁症去精神病院治疗了一段时间。我甚至自杀过好几次。住院期间，有个护士说服我看看您的一本书。我之前就听说过您：在地铁里、公共汽车上，还有咖啡馆里，到处都可以看到有人在读您的小说，想不注意也难。我本来以为您的故事不是为我这样的人写的。我错了。当然，书和现实世界不一样，但是我在您的情节和人物中找到了一点火花，没有它，我觉得自己一无是处。

请接受我的一声谢谢。

白允珍

作家汤姆·博伊德在巴黎被捕

畅销书作家汤姆·博伊德上周一在法国戴高乐机场被捕，起因是咖啡馆服务生见他酩酊大醉，拒绝售予他酒精饮料，汤姆便对他挥拳相向，大打出手。他现在被拘留在法国境内。检察官调查结束后，将于1月底在博比尼市轻罪法庭宣布判决，博伊德将受到暴力、侮辱和故意伤害等指控。

（《娱乐在线》2009年12月23日）

发件人： mirka.bregovic@gmail.com
标题： 来自塞尔维亚的忠实读者
日期： 2009年12月25日
收件人： thomas.boyd2@gmail.com

亲爱的博伊德先生：

这是我第一次给一个素不相识、只读过他文字的人写信。我在塞尔维亚南部一个小村庄当文学课老师，我们这里既没有图书馆也没有书店。今天是12月25日，请允许我祝您圣诞快乐。夜幕已经降临了这个被冰雪覆盖的村庄。我希望有一天，您能来我们国家，还有我的村子里卡诺维卡。（为什么不呢？）

谢谢您造的这些梦境！

友好的，

米尔卡

PS：我还想说，我一点也不相信报纸和网络上说的关于您私生活的那些事。

汤姆·博伊德沉沦？

前天晚上23点，知名作家汤姆·博伊德在比弗利山名流云集的"冰点"酒吧和服务生发生口角，原因不明，两人言辞激烈，并上升到肢体冲突。警方迅速赶到现场，在年轻作家身上搜出十克冰毒后将他逮捕。

汤姆因携带毒品遭到起诉，虽然获准假释，但是最近仍会受到洛杉矶高等法院传唤。

看来这次他需要一个好律师才能免去牢狱之灾。

（《纽约邮报》2010年3月2日）

发件人：eddy93@free.fr

标题：一个好人

日期： 2010 年 3 月 3 日

收件人： thomas.boyd2@gmail.com

我先自我介绍一下：我叫埃迪，今年十九岁，正在斯但恩准备甜点师资格证书考试，斯但恩在巴黎郊区。我初中和高中时结交了一些坏朋友，还沾上了大麻，所以一事无成。

一年以来，一个很棒的女孩子来到我的生活中，我不想失去她，决定不再做傻事。我重新开始上课，和她在一起，我不仅学到很多，还明白了很多东西。她让我读的书里，我最喜欢的就是您的书：它们让我发现自己心里最美好的东西。

现在我迫不及待想读您的下一本书。但是我很不喜欢媒体对您的那些报道。您小说中我最喜欢的人物都能够忠于自己的价值。那么，如果这一切中有那么一点真实的话，博伊德先生，请您好好照看自己，千万不要陷入酒精或者毒品这摊烂泥。

您可不要像我原来那样，变成一个浑蛋……

致以敬意的，

埃迪

1 // 爱在屋檐下 [1]

如果一个女人想把一个无可救药的男人变成圣人，她偶尔会成功；

但是如果她想把一个圣人变得不可救药，却总能屡试不爽。

——切萨雷·帕韦塞，意大利诗人，小说家

"汤姆，你给我开门！"

叫喊声被风声吞没，没有回答。

"汤姆！是我，米洛。我知道你在家。从你的狗窝里滚出来，该死的！"

马利布

加利福尼亚州，洛杉矶

海滩上的一幢别墅

米洛·隆巴尔多站在好友家门前的露台上，足足捶了五分钟木制百叶门。

"汤姆！开门，要不然我撞门了！你知道我说到做到！"

---

1 《爱在屋檐下》（*Life As a House*），艾文·温克勒 2001 年执导的一部电影。

　　米洛身着紧身衬衫，外穿的西装剪裁合体，鼻子上架着一副墨镜，脸色阴云密布。

　　他原以为时间可以治愈汤姆的创伤，但是他的感情危机非但没有烟消云散，反而愈演愈烈。这六个月来，这位作家再也没有踏出过家门一步，宁愿把自己锁在金碧辉煌的监狱里，既不回手机，也不应门铃。

　　"我再对你说一遍，汤姆，让我进去！"

　　每天晚上，米洛都会来到这个豪宅门口捶一阵门，但只招来邻居们的斥骂和安全巡逻队的迅速干预——维护马利布这块飞地上名门贵胄的清静是他们不可推卸的责任。

　　然而这次，真的不能再拖了：一定要趁现在，一切还为时未晚。

　　"很好，是你逼我的！"他一边威胁，一边脱下外套，抓住鹿蹄形钛制门把手。这是他们俩的童年好友卡萝尔送的礼物，她现在是洛杉矶警察局的侦探。

　　米洛向身后瞟了一眼。细沙沙滩在初秋的金色阳光下打着盹。像沙丁鱼一样拥挤的豪华别墅沿着海边林荫道依次排开，齐心协力地抵挡冒失鬼进犯海滨。许多商贾、媒体宠儿和娱乐圈人士不约而同选中这里作为宅邸，更不用说汤姆·汉克斯、西恩·潘、莱昂纳多·迪卡普里奥、詹妮弗·安妮斯顿等电影巨星也在此处置产。

　　刺眼的阳光让米洛眯起了眼睛。在五十米开外有一个带桩基的小茅屋，一个身穿泳裤、充当救生员的美少年坐在茅屋前，眼前架着一副望远镜，正大饱眼福，入迷地盯着享受太平洋海浪威力的冲浪少女的身姿。

　　米洛判断形势有利，开始行动。

　　他把金属撬棒弯曲的一端插入门框的缝隙里，使尽全力一压，百叶门的木板条顿时四散横飞。

　　如果一个人要伤害自己，身为他的朋友真的有权利保护他吗？他进

入屋子的时候这样问自己。

　　但是这种扪心自问只持续了不到一秒钟：除了卡萝尔，米洛在这个世界上只有他这一个朋友，为了让他忘记痛苦、重新获得生活的乐趣，他决定不惜一切代价。

　　"汤姆？"

　　一楼一片漆黑，沉浸在一种可疑的麻痹状态中，潮味和霉味竞相钻入鼻子。厨房水槽里堆满了脏盘子，客厅里一片狼藉，好像刚刚经历了洗劫：家具被掀倒，衣服丢在地上，餐盘和玻璃杯碎片随处可见。米洛大步跨过散落在地的比萨饼外盒、中餐饭盒和啤酒瓶残骸，打开窗户，想要驱散阴暗，给房间透透气。

　　房子呈 L 形，有两层楼和一个地下室游泳池。虽然凌乱不堪，却因为枫木家具、金色镶木地板的设计和大量自然光线的涌入散发出一种让人安心的气氛。装修的风格既复古又有设计感，现代家具和传统家具摆放得错落有致，让人想起马利布在成为亿万富豪的销金窟之前，只是冲浪爱好者心目中的沙滩胜地。

　　汤姆像胎儿一样蜷缩在沙发上，看上去很吓人：头发蓬乱，面色苍白，堪比鲁滨孙的大胡子遮住了半张脸，和他那些小说封底上的精致照片判若两人。

　　"站起来！"米洛大声说道。

　　他走近沙发，只见矮桌上堆满了揉皱或折起的处方。这些处方都是索菲亚·施纳贝尔医生开的，这位"明星心理医生"开在比弗利山的诊所，会给那些经常搭喷气式飞机环游世界的阔佬提供相当一部分还算合法的精神科药物。

　　"汤姆，醒一醒！"米洛蹲在汤姆的枕边叫道。

　　他狐疑地一一检查桌上和地上的药瓶标签：凡可汀、安定、赞安诺、左洛复、思诺思。止痛剂、抗焦虑药、抗抑郁药和安眠药的魔鬼组合，是 21 世纪致命的鸡尾酒。

　　"该死！"

　　他慌了神，害怕汤姆药物中毒，于是大力抓住他的肩膀，想要让他摆脱这个人造梦境。

　　汤姆被摇得像棵李子树似的，终于睁开了眼睛。

　　"你在我家干什么？"他嘟囔道。

2 // 两个朋友[1]

我絮絮叨叨地说一些安慰一颗受伤心灵时该说的话，
但是言语不起任何作用。
要是一个家伙因为失去心爱的人而陷入黑暗泥沼，
那么什么话都没办法让他开心起来。

——理查德·布劳提根，美国诗人

"你在我家干什么？"我嘟囔道。

"我担心你，汤姆！你已经把自己关在这里好几个月了，成天服用镇定剂，整个人浑浑噩噩的。"

"这是我自己的问题！"我直起身宣布。

"不，汤姆，你的问题就是我的问题。我想这才叫友谊，对吗？"

我坐在沙发上，把脸埋在手里，耸了耸肩，一半出于羞愧，一半出于绝望。

"不管怎么说，"米洛继续说，"别指望我看着你被一个女人弄到这步田地还坐视不管！"

"你又不是我爸！"我回答，艰难地想站起来。

---

1 《两个朋友》(*Deux Amis*)，莫泊桑短篇小说名。

但是我马上感到一阵眩晕，无力保持站姿，只能倚靠着沙发背。

"我的确不是，但要是卡萝尔和我都不在你身边帮你，还有谁会帮你呢？"

我背过身去，没有理他。我身上只有一条短裤，但还是穿过房间，到厨房给自己倒了一杯水。米洛跟在我身后，好不容易找到一个大垃圾袋。他打开我的冰箱，开始严格地筛选起来。

"除非你想用过期酸奶来自杀，否则我建议你扔掉这些东西。"他闻着一罐味道诡异的白干酪说道。

"我可没有逼你吃。"

"还有这葡萄，你确定你买的时候奥巴马已经当上总统了？"

随后他开始清理客厅，把体积最大的垃圾、包装盒和空酒瓶都收进垃圾袋中。

"你为什么要留着这玩意儿？"他指着一个播放奥萝拉照片幻灯片的电子相框，语带责难地问道。

"因为这是我家，在我家，我不需要向你请示！"

"也许吧，但是这个女人把你弄得遍体鳞伤。你不觉得现在是时候让她从宝座上走下来了吗？"

"听着，米洛，你从来没有喜欢过奥萝拉……"

"没错，我对她一直没有好感。实话和你说吧，我一开始就知道她最后一定会离开你。"

"是吗？我能知道为什么吗？"

他把长久以来憋在心里的话说了出来，刻薄至极。

"因为奥萝拉和我们不一样！因为她看不起我们！因为她出身富贵。因为对她来说，生活总是像一场游戏，而对我们来说，生活就是战斗……"

"哪有这么简单……你根本不了解她！"

"不要再崇拜她了！看看她都对你做了什么！"

"这种事当然不会发生在你身上！你身边只有那些胸大无脑的傻妞，你的生活中根本没有爱情！"

我们并不是真的想吵架，但是都不由自主地提高了嗓门，说出口的每句话都好像一记耳光一样清脆。

"可你那些也根本不是什么爱情！"米洛发火了，"根本就不是一回事：你那是纯粹的痛苦和自我毁灭的激情。"

"我至少还愿意冒险，而你呢……"

"你说我不愿意冒险？我从帝国大厦楼顶上跳降落伞，那段视频在网上传疯了……"

"这事除了让你付了一大笔罚款之外，还为你带来了什么？"

米洛仿佛根本没有听到我的话，继续列举："我在秘鲁布兰卡山脉滑过雪，还在珠穆朗玛峰顶跳过伞，我是世界上仅有的几个登上过乔戈里峰的人……"

"的确，你扮起敢死队来没人能比。但我和你说的是冒爱情的险。这个险，你从来没这个胆子，哪怕和……"

"住嘴！"他粗暴地打断我，一把抓住我T恤的领子，不让我说完后面的话。

他就这样停顿了几秒钟，双手紧握，眼神不善，直到他意识到此刻的局面：他是来帮我的，现在却差点要一拳抡到我的脸上……

"对不起。"他松开手说道。

我耸了耸肩，走到面向大海的宽敞露台上。屋子地处隐蔽，直接通向海滩。连接海滩的私人台阶上摆着一些栽种在陶制花盆里的植物，由于我长期疏于照看都萎靡不振、枝缠藤绕。不知谁把一副爪哇柚木边框的旧雷朋墨镜留在了桌上，我戴上它以抵挡耀眼的阳光，然后滑进摇椅里。

米洛折回厨房，出来时手里端着两杯咖啡，递了一杯给我。

"好了，我们不要再闹小孩子脾气了，我们得好好谈谈！"他提议道，侧坐在桌子上。

我心不在焉地看着海浪，没有提出异议。此时此刻，我只有一个愿望：他尽快把要和我说的话说完，然后离开，好让我把头埋进盥洗盆，把悲伤呕吐干净，再吞上一把药片，把自己投进一个远离现实的世界。

"我们认识多久了，汤姆？二十五年？"

"差不多。"我喝了口咖啡后回答道。

"从青少年时代开始，你一直是我们当中那个理性的声音，"米洛开始了，"你让我少做了很多蠢事。要不是你，我很久以前可能就已经坐牢了，甚至已经死了。要不是你，卡萝尔绝对不会当警察。要不是你，我肯定没法买那幢房子给我妈妈。一句话，我知道这一切都是我欠你的。"

我很不自在，挥挥手想驱散这些论点："要是你来这里是想和我说这些不着边际的话……"

"这怎么不着边际了！我们跨过了所有的坎，汤姆，毒品、暴力帮派、烂透了的童年……"

这次，他的话击中了要害，我打了一个激灵。虽然我现在功成名就，但是我的部分自我始终只有十五岁，且从来没有离开过麦克阿瑟公园，也没有离开过它的那些毒贩、边缘人、尖叫阵阵的楼梯间。没有离开过那无处不在的恐惧。

我转过头去，视线消逝在海浪中。海水很清澈，颜色富于变化，闪烁着从青绿色到云青色的色谱。只有几波和谐有节奏的小浪拍打着岸边。这一片安详宁静更凸显出我们青春期的动荡不安。

"我们的手是干净的，"米洛接着说，"我们挣的钱光明正大。我们不会在外衣下面藏一把枪。我们的衬衫上没有一滴血，钞票上没有一点可卡因……"

"我看不出这有什么关系……"

"我们拥有一切能使自己幸福的条件，汤姆！健康、青春、一份喜欢的工作，你不能为了一个女人把这些都毁了。这太蠢了。她不值得。留着你的悲伤吧，万一哪天真正的灾难来敲我们的门了。"

"奥萝拉是我的'真命天女'！你难道不明白吗？你就不能尊重一下我的痛苦？"

米洛叹了一口气："这是你要我说的：她要真的是真命天女，现在在这里的人就应该是她！她应该陪着你，不让你沉沦到毁掉你的妄想里去。"

他一口喝完了浓缩咖啡，指出："你已经尽你所能挽留她了。你哀求她了，你试过让她吃醋，你还在全世界面前自取其辱。这一切都结束了：她不会回到你身边了。她把这一页翻过去了，你也就只能跟着这么做。"

"我做不到。"我承认道。

他仿佛思考了一会儿，脸上现出又担忧又神秘的表情。

"事实上，我觉得你根本没有其他选择。"

"怎么说？"

"冲个澡，穿上衣服。"

"去哪儿？"

"去斯帕戈餐厅吃牛排。"

"我没什么胃口。"

"我叫你去，可不是为了那里的食物。"

"那是为什么？"

"因为你需要好好饱餐一顿，才有力气听我要说的事。"

3 // 被吞噬的男人

不，杰夫，你并不孤单

不要哭泣，不要这样

在众人面前

只因为一个半老徐娘

只因为一个冒牌金发女郎

让你失望……

我知道你很难过

杰夫，但，请你振作

——雅克·布雷尔，比利时歌手

"为什么我家门口停了一辆坦克？"

我指着克罗尼路人行道上那辆霸气炫目的跑车问道。

"这不是坦克，"米洛恼火地回答，"这是布加迪威龙'黑血'款，世界上最新最拉风的跑车。"

马利布

午后的阳光下

风吹过树梢发出沙沙声

"你不是已经有跑车了，这是新的收藏品吗？"

"伙计，这不单单是一部跑车，这是一件艺术品。"

"你又准备拿这车去泡哪家的姑娘了？"

"你认为我还需要靠这东西去泡妞么？"

我不由得做了个鄙视加怀疑的怪脸，没法理解这些家伙对跑车之类东西的狂热之情。

"走，去看看我的座驾！"米洛双眼发光地提议。

为了不让他失望，我勉强围着车子转了一圈。这辆布加迪十分精悍，呈椭圆卵形，好像一只蚕茧。车上凸起的部分在太阳下闪闪发光，与夜黑色的车身相映生辉：镀铬的散热器护栅，金属光泽的后视镜，闪闪发亮的轮辋上盘式制动器喷出蓝色的火焰。

"你要不要看一眼发动机？"

"随便。"我叹了一口气。

"你知道吗，这个型号全世界只生产了十五辆！"

"不知道，不过我很高兴现在知道了。"

"有了它，两秒多一点就可以加速到每小时一百公里。你要是开足马力，最快差不多能达到每小时四百公里。"

"现在汽油那么贵，路上每一百米就有个电子警察。这车真有用武之地，而且你还挺环保的！"

这次米洛没有掩饰失望之情："你真扫兴，汤姆，你根本就不懂享受生活的轻松和乐趣。"

"我们两个当中总要有一个来平衡一下的，"我承认，"既然你选了这个角色，那我只好当剩下的那个了。"

"走，上车。"

"能让我开吗？"

"不能。"

"为什么？"

"因为你很清楚，你的驾照被扣了……"

跑车驶离马利布绿树成荫的小径，开上了沿着海岸线建造的太平洋海岸高速公路。汽车与地面磨合得很好。车内装饰使用了透出橘色光泽的做旧皮革，带来一丝暖意。我在这个绵软舒适的盒子里很有安全感，闭上了眼睛，荡漾在电台里传出的奥蒂斯·雷丁的灵魂乐老歌里。

我很明白，这种脆弱的表面平静只能归功于我冲澡后放在舌头下含化的抗焦虑药片。这种休憩的片刻太稀有了，我很早就学会了对之倍加珍惜。

奥萝拉离开我之后，某种癌症腐蚀了我的心，它好像米缸里的老鼠那样长久地在我身体里安营扎寨。悲伤仿佛嗜肉的妖怪，啃噬我、吞没我，消磨了我所有的情感和意志。最初的几个星期，对于绝望的恐惧让我保持清醒，逼迫我慢慢地与沮丧和痛苦搏斗。可是恐惧也抛弃了我，随之而去的还有尊严，甚至保留面子的简单愿望。这个内心的恶疾无时无刻不在啮咬我，洗去生命的色彩，吸尽所有的汁液，熄灭仅剩的光芒。哪怕我稍微动一下振作起来的念头，毒瘤就化为蝰蛇，往我身上注射剧毒无比的毒液，每一口都化为我脑中痛苦的回忆：奥萝拉肌肤的轻轻颤动、她身上岩石般的味道、她翕动的眼睫毛、眼睛里熠熠闪光的贝壳般的金色瞳仁……

后来回忆本身变得没有那么尖锐了。因为我不断用药物麻痹自己，一切都变得模糊起来。我任由自己随波逐流，整日躺在沙发上。我把自己关在一片黑暗中，封闭在一个化学药品提供的盔甲中，在"镇静剂睡眠"中沉沉昏睡。在某些糟糕的日子里，我噩梦缠身，尽是梦到长着尖吻锉尾的啮齿动物。我游着泳从中探出头来，全身僵硬，瑟瑟发抖，被唯一一个愿望紧紧攫住——那就是再一次用抗抑郁药物逃离现实，剂量当然越来越大。

在这片昏眩的迷雾中，时间不断流逝，而我却一无所觉，时间对我来说没有意义，也没有内容。而现实就是如此：我的痛苦还是那么沉重，一年以来我再也没有写过一行字。我的大脑完全凝固了。语词离我而去，欲望当了逃兵，想象力也随之枯竭了。

　　到达圣莫尼卡海滩时，米洛驶上了10号州际公路，方向萨克拉门托。
　　"你看到棒球比赛的结果了吗？"他把显示着一个体育网站页面的苹果手机伸到我面前，开心地问，"洛杉矶天使队赢了扬基队！"
　　我漫不经心地朝屏幕扫了一眼。
　　"米洛？"
　　"嗯？"
　　"你该看着路，而不是看我。"
　　我知道我经受的折磨让我的朋友无言以对，让他困惑不解：我的精神彻底失控了，正在经历人人都不可避免的失衡，他原来以为我已经免受其害，但是他错了。
　　他右转开往韦斯特伍德区，进入洛杉矶的金三角。众所周知，这个街区既没有医院也没有公墓。整洁无瑕的街道上只有天价商铺，还必须像看医生一样提前预约才能入内。从人口统计学的观点来说，从没有人在比弗利山出生或死亡……
　　"我希望你饿了。"米洛向佳能大道疾驰。
　　一记干脆的刹车，布加迪稳稳地停在一家时髦的餐厅前。
　　米洛把车钥匙递给了代客泊车的服务员，先我一步自信地走进了这家他多次光临的饭店。
　　曾经的麦克阿瑟公园的坏小子尝到了报复社会的滋味，他可以不用预订就到斯帕戈餐厅吃午饭，而普罗大众不得不提前三个星期预约。
　　领班把我们引到一个精致的内院里，那里的最佳位子常常用来迎接商界显要或者娱乐界大腕。米洛坐下时对我做了一个低调的手势：离我们几米远的桌子旁，杰克·尼克尔森和迈克尔·道格拉斯刚喝完餐后酒，另一张桌上，曾滋养我们青春期幻想的情景喜剧女演员正在咀嚼一片生菜叶。

我入座，无视这一"名流云集"的背景。这两年我声名鹊起，好莱坞梦伸手可及，不乏机会接近一些我曾经的偶像。在一些俱乐部或堪比宫殿的别墅中举行的私人聚会上，我曾与一些我年轻时对之浮想联翩的演员、歌手和作家交谈。但是这样的会面总是把想象击得粉碎，如同一次又一次的幻灭。所以还是不要了解梦工厂的一切幕后实情。在"现实生活"中，我青少年时代的英雄往往道德沦丧，专注于精心谋划的追女狩猎：他们享用完猎物后，一旦餍足随即抛弃，然后发动新一轮攻势，袭向更加新鲜的肉体。并非只有男明星如此，有些女演员在银幕上光彩照人、思维敏捷，在现实中却陷入可卡因、厌食症、肉毒杆菌和吸脂里无法自拔。

但是我有什么权利对他们评头论足？我不也和这些我痛恨的家伙一样吗？我也同样深受其害，与外界隔绝、依赖药物，还刚愎自用，自我中心主义也愈演愈烈。在我清醒的片刻，我都觉得自己恶心。

"好好享用吧！"米洛指着刚和开胃酒一起端上来的吐司，兴奋地说。

我勉强尝了尝盖着一层薄薄肉片的面包，肉片上有大理石纹路，十分柔润。

"这是神户牛肉，"他解释道，"你知道吗，在日本，他们用清酒按摩这些牛，为的是让油脂渗透到肌肉里去！"

我皱了皱眉。他继续说："为了让这些牛保持愉悦的心情，喂食的时候掺入啤酒；还要用最大音量播放古典音乐，好让它们放松。有可能你盘子里的这块牛排生前听过奥萝拉演奏的协奏曲，还有可能因此爱上了她。你看吧，你们两个还是有共同点的！"

我知道他想尽全力让我露一下笑脸，可就连幽默感也已经舍我而去。

"米洛，我有点累了。你说说你有什么事情那么重要必须告诉我？"

他拿起最后一块铺牛肉的面包，都没等肉抚摸一下他的味蕾，就狼吞虎咽了下去，然后从包里拿出一台超小型笔记本电脑，在桌上打开。

"好，从现在起，要记住不是你的朋友，而是你的经纪人在同你说话。"

这是他每次自认为在和我"谈公事"时惯用的开场白。米洛是我们这个团队的主心骨。他的生活节奏超过每小时一百公里，手机不离耳，永远与出版社、国外版权代理和记者连线中，总是有层出不穷的好点子推广我这个唯一客户的书。我不知道他为何选中双日出版社来出版我的处女作。在出版业这个竞争异常激烈的世界里，他靠着在实战中摸爬滚打掌握了门道。他没有经过专门的培训学习，却成了其中的佼佼者，只因为他对我的信心更胜过我对自己的信心。

他总是以为他什么都是欠我的，但我知道恰恰相反，是他把我打造成了明星，让我从第一本书起就跻身畅销书作家的魔法圈子。第一炮打响之后，最著名的文学经纪人纷纷向我伸出了橄榄枝，可我都拒绝了。

因为除了我们的友情之外，米洛身上有一项优点是我尤其看重的：忠诚。

至少在那天听到他要说的话之前，我是这样认为的。

4 // 内心世界

外面的世界如此无望，映衬得内心世界加倍珍贵。

——艾米莉·勃朗特，英国女作家

"那我们就从好消息说起吧：前两本书的销量还是一如既往地出色。"米洛把电脑屏幕转向我：图表上的红线和绿线一路攀升至表格顶端。

"继美国之后，世界各国翻译版本也卖得很火，'天使三部曲'正在成为一个举世瞩目的现象。才六个月，你已经收到超过五万封读者来信了！你明白吗？"

我转过头，抬起眼睛。我什么也不明白。轻盈的云朵在洛杉矶污染严重的空气中黯淡萎黄。我想念奥萝拉。没有人和我分享这份成功，那我要它还有什么用？

"还有一个好消息：电影下个月开拍。凯拉·奈特莉和阿德里安·布罗迪已经签了合同，哥伦比亚电影公司的大老板都很看好这部戏。他们刚请到《哈利·波特》的首席艺术指导，指望着电影明年七月可以在三千多家影院上映。我去参加了几场试镜，棒极了！你也应该去的……"

服务员送来了我们之前点的两道菜——他点的是蟹肉意面，我点的是鸡油菌炒蛋，这时米洛的手机在桌上微微震动。

他瞟了一眼来电的号码，皱起了眉头，犹豫了一秒钟后还是拿起了电话。然后他起身离座，躲到连接内院和餐厅其余部分的玻璃长廊下。

电话并没有持续很长时间。偶尔有只字片语传到我这里，但也已经被大厅里的欢声笑语搅得支离破碎。我猜想对话应该很激烈，充斥着你来我往的指责，还涉及一些不为我所知的麻烦。

"刚刚是双日出版社。"米洛回来坐下，"我正要和你讲来着。没什么大不了的，只是你最新一本书的豪华精装版在印刷时出了问题。"

我很在意这个版本，希望它能够精工细作：哥特风格的仿皮封面、主要人物的水彩插图，配上首次出版的前言和后记。

"什么问题？"

"他们为应付订单，急匆匆地就印了。印刷机超负荷运作，有个什么零件搞坏了。结果就是：他们手头现在有十万本废书。他们想要销毁，可麻烦的是已经有一些发到书店了。他们会发布启事召回这些次品。"

他从包里拿出一本书递给我。我只是随意翻了一下，就发现瑕疵显而易见：这本小说一共五百页，竟然只有一半是印了字的。故事在第266页戛然而止，连那句话都没印完：

比莉擦了擦睫毛膏晕开的熊猫眼。

"求你了，杰克。别这么一走了之。"

但是那男人已经披上了外套。他打开门，连看也不看他的情人一眼。

"求求你了！"她叫喊着跌

　　然后就完了。连个句号都没有。书终结于"跌"字，后面还有两百多页白页。

　　我对自己的小说字字句句烂熟于心，毫无困难地回忆起了整句话："'求求你了！'她叫喊着跌坐到地上。"

　　"嗯，我们不管。"米洛拿起叉子斩钉截铁地说道，"该让他们想法子解决这档子事。汤姆，最要紧的是……"

　　我在他说完之前就知道他要说什么了。

　　"汤姆，最要紧的是……你的下一本小说。"

　　我的下一本小说……

　　他吃了一大口面条，又开始在电脑键盘上打起字来。

　　"大家都很期待啊！你来看看。"

　　电脑连上了亚马逊网上购书站点。仅仅依靠预售，我的"下一本小说"已经排名第一，后面紧跟"千禧年三部曲"的第四部。

　　"你怎么看？"

　　我顾左右而言他："我想斯蒂格·拉森已经死了，第四部永远也出不了了。"

　　"我说的是你的小说，汤姆。"

　　我重新看了一下屏幕，有一种强烈的不真实感——某样东西从来没有存在过，可能永远也不会存在，却大卖特卖。我的新书被宣告于今年12月10日上市，还有三个月多一点的时间。这是一本我一行字都还没写出来的书，我脑中有的也只是一个含糊的情节大纲。

　　"听着，米洛……"

　　可我的朋友不给我说话的机会："这次，我向你担保首发可以做得像丹·布朗那样轰动，到时候真的只有外星人才会不知道你的书出版了。"

　　米洛说得兴起，一时刹不住车："我刚开始做市场预热，脸书、推特和论坛上的狂热粉丝就和'黑'你的人吵得不可开交了，现在已经闹得沸沸扬扬了。"

"米洛……"

"仅仅在美国和英国，双日出版社就承诺首印四百万册。那些大书店都预期第一周会打破销售纪录。可以仿效《哈利·波特》，让书店在半夜十二点开门！"

"米洛……"

"还有你，你应该增加曝光率：我可以约全国广播公司给你安排一个独家专访……"

"米洛！"

"真的有很多人为你着迷啊，汤姆！没有任何一个作家愿意和你同一周推出新书，就连斯蒂芬·金也把原本一月份发行的口袋书新版推迟了，就是怕你抢了他的读者。"

为了让他住嘴，我用拳头重重地敲了下桌子。

"别再胡言乱语了！"

玻璃杯颤抖着，顾客们都吓了一跳，向我们投来谴责的目光。

"没有下一本书了，米洛，反正最近这几年不可能了。我再也做不到了，你是最清楚的。我整个人都被掏空了，一行字也写不出来，而且更糟糕的是我连写都不想写。"

"但你至少得试试啊！工作是最好的药物。再说了，写作就是你的生命。这才是能够让你振作起来的解药啊！"

"你以为我没有试过吗？我不止二十次坐到电脑屏幕前，可光看到电脑就让我觉得恶心。"

"要么你买一台新电脑吧？或者手写，用小学生的练习本，就像你以前那样。"

"还可以写在羊皮纸或者蜡版上呢，这些都没用。"

米洛看上去失去了耐心："以前你在哪里都能工作！我看到过你在星巴克的露天座上写东西，在飞机憋屈的座椅上，靠在篮球场的架子下，周围都是拉直嗓门大叫的家伙。我甚至还看到过你下雨天等公共汽车时在手机上整章整章地打字。"

"唉，这一切都结束了。"

"有上百万人在等故事的下文。这是你欠读者的！"

"只不过是一本书而已，米洛，又不是治疗艾滋病的疫苗！"

他张开嘴想要反驳，但他的表情瞬间凝固了，好像突然间意识到已经不可能让我改变主意了。

也许，除了向我供认不讳……

"汤姆，我们真的有一个麻烦。"他开始了。

"你想到什么了？"

"合同。"

"什么合同？"

"我们和双日出版社还有国外出版社签的合同。他们已经预付了很大一笔费用，但条件是你能履行承诺按时交稿。"

"我可没有承诺任何东西。"

"是我，我替你承诺的。还有合同，你可能没有全部看过，但你都签了字……"

我给自己倒了一杯水。我很不喜欢这场谈话的走向。几年来，我们分配好了彼此的角色：我让他管理"商业"那部分，我来管理我狂热的想象力。直到目前为止，这笔交易都还做得不赖。

"我们已经把出书日期推迟好几次了。要是你到 12 月还没完成的话，我们会受到严厉的经济处罚。"

"把预付款还给他们不就得了。"

"没那么简单。"

"为什么?"

"因为都花完了,汤姆。"

"怎么回事?"

他不快地摇了摇头。

"要我来提醒你那幢豪宅的价钱吗? 还有你送给奥萝拉的钻石戒指,她甚至都没有还给你?"

他胆子可不小!

"等等,你说什么? 我很清楚我挣多少,也很清楚我能花多少!"

米洛垂下了头。他的额头上沁出了好几颗汗珠。他的嘴唇皱紧了,脸几分钟前还因为兴奋而生气勃勃,现在阴沉下来,变了样。

"我……我都输光了,汤姆。"

"你把什么输光了?"

"你的钱,还有我的钱。"

"你说什么?"

"我把差不多所有的钱都给了一个基金管理机构,前不久栽在麦道夫的案子里了。"

"我希望你是在和我开玩笑。"

可是不,他没有开玩笑。

"大家都上当了,"他带着一种痛心的语气说,"大银行、律师、政客、艺人,斯皮尔伯格、马尔科维奇,甚至埃利·维瑟尔[1]也被骗了!"

"我还剩多少钱? 除去我的房子,给我个确切的数字。"

"你的房子已经抵押了三个月了,汤姆。和你实话实说吧,你剩下的

1　罗马尼亚政治家、作家,1986 年诺贝尔和平奖得主。

钱连交土地税都不够。”

“可是……你的车呢？至少值一百多万美元……”

“不止，值两百万呢。可这一个月来，我只能把车停在女邻居家里，不然早被扣押了！”

我沉默了很长一段时间，瞠目结舌，直到一个念头闪电般划过我的脑海：“我不相信！你一定是编了一整个故事来逼我重新开始工作，是不是？”

“很不幸，不是这样的。”

轮到我抄起电话拨通财务咨询事务所的电话，他们负责厘清我的税务，因此可以查看我的各个账户。我的理财顾问向我证实，我的银行账户余额为零，并且他几周来通过挂号信和电话留言等各种渠道知会我未果后，就不再继续向我报告了。

我是从什么时候开始不再拆邮件，也不接电话的？

我回过神来，既不恐慌，也没有一丝扑向米洛往他脸上挥上几拳的冲动。我感到的只有一阵强烈的疲乏。

“听着，汤姆，以前更困难的时候我们也挺过来了。”他竟敢这样说。

“你知道你干了什么吗？”

“但是你可以把一切都恢复原样的。”他信誓旦旦，“要是你在规定期限里写完小说，我们很快又能东山再起。”

“你让我怎么在三个月都不到的时间里写五百页呢？”

“你其实写好几章了，就是藏着而已，这我知道。”

我把头埋进手里。显然，他完全不明白我的无力感。

“我刚刚花了一个小时和你解释我被掏空了，我的脑筋锈住了，灵感像石头一样枯竭了。经济麻烦对我来说无济于事。完了！”

他坚持道：“你以前总和我说，写作对于你的平衡和精神健康来说是必需的。"

"那你现在看到了，我说错了：让我发疯的不是停止写作，而是失去爱人。"

"你至少应该明白，你现在在用根本不存在的东西糟蹋自己啊。"

"爱情，不存在吗？"

"爱情当然存在。但是你呢，你执着于灵魂伴侣这个愚蠢的理论。好像前世命定的两个人真能今世相遇，契合得天衣无缝似的……"

"是吗？相信有一个人能让我们幸福，让我们想和她一起变老，这很愚蠢吗？"

"当然不是，但是你呢，你相信的是两码事：你相信在世界上这样的人只有一个。好像她是我们缺少的那部分，已经在我们的身体和灵魂里打下了印记。"

"我提醒你，这一字不差就是柏拉图《会饮篇》里阿里斯托芬说的原话！"

"或许吧，但你的阿里斯什么来着的还有他的'拨浪鼓'，他们可没有在任何地方写过奥萝拉是你缺少的那部分。相信我，忘记这个幻想吧。神话在你的小说里或许是可信的，但是在现实中可不是这么回事。"

"不，事实上，现实中我最好的朋友让我破产了还不够，他还有脸教训我！"我发火了，离开了餐桌。

米洛也起身，一脸绝望。此时此刻，我感到他已经准备好无所不用其极，只想往我的血管里注射上一剂创造力药水。

"那么你一丁点也不想再写了？"

"一丁点也不想。你也没法子。写书可不像制造汽车或者洗衣粉。"我走出餐厅时对他大声说道。

我走出了餐馆，车童把布加迪的钥匙递给了我。我坐上驾驶座，发动了引擎，挂上一挡。皮座有一股刺鼻的橘子味，镶有铝制按键的光滑漆木面板让我想到宇宙飞船。

迅如雷电的加速把我钉在了座椅上。轮胎在沥青路面上留下了两条橡胶印，我从后视镜里瞥见米洛一边追着车奔跑，嘴里一边滔滔不绝地飙着脏话。

5 // 天堂的碎片

地狱真实存在，我现在知道了，
它的可怖之处在于
它是用天堂的碎片做成的。

——阿莱克·科万，法国作家

"我把你的工具还给你，这样你就能还给它的主人了。"米洛把卡萝尔之前借他的铁撬棒递给她。

"它的主人是加利福尼亚州。"年轻女警官一边把撬棒收到汽车后备厢里，一边回答。

圣莫尼卡

19点

"谢谢你来接我。"

"你的车子哪儿去了？"

"汤姆借走了。"

"汤姆的驾照被扣了！"

"其实吧，他对我发了一通火。"米洛低着头承认。

"你告诉他真相了？"她担忧地问。

"是的，但没能刺激他重新开始工作。"

"我早就告诉你了。"

她关上车门，他们肩并肩沿着吊桥走向海滩。

"可说到底，"米洛激动起来，"你不觉得他为一段感情就毁了自己太疯狂了吗？"

她悲伤地看着他："可能是太疯狂了，但是这样的事情每天都在发生。我觉得很感人，特别合乎人之常情。"

他耸了耸肩，让她占了上风。

卡萝尔·阿尔瓦雷斯个子高高的，黄褐色皮肤，鸦翼一般黑亮的头发，水一样清澈的眼睛，有着玛雅公主的气派。祖籍萨尔瓦多的她九岁时到了美国，米洛和汤姆从童年时就认识了她。他们的家人——或者说剩下的家庭成员——住在洛杉矶"西班牙哈莱姆区"的麦克阿瑟公园街区一幢破旧不堪的房子里，那里深受瘾君子青睐，手枪也大行其道。

他们三人经历过同样的沮丧，住过同样的卫生条件恶劣的丑陋楼房，走过同样的堆满垃圾的人行道——路边坑坑洼洼的商店卷帘门上画满了涂鸦。

"我们坐一会儿？"她边建议，边打开毛巾。

米洛加入她，坐在雪白的沙滩上。细小的浪花舔着海岸，吐出泛着银光的泡沫，轻咬散步者赤着的脚。

海滩在夏季人满为患，这个初秋的夜里却安静了很多。一个世纪以来，圣莫尼卡蠹立的著名的木防波堤迎接着工作之余来此缓解压力、逃离城市的躁动和寻找避风港的洛杉矶人。

卡萝尔卷起衬衫袖子，脱了鞋，闭上眼睛，让脸迎着小阳春天里的和风煦日。米洛看着她，神情既温柔又痛楚。

卡萝尔和他一样，没有得到生活的眷顾。1992年席卷贫穷街区的暴动造成多人伤亡，她继父在自己开的杂货铺里被抢劫，子弹击中头部去世，那时卡萝尔才十五岁。惨剧过后，她和社会救助部门玩起了捉迷藏，不愿意去领养家庭，宁愿在"黑妈咪"那儿随便找个地方落脚。"黑妈咪"长得活像蒂娜·特纳，是个资深妓女，麦克阿瑟公园一半以上男性的第一次就是献给了她。卡萝尔好赖一边继续着学业，一边做兼职：在必胜客里当女服务生，在廉价珠宝店里卖首饰，还当过二流会议的接待员。她参加警察学校入学考试一击即中，二十二岁生日那天加入洛杉矶警察局后，以令人咋舌的速度晋升：先是警员，然后是警探，几天前荣升为警长。

"你最近和汤姆通过电话吗？"

"我每天给他发两条短信。"卡萝儿睁开眼睛回答，"可最多也只收到非常简洁的回复。"

她严厉地看着米洛："现在我们还能为他做什么？"

"首先，让他不要做白日梦了。"他从口袋里掏出从汤姆家顺手拿走的安眠药和抗抑郁药的瓶子。

"你明白发生这一切你也要负上部分责任吗？"

"奥萝拉离开他也是我的错？"他为自己辩护。

"你很清楚我指的是什么。"

"世界金融危机是我的错吗？麦道夫欺诈了五百亿美元也是我的错吗？再说了，老老实实回答我：那女孩子，你觉得怎么样？"

卡萝尔耸了耸肩，表示无能为力。

"我什么也不知道，我只能肯定她不适合他。"

远处的防波堤上，欢声笑语达到了高潮。孩子们的叫声混合着棉花糖和番茄的气味。高耸着摩天轮和过山车的游乐园直接建造在海上，透过薄雾可以一窥对面的圣卡塔利娜小岛。

米洛叹了口气："恐怕再也没人能知道'天使三部曲'的结局了。"

"我知道。"卡萝尔沉静地回答。

"你知道故事结局？"

"汤姆和我讲过。"

"真的？什么时候？"

她的目光局促起来。

"很久以前。"她含糊地回答。

米洛皱起了眉头，惊讶之外还感到一丝失望。他以为自己了解卡萝尔生活的全部：他们几乎每天见面，她是他最好的朋友、真正的家人，还有——虽然他拒绝承认——唯一一个他对其有感觉的女人。

米洛心不在焉地看向沙滩。就像在电视剧中一样，一些大胆的人在冲浪板上挑战巨浪，拥有梦幻身材的救生员坐在木屋旁巡视大海。可米洛对此视而不见，因为他的眼中只有卡萝尔。

他们之间有一种非常强烈的感情，扎根于童年，交织着羞耻和尊重。尽管他从来没有勇气表达这种感觉，可他视卡萝尔如珠如宝，总是为她工作中可能的危险悬心。她一无所知，但是某些夜里，米洛会开着车到她家停车场过夜，只因为离她近些他才能放心。其实，他害怕失去她超过害怕失去世上任何东西，即使他自己也并不太清楚"害怕"后面掩盖的真相是什么：害怕她被火车卷入轮下？害怕她抓吸毒者时被不长眼睛的子弹击中？或者，更可能的是，害怕不得不见到她倒在另一个男人的怀抱中。

卡萝尔戴上墨镜，解开上衣领口处的一颗纽扣。虽然天气很热，米洛还是抵住了卷起衬衫袖子的想法。他的上臂文有难懂的符号，这是他曾经隶属于臭名昭著的 MS-13[1] 的不可磨灭的证明。MS-13 也叫"萨尔瓦多帮",是一个盘踞麦克阿瑟公园街区的极端暴力组织,米洛十二岁时因闲着无聊加入了这一帮派。帮派中大多是来自萨尔瓦多的年轻移民,他们把米洛看作"奇卡诺人"[2]——他的妈妈是爱尔兰人,爸爸是墨西哥人,米洛加入帮派还经受了入会考验"考尔通":这是一个戏弄新人的传统,女孩子必须被轮奸,男孩子则不得不忍受长达十三分钟的殴打。帮派认为,这类荒唐的行为可以显示勇气、忍耐力和忠诚,但是这一切经常以血腥场面收场。

米洛当时虽然年轻,却"挺了过来"——在两年多里,他为"萨尔瓦多帮"偷过车、卖过高纯度可卡因、敲诈勒索过小商贩、倒卖过武器。十五岁时,他变成了一只凶猛的野兽,生活中交替出现的只有暴力和恐惧。他被困在这个旋涡里,未来只通向死亡或者监狱。汤姆的聪明和卡萝尔的友情拯救了他,他们合力帮他逃离了这个地狱,打破了"只有死人才能退出萨尔瓦多帮"的规矩。

落日放射出最后几支光箭。米洛眨了几下眼睛,不仅为了回避阳光的反射,也为了驱散往昔的回忆和痛苦。

"我请你吃海鲜?"他一跃而起,提议道。

"看看你银行账户里的余额,我想还是我来请吧。"卡萝尔指出。

"也是为了庆祝你升职。"他向她伸出手,帮她站起来。

他们安静地离开了沙滩,沿着连接威尼斯海滩和圣莫尼卡的自行车道步行了几米。

接着他们走上第三散步大道,这是一条宽阔的铺石路面街道,路边栽有棕榈树,树荫下点缀着一些艺术品商店和时髦的饭店。

1　发源于美国洛杉矶的有组织犯罪集团,势力遍布北美洲和中美洲各地。
2　墨西哥裔美国人。

他们坐到安妮赛特餐厅的露天座位上。这里的菜单是法语的，列出的菜式名字也极具异国风情：熏五花肉粒皱叶菊苣沙拉、分葱牛排骨，还有多菲内奶油焗土豆。

米洛坚持要尝一尝名为"法国茴香酒"的开胃酒，端上来时酒依照加利福尼亚的方式倒在一只放满冰块的大玻璃酒杯中。

虽然杂耍艺人、乐手和喷火者让街上的气氛热闹得很，这顿晚饭还是显得冷冷清清的。卡萝尔很消沉，米洛被负罪感压垮。谈话转到汤姆和奥萝拉身上。

"你知道他为什么写作吗？"米洛吃饭吃到一半突然问道，因为他突然发现自己完全不了解朋友的这个关键心理因素。

"怎么说？"

"我知道汤姆喜欢读书，但是读书和写作是两码事。我们十几岁的时候，你比我更了解他。是什么在那个时候让他编出了第一个故事？"

"我不知道。"卡萝尔着急地回答。

但在最后一点上，她说了谎。

马利布

20 点

我在城里闲逛了一会儿，就把正冒着被扣押的风险的布加迪停在了我刚刚得知已不属于我的屋子前。几个小时前，我在深渊，但是至少头顶有一千万美元的财产。现在，我是真的跌到谷底了……

我感到支离破碎，没走几步就气喘吁吁，任凭自己跌坐到沙发里，眼神散乱地飘向支撑着天花板上缓坡的横梁。

我头痛欲裂，背软如泥，满手都是汗，胃也抽紧了。我被心悸压抑着，呼吸急促；我的心一片空虚，一把大火将它燃烧殆尽，最终灼烧着我的皮肤。

这几年里我每夜写作，把所有的激情和能量都投入其中，接着又马不停蹄地赶赴世界各地参加讲座和签名售书。我创办了一个慈善机构，资助我出生的街区里的孩子学习艺术。在 Rock Bottom Remainders[1] 的一些演唱会上，我甚至和我的"偶像们"同台，一起打架子鼓。

但现在，我对任何东西都失去了兴趣：人、书、音乐，甚至海上西斜的残阳。

我强迫自己起身走出屋子，在露台的扶栏上倚了一会儿。远处的海滩上还残留着"海滩男孩"时代的遗迹：一辆黄色的旧克莱斯勒，后窗玻璃上骄傲地挂着一块上漆细木板，上书这座城市的铭文：马利布，山峰在这里遇见大海。

耀眼的金边轻抚地平线，照亮了天空，随后被浪花席卷而去。我目不转睛地看着，直到头晕眼花。这个画面曾经让我深深着迷，现在却再也无法让我产生任何感觉。我对任何事都无动于衷，仿佛我的情感库存被清零了。

只有一件事可以拯救我：找回奥萝拉，她藤一般柔软的身体，大理石般光滑的皮肤，熠熠闪光的眼睛和身上沙子的味道。但我知道她再也不会回来了。我知道我输了，在这场战役结束时，我只想烧毁自己的神经，用冰毒或者随便什么能搞到手的其他货色。

我必须睡了。回到客厅里，我神经质地寻找药物，但我猜米洛顺手带走了。我跑到厨房，在垃圾桶里乱翻。什么都没有。我被恐惧攫住，冲到楼上翻箱倒柜，最后找到了我的旅行袋。内袋里有一瓶安眠药和一包抗抑郁药片，自从我上次去迪拜酋长购物中心的一家书店签名售书以

1　由斯蒂芬·金、斯科特·图罗、马特·格勒宁、米奇·阿尔伯姆等著名作家组成的摇滚乐队。他们举办演唱会的收入用于资助扫盲的项目。

来就静静地等待着我。

我几乎不由自主地把所有药片倒在掌心。我怔怔地看着十来片白色和蓝色的药片，它们仿佛在挖苦我：连这都做不到！

我从未像此刻这样接近虚无。可怕的画面在我的脑海中互相碰撞：我的身体系在一条绳子末端，煤气管插进嘴里，一把手枪抵住自己的太阳穴。我的生命迟早会这样结束。在内心深处，我难道不是一向对此心知肚明的吗？

连这都做不到！

我吞了这把药，仿佛找到了救命稻草。我无法下咽，喝了一口矿泉水才全部吞下。

我慢慢走回卧室，瘫倒在床上。

房间又空又冷，有整整一面墙是发出冷光的青绿色玻璃，透明得足以让日光进入房间。

我蜷缩在床垫上，被自己病态的想法压得无力反抗。

挂在白墙上的马克·夏卡尔的恋人们同情地看着我，仿佛在遗憾不能为我减轻痛苦。在买下这幢房子（现在已经不再是我的房子）和送给奥萝拉的戒指（现在也已经不再是我的奥萝拉）之前，购买这个俄罗斯画家的作品是我做的第一件疯狂的事。夏卡尔的这幅画创作于1914年，简洁地题作《蓝色恋人》，画里的一对情侣互相搂抱，在一种神秘、真挚和平静的爱中合二为一。我对它一见钟情，对我来说，它象征着两个受伤的人被缝合在了一起，共同拥有一条伤疤，且终于痊愈了。

当我慢慢陷入沉重的睡眠时，我感到自己逐渐摆脱了此世的痛苦。我的身体消失了，我的意识抛弃了我，生命离我而去……

6 // 初相识

内心必须混沌一片，才能诞生跳舞的星。

——弗里德里希·尼采，德国哲学家

爆炸
女人的叫喊
救命！

玻璃破碎的声音把我从噩梦中惊醒。我打了一个激灵，睁开双眼。房间沉浸在一片黑暗中，雨滴敲打着玻璃窗。

我费劲地支起身子，喉咙很干。我发着烧，浑身被汗水浸湿。我感到呼吸困难，但我还活着。

我瞟了一眼闹钟：3:16。

一楼有动静，我清晰地听见百叶门甩在墙上砰砰作响。

我试着打开床头灯，但是和往常一样，暴风雨一来马利布就断电了。

我费尽力气起了床，感到恶心，脑袋很沉。我的心脏敲打着胸腔，好像刚刚跑完马拉松。

我觉得头晕目眩，扶着墙才能不跌倒。安眠药可能没有杀了我，但是把我打发到了迷失域里，让我无法脱身。我尤其担心我的眼睛出了问题：就好像被划伤了，感觉火烧火燎的，几乎睁不开眼来。

我被头疼折磨着，强迫自己扶着楼梯扶手走下几级台阶。每走一步我都觉得胃在翻腾，快要吐在楼梯上了。

外面的暴风雨愈演愈烈。房子在闪电的光芒中仿佛风暴中的一座灯塔。

我走到了台阶尽头，发现了损失：风从大开的玻璃窗涌进来，掀翻了一只水晶花瓶，花瓶摔碎在了地上，激流般的雨水开始淹没我的客厅。

他妈的！

我匆忙关上窗，在厨房里摸索着找火柴。回到起居室里，我突然感到有人在呼吸。

我转过身来……

是一个女人的轮廓，苗条纤弱，从屋外夜色的蓝光背景中凸现出来，仿佛剪纸一般。

我吓了一跳，然后睁大了眼睛：只要稍微看一眼，就可以发现这个年轻女人赤身裸体，一只手放在私处，另一只手遮着胸部。

这下子齐了！

"你是谁？"我走近她，从头到脚仔细打量她。

"咳，你真不要脸！"她一边叫着，一边抓起放在沙发上的苏格兰花格子毛毯围住腰部。

"什么叫'你真不要脸'？还有没有天理啊！我提醒你，你现在是在我家！"

"也许吧，但是你不能因为这个就……"

"你是谁？"我重新问道。

"我以为你会认出我来的。"

我看不真切，但是无论如何她的声音对我来说很陌生，我可没心思玩猜谜游戏。我擦亮一根火柴，点燃了一盏从帕萨迪纳跳蚤市场淘来的古董应急灯。

一豆柔和的灯光为房间带来暖色，让我看清了入侵者的外形。这是一个二十五岁左右的年轻女人，目光清澈，眼神里有些害怕有些倔强，蜂蜜色的头发上雨珠潺潺滴落。

"我不明白我为什么能认出你来：我们从来没有见过。"

她发出一声嘲讽的轻笑，但我不愿意入她的圈套。

"好吧，够了，小姐！你在这里做什么？"

"是我，比莉！"她好像在说一件显而易见的事实，同时把毛毯一直拉到肩膀上。

我注意到她在发抖，她的嘴唇也不停打战。这没什么好奇怪的：她浑身湿透了，客厅又极冷。

"我不认识什么比莉。"我走向一个用来放杂物的胡桃木柜子。

我拉开移动门，在一个运动包里翻找了一会儿，拿出一条夏威夷风的沙滩毛巾。

"拿着！"我叫道，站在起居室的一角把毛巾扔给她。

她接住毛巾，擦了擦头发和脸，用目光挑战着我。

"比莉·多内利。"她补充道，观察我的反应。

我呆呆地站了几秒钟，其实没有完全明白她话里的意思。比莉·多内利是我小说中的一个二号人物，相当可爱，就是有点糊涂，在波士顿一家公立医院当护士。我知道很多女读者在这个在情场上屡战屡败的

"邻家女孩"身上看到了自己的影子。

我惊得说不出话来，朝她走近几步，提起灯盏照亮她。她的确有比莉的瘦长身形，性感、活力充沛，她那光彩照人的脸蛋稍带棱角，上面还洒落着不太引人注意的雀斑。

可这个女孩到底是谁？患妄想症的粉丝？自认为是我书里角色的读者？迫切想引起作家注意的仰慕者？

"你不相信我，是吧？"她坐到厨房吧台后的高脚凳上，从水果篮里抄起一只苹果，大口咬了下去。

我把灯盏放在木吧台上。虽然头疼得好像有把锯子在脑袋里扯来扯去，我还是决定保持冷静。洛杉矶名流的家中出现不速之客是家常便饭：我知道斯蒂芬·金有一天早上在自己家的浴室里看到一个持刀男子，还有，初出茅庐的编剧潜入过斯皮尔伯格家里，只是为了让他读读自己写的剧本，麦当娜有个发疯的粉丝威胁说如果她不嫁给他就割断她的喉咙……

长久以来，我都幸免于这种骚扰。我逃避电视屏幕，拒绝大部分采访邀约，虽然米洛一直催促，我仍然避免上电视推销我的书。我很骄傲，我的读者喜欢我的故事和我笔下的人物，更甚于喜欢我这个普通人。但和奥萝拉在一起时我却不得不面对媒体的疯狂追逐，即使我很不乐意，大家还是把我划入了那类"风头人物"的作家行列。

"嘿！喂！你还在吗？""比莉"挥舞手臂，试图引起我的注意，"你真是不紧不慢，眼睛瞪得像燕子睾丸那样大！"

同样的"形象化"说法……

"好，到此为止吧，够了，你披件什么东西，乖乖回家吧。"

"我想我回不去了……"

"为什么？"

"因为我的家就是你的书。我发现你虽然是个大才子，可理解能力很有限啊。"

我叹了口气，仍然没有向愤怒让步。我努力地和她讲道理："小姐，比莉·多内利是一个虚构的人物……"

"这点我同意。"

聊胜于无。

"但是今晚，在这个房子里，我们是在现实生活里。"

"这点我也没有异议。"

好，又迈出一大步。

"所以，要是你真的是小说人物，你就不该在这里。"

"当然应该在！"

我就知道没这么容易。

"解释一下为什么，但是说得快一点，因为我真的很困。"

"因为我跌下来了。"

"从哪里跌下来？"

"从一本书里，从你的故事里！"

我难以置信地看着她，完全不明白她在胡言乱语些什么。

"我从一行字里跌落下来，从一句未完的话里面。"她补充道，为了说服我，指着桌子上那本午饭时米洛给我的书。

她站起来，翻到第 266 页递给我。这是我一天中第二次读到戛然而止的那个段落：

比莉擦了擦睫毛膏晕开的熊猫眼。

"求你了，杰克。别这么一走了之。"

但是那男人已经披上了外套。他打开门，连看也不看他的情人一眼。

"求求你了！"她叫喊着跌

"你看，这里写着'她叫喊着跌'。我就跌到你家里来了。"

我越来越目瞪口呆。为什么这种事总是跌到我头上？我到底做了什么换来这样的报应？我的确服了药，可还不至于神志涣散到这个程度。我吞的是几片安眠药，又不是迷幻药。无论如何，这个女孩可能只存在于我的脑海里。她大概只是我过量服药后出现的讨厌幻觉。

我试着往这方面想，企图说服自己这一切只是穿过我脑袋的令人眩晕的幻象，但是我无法不让自己注意到对方在说："你脑子完全坏掉了，这样说还是客气的。一定有人这么说过你，是不是？"

"你呢，你最好回去睡觉，因为你的眼皮都耷拉到地上了。我可不会像你这么客气。"

"好，我是要去睡觉了，我可不想在一个脑子脱线的女孩身上浪费时间！"

"我受够了你的羞辱了！"

"我也受够了和一个从月亮上掉下来、凌晨三点一丝不挂地出现在我家的疯子较劲了！"

我擦掉了额头上的汗珠。我又开始呼吸困难了，颈部的肌肉由于焦虑而痉挛收缩。

"好啊，把我赶出去啊！"她叫道，"这可比帮我容易多了！"

我千万不能陷入她设的局。当然了，她身上有些东西很打动我：漫画人物般的脸蛋、含笑的清新气质、微微"假小子"的倾向中和了礁湖似的双眼和修长的双腿。但她的话太不合常理了，我实在无能为力。

我拨了电话，等待着。

第一声铃响。

我感到脸在烧，脑袋越来越沉。接着我的视线变得模糊，看到的东西出现重影。

第二声铃响。

我要去洗把脸，我要……

但我周围的景物失去了真实感，所有东西都在晃动。我听到了第三声铃响，仿佛在很远处回荡，然后我失去了知觉，瘫倒在地上。

7 // 月光下的比莉

缪斯们是一群幽灵，
有时候她们会不请自来，粉墨登场。

——斯蒂芬·金，美国小说家

雨滴不间断地敲打着，在玻璃窗上划下一道道伤疤，窗和门在一股股旋风的侵袭下颤抖着。房间恢复了供电，只是电灯仍会不时明灭，发出电流不稳定的噼啪声。

马利布

凌晨 4 点

汤姆全身裹着被子，在沙发上睡得很沉。

"比莉"打开了电暖器，披上一件对她来说过大的睡袍。她头上包着浴巾，手里端着一杯茶，在房子里来回踱步，打开所有的橱柜和抽屉，仔细检查了从衣柜到冰箱里的所有东西。

虽然客厅和厨房乱得一塌糊涂，她还是很喜欢装修里透出的波希米亚混搭摇滚的气质：挂在天花板上的漆木冲浪板、珊瑚灯、镀镍黄铜望远镜、古董自动点唱机……

她花了半小时翻看书架上的书籍，听从灵感东读一页西看一句。书桌上放着汤姆的手提电脑。她开机，仿佛这么做理所应当，但是被开机密码挡在了门外。她试了几个与作家生活相关的数字，但是纷纷碰壁，未能进入电脑的核心机密。

她拿起抽屉里几十封世界各地的读者寄给汤姆的信。有些信里装着画、照片、干花、护身符、吉祥金币……她仔仔细细地阅读每一封，花了一个多小时，很惊讶地发现许多信里都提到了她。

还有一些公务信件堆在桌上，汤姆甚至都懒得费劲打开：发票、银行账单、首映礼邀请函、双日出版社寄来的报纸消息剪贴。她没怎么犹豫就拆开了大部分的信件，仔细审查大作家的每项支出，深入研究了报纸上关于他和奥萝拉分手的报道。

她一边读，一边留神沙发上的汤姆是否还在沉睡。有两次她还站起身为他拉上被子，仿佛正在照看一个生病的孩子。

她还盯着放在壁炉台上的数码相框里奥萝拉的照片看了很久。女钢琴家散发出一种超凡脱俗的轻盈优雅，又强烈又纯粹。面对这些照片，比莉不由得天真地想知道为什么有些女人与生俱来应有尽有——美貌、修养、财富、天赋——而有些女人却一无所长。

然后她伫立在窗框旁，凝视着雨水拍打玻璃。她看着玻璃上的影子，不太喜欢自己这个样子。她一直对自己的外貌有着矛盾的态度：她觉得自己的脸太有棱角，额头太宽，手长脚长的，看上去像只蚱蜢。不，她觉得自己不美，因为胸部太含蓄、臀围太窄，笨手笨脚的，她还很讨厌脸上的雀斑。不过当然啦，她的腿极为修长……用汤姆小说里的说法，这是她的"勾引利器"。这双腿让很多男人神魂颠倒，但可惜吸引的都不是男人中的绅士。她从脑海中驱散这些念头，为了逃离"镜中之敌"，她离开了观察点，参观二楼。

在客房的更衣室里，她发现有一个壁橱整理得完美无瑕。这无疑是奥萝拉忘记带走的一些衣物，可见她和汤姆的分手事出仓促。她像个小姑娘一样两眼放光地检视着这个阿里巴巴洞穴。里面有一些时尚人士必备之物：一件巴尔曼外套、一件米色巴宝莉风衣、一只铂金包（真品！）、一条 Notify 牛仔裤……

她还在滑槽式鞋柜里确定无疑地找到了"圣杯"：一双克里斯提·鲁布托设计的浅口皮鞋。真是个奇迹，就是她的尺码。她不禁在镜子前试穿了这双鞋，搭配上浅色牛仔裤和缎子上衣，让自己享受一刻灰姑娘的时光。

最后她走进汤姆的卧室，结束这一次参观。她惊讶地发现，虽然没有开灯，但整个屋子浸淫在一片蓝色的光线中。她转身朝向挂在墙上的画作，看着那一对恋人温柔拥抱，目眩神迷。

夏卡尔的作品穿透黑暗，散发出不真实的气息，仿佛在黑夜中微光闪闪。

8 // 生活的小偷

> 这世界不会送你礼物，相信我。
>
> 如果你想要生活，那去偷吧。

——露·安德烈亚斯－莎乐美，俄罗斯女作家

一股暖流掠过我的身体，轻抚我的脸颊。我感到十分温暖、舒适、安全。我迟迟不睁开眼睛，想要在这羊水似的蓬松被窝里延长睡意。接着我听到远处传来一首若有似无的歌，雷鬼的高潮旋律伴随着一股来自童年的气味：香蕉煎饼和焦糖苹果的香气。

阳光肆无忌惮地倾泻进了整个房间。我的头疼消失得无影无踪。我用手挡住让人眼花的强光，转头望向露台。抛光的柚木餐桌上有一台小收音机，乐声就来源于此。

有人在桌子周围走动：一条连衣裙的薄纱下摆开叉至大腿根部，逆着光飘动在空气中。我支起身子靠着沙发背坐着。我认得这条浅粉色的细吊带裙！我认得薄如蝉翼的质地下若隐若现的身体！

"奥萝拉……"我喃喃着。

但那个轻盈朦胧的身影向前走了几步，遮住了阳光，然后……

不，不是奥萝拉，是昨夜那个自称是我小说人物的疯子！

我从被窝中一跃而出，却不得不马上钻回去，因为意识到自己正一丝不挂。

这个疯子竟然把我脱光了！

我用目光四下搜寻衣服，哪怕一条衬裤也好啊，可伸手可及之处一无长物。

不能再这么下去了！

我抄起床罩围在腰上，三步并作两步地走到露台。

煦风吹散了乌云。天空一片澄明，泛着迷人的蓝色。"比莉"的克隆人穿着那条清凉夏裙，在桌边忙碌，好像阳光里翻飞的蜜蜂。

"你在这里搞什么？"我咆哮道。

"用这种方法来感谢我准备的早餐很奇怪哦！"

除了小煎饼之外，她还榨了两杯柚子汁，煮了咖啡。

"还有，你有什么权力把我脱光？"

"风水轮流转咯！昨晚你从头到脚打量我的时候一点也不害臊啊……"

"可你是在我家！"

"算了吧，你不会为了我看到你的小宝贝就闹得鸡飞狗跳吧！"

"小宝贝？"

"是啊，你的小玩意儿……"

我的小玩意儿！我用床罩把自己裹得更严实了一点儿。

"我说'小'是想强调它很讨人喜欢啦，其实，还是很不赖的……"

"好了，玩笑开够了！"我打断了她，"还有，要是你觉得拍拍我的马屁就能达到目的的话……"

她递给我一杯咖啡："你能不能不要用咆哮腔？"

"你凭什么穿这条裙子？"

"你不觉得很衬我吗？这本来是你前女友的，对吧？我看你不像个异装癖……"

我滑坐到一把椅子上，揉了揉眼睛，重新整理了一下思路。昨天夜里，我天真地希望这个女孩只是我一闪而逝的幻觉，可不幸事实并非如此：这个女人不仅真实存在，而且还是个超级烦人的讨厌鬼。

"咖啡要趁热喝。"

"我不想喝，谢谢。"

"你脸色惨白，还不想喝咖啡？"

"我不想喝你的咖啡，这是两回事。"

"为什么？"

"因为我不知道你在里面放了什么。"

"你总不会以为我要下毒吧？"

"我知道像你这样的精神病人……"

"我这样的精神病人！"

"是哦，有的花痴发神经，以为崇拜的演员或作家深深爱着自己。"

"你说我是花痴！老兄，你可真是想得太美了！你要是真以为我崇拜你，那你就错得太离谱了！"

我按摩着自己的太阳穴，看着太阳在地平线上耀武扬威。我的脖子疼得厉害，头也突然又痛起来，这次受折磨的是我的后脑勺。

"好吧，这个玩笑到此为止。你乖乖回家，犯不着我叫警察，行不行？"

"听着，我明白你不想承认现实，可是……"

"可是？"

"……我真的是比莉·多内利。我真的是小说里的人物，相信我，我和你一样吓得不轻。"

　　我受惊过度，喝了一口咖啡，冲破了最后一丝犹豫，终于喝完了一整杯。也许真的下了毒了，可是显然毒效没有立刻发作。

　　不过，我不能放松警惕。我记得小时候看过一个电视节目，里面讲到杀害约翰·列侬的凶手因为向往成名而犯了罪。当然，我不是前披头士乐队的成员，眼前这个女人也比马克·大卫·查普曼可爱不少，但我知道很多"跟踪者"患有精神病，从跟踪到采取行动之间带有冲动、暴力的特征。于是我尽量用安抚性的嗓音试图再次说服她：

　　"听着，我觉得你有点轻微的……混乱。这很正常。谁都有可能在某一天走上岔路。可能你最近丢了工作或者失去了某个亲人？可能你的男朋友离开了你？或者你觉得被抛弃了，心里很怨恨？要是这样的话，我认识一个心理医生，她可以……"

　　她打断了我的长篇大论，在我眼前挥舞索菲亚·施纳贝尔医生开出的一张药方："就我所知，需要心理医生的人是你，不是吗？"

　　"你乱翻我的东西！"

　　"没错。"她又给我倒了一点咖啡。

　　她的举止让我方寸大乱。在这种情况下我应该做什么？打电话给警察还是医生？从她的话来看，我简直可以打赌她一定有犯罪或者精神疾病前科。最简单的莫过于用武力把她赶出去，可要是我和她有肢体接触，这个小妮子就会扬言我对她动手动脚，我可不想冒这个险。

　　"你昨晚没有回家过夜。"我使出最后一招，"你的家人或者朋友应该会担心吧。要是你想打给什么人，可以用我的电话。"

　　"我真是不敢相信！首先，没人会关心我的死活，太悲惨了，不过这点我愿意承认。至于你的电话么，它不久前停机了。"她针锋相对，转身回到客厅。

　　我看到她走向我平时用作书桌的大工作台。她冲我晃了晃一堆催账単，我远远就能看到她的笑容。

"这也难怪，"她评价道，"你好几个月没付月租费了！"

这句话惹到了我。我几乎是本能地冲到她面前，扳过她的身体，让她倒在了我的怀里。就算告我人身侵犯，我也认了。我情愿被起诉，一分钟也听不下去了。我紧紧钳住她，一只手扣住她的膝盖，另一只手抱住她的腰。她用尽全力挣扎，可我也不甘示弱，把她拖回露台后又在最尽头粗暴地把她"卸下"，接着便飞快地跑回起居室，在身后关上玻璃门。

行了！

法子虽老，管用就好！

我为什么要让自己忍受这个讨厌鬼的折磨那么长时间？说到底，要摆脱她也不是什么难事！我在小说里不过是纸上谈兵，有时候，放弃说理、诉诸武力也是不错的选择……

我看着"被关在外面"的年轻女人，泛起满意的微笑。她对我竖起中指回应我的好心情。

终于清静了！

我需要寻回我的从容和泰然。因为抗焦虑药物用完了，我打开 iPod，像原始宗教德鲁伊教的祭司调制镇定剂那样，精心制作了一份以迈尔斯·戴维斯、约翰·柯川和菲利普·格拉斯为原料的拼盘音乐列表。我把随身听连上音响，整个房间充盈着《有点忧郁》的前奏，这是世界上最美的爵士乐作品，即使不喜欢爵士的人也会为之倾倒。

我到厨房里重新煮了咖啡，然后回到客厅，希望那个古怪的访客已经从露台上消失了。

可是事与愿违。

她看上去显然心情恶劣——这么说还是客气的——正在拿早餐餐具撒气。咖啡壶、餐盘、杯子、玻璃托盘，所有能打碎的都被扔到陶土地砖上。接着她狂风骤雨般捶打移动门，并且使尽全力操起一把花园椅砸门，却被厚厚的钢化玻璃弹回。

"我是比莉！"她尖叫了好几次，但她的声音被挡在了三层玻璃之外，与其说是听到的，不如说是我从她的嘴型猜出了意思。喧哗招来了邻居，马上随之而来的马利布保安终于能让我彻底摆脱这个不识相的家伙了。

她沿着门框缓缓滑到地上，双手抱头，看上去筋疲力尽、意志消沉。我对她的沮丧感到不忍，定定地看着她，意识到我即使没有被她的话古怪地催眠，至少也开始动摇。

她抬起头，我看到她那如勿忘我般的蓝色眸子在几缕金色的头发中闪烁，几分钟的时间内，经历了从极尽温柔到混乱无措的神情过渡。

我慢慢靠近，也像她一样抵着玻璃门坐下，与她四目对视，想要弄清一部分真相，或者说得到一个合理的解释。这时我看到她的眼皮仿佛因为疼痛而颤抖。我退后一点，看到她的浅色裙子上染满了鲜血！随后我瞥见她手中握着的面包刀，明白过来她刚刚在自残。我站起身想要救助她，但这次是她用桌子卡住了门把手，堵住了出口。

为什么？我用眼神询问道。

我看到她眼中闪烁着挑衅的光芒，她给出的所有回应就是用喷血的左手掌心拍打了好几次玻璃。最后，她停止了动作，静静地举起鲜血淋漓的手，我透过玻璃，看到血肉里刻下的数字：

144

9 // 肩膀文身[1]

这些数字用鲜血写就，在我眼前狂舞：

144

　　要是在平时，我的第一反应会是拨通911求救，但是这次我被什么东西阻住，没有仓促行事。伤口虽然血流如注，但看上去不会造成生命危险。这个举动到底代表什么？为什么这个女人要伤害自己，留下这样的伤口？
　　因为她疯了……
　　可能吧，还有呢？

1　法国歌手艾蒂安·达欧的歌曲。

因为我不相信她。

144 这个数字和她之前对我说的话之间有什么联系？

她又重新猛烈地用掌心敲打玻璃，我看见她用手指着桌上的书。

我的小说，故事，人物，虚构……

一刹那醍醐灌顶：

第 144 页。

我抓起书，急切地翻到熟知的那页。这是一章的开始，原文如下：

和杰克第一次发生关系的第二天，比莉来到波士顿一家文身店里。

文身针在她的肩膀上移动，把墨水注入她的皮肤，一点一点刻下一个藤缠线绕的图案。这个符号是古代印第安部落用来界定爱情精髓的：有一部分的你永远地进入了我，仿佛毒药一样感染了我。她决心用这个身体题铭作为盾牌来抵挡人生所有的苦难。

我抬头望向我的"访客"。她蜷起身体缩成一团，把下巴搁在屈起的双腿上，现在正用暗淡的目光凝视着我。是我弄错了吗？这么大的阵仗背后是否有什么被我错过了呢？我半信半疑地靠近玻璃门。年轻女人的目光突然在门后燃烧起来。她用手轻抚脖颈，让连衣裙的吊带顺着肩膀滑落。

在她的肩胛骨处，我看见了熟记于心的那个部落图案。那是印第安亚诺马米人用来描述爱情本质的符号：有一部分的你永远地进入了我，仿佛毒药一样感染了我……

10 // 纸女孩

小说家的神智受到他们笔下的人物造访，甚至被其附体，
就好像迷信农妇的神智被耶稣、马利亚和约瑟占据，
或者疯子被魔鬼控制一样。

——南希·休斯顿，法国女作家

房子里，暴风骤雨后迎来了风平浪静。年轻女人同意回到客厅里，不过先去了一次浴室，而我趁这个空当泡好了茶，盘点了一下药柜里的存货。

马利布

早上9点

她来到厨房的餐桌旁，靠着我坐下。她刚刚冲了澡，穿上我的睡袍，用一块浴巾按住伤口止了血。

"我这里有急救药物包，"我说，"但是东西不太齐全。"

她在小包里找到消毒剂，细心地清理起了伤口。

"你为什么要这么做？"

"因为你不肯听我说，老天爷！"

我看着她掀开伤口，查看切得有多深。

"我开车送你去医院。你得缝上几针。"

"我自己来，别忘了，我是个护士。我只需要手术线和消过毒的针。"

"见鬼！上次去超市的时候忘记写进购物单了。"

"你也没有止血绷带之类的东西吧？"

"听好了，这里是一栋海滩别墅，不是什么诊所。"

"那有没有丝线或者马鬃？这两样东西也可以替代。不，你有更好的！我敢肯定我在这里看到过那个神奇的东西，就在那里，在……"

话说到一半，她跳下高脚凳，一点也不拿自己当外人，在我的抽屉里乱翻一通。

"有了！我找到了！"她回来坐下，扬扬得意，没受伤的那只手拿着一管超能胶。

她旋开胶水盖子——上面有一行说明："陶瓷专用。"——挤出一小条涂在伤口上。

"等一下，你确定要这样做？我们可不是在拍电影！"

"当然不是，可我是小说中的人物啊。"她俏皮地回答，"别担心，这东西就是这么用的。"

她把伤口从两边靠拢，捂了几秒钟，好让胶水发挥效力。

"这下行了！"她骄傲地欢呼，向我展示手工缝合后的手掌。

她咬了一口我涂了黄油的面包片，又喝了一口茶。我看到她藏在杯子后面的眼睛正试着猜测我的想法。

"你比刚才和善多了，可你还是不相信我，是不是？"她用袖子抹了抹嘴。

"文身不能真的当作证据。"我谨慎地指出这一点。

"那么自残可以当证据吗？"

"要是你想证明你有暴力倾向、做事冲动，那你做到了。"

"那你问我问题吧！"

我摇着头避开这个提议："我是个作家，不是警察，也不是记者。"

"这样很容易真相大白，不是吗？"

我把杯子里的东西倒进水槽。为什么我要勉强自己喝从来都不喜欢的茶？

"听好了，我和你做笔交易……"

我话说到一半刹住车，思量应该怎么措辞。

"嗯？"

"我可以给你做个测试，问你关于比莉生活的问题。但是，要是你答错了，哪怕就错了一题，你也只能安安静静地离开这里。"

"成交。"

"我们说好了：一旦你犯下第一个错误，你就从这里滚出去，不然我马上叫警察来。到时候就算你用杀猪刀把自己一块一块砍下来，在露台上流血而死，我也不会再管你！"

"你总是这么迷人，还是你假装的？"

"明白了？"

"没问题，放马过来！"

"姓名、出生日期和出生地？"

"比莉·多内利，1984 年 8 月 11 日生于密歇根湖畔的密尔沃基。"

"你妈妈的姓名？"

"瓦莱里娅·斯坦威克。"

"你爸爸的工作？"

"在美国第二大啤酒酿造厂米勒康胜公司当工人。"

她回答得天衣无缝，没有任何犹豫。

"你最好的朋友？"

"我一直觉得很遗憾，我没有真正的朋友，只有些玩伴。"

"第一次性行为？"

她花时间想了想，阴沉地看着我，好让我明白她的尴尬仅仅来自我这个问题的性质本身。

"十六岁，到法国参加语言文化游，在蓝色海岸。他的名字叫泰奥。"

听着她一题一题回答下来，我觉得越来越不自在，从她满意的笑容里我明白她也意识到自己赚回不少分数。无论如何，有一件事是肯定的：她对我的小说了然于胸。

"你最喜欢的饮料？"

"可乐，最正宗的那种，不是健怡也不是零度。"

"最喜欢的电影？"

"《暖暖内含光》。讲的是爱的痛苦，很有冲击力，非常有诗意，也很伤感。你看过吗？"

她舒展开修长的身体，走到沙发边坐下。我又一次吃惊于她和比莉的相似之处：同样熠熠闪光的金色长发，同样不加修饰的自然美，同样爱开玩笑的口吻，同样的嗓音，我记得曾经在书里这样描写道："挑衅、嘲讽，时而斩钉截铁，时而充满孩子气。"

"你最看重男人身上的什么特质？"

"你是在给我做普鲁斯特问卷吗？"

"有点像。"

"事实上，我喜欢的男人要是个男人。我不太能欣赏那些不惜代价展露自己女性气质的家伙。你明白吗？"

我怀疑地点了点头。我正准备继续，她却接过话头："你呢，一个女人身上有什么特点会让你爱上她？"

"想象力吧，我觉得。幽默感，这是智慧的精华，对吧？"

她指了指循环展示着奥萝拉照片的数码相框。

"可是，你的钢琴家不像个爱说笑的人。"

"我们还是回到正题上来吧。"我也坐到沙发上。

"你提问提得来劲了，是不是？真是三分颜色开染坊！"她打趣道。

可我拒绝岔开话题，继续我的问卷："要是可以的话，你想改变外貌的哪一点？"

"我希望曲线更明显，稍稍再丰满点。"

我吃惊到无法用语言形容。所有的答案都滴水不漏。要么这个疯女人自以为是比莉，并且一丝不苟地潜心研究了这个人物，要么她就真的是比莉，那么发疯的人是我。

"怎么样？"她嘲弄道。

"你的回答只能证明你很认真地读了我的小说。"我试图多少掩饰一下惊讶之情。

"那么，你问我其他问题好了。"

我也正打算这么做。我像下战书一样，把书扔进了厨房的镀铬垃圾桶，接着打开手提电脑，轻轻松松输入密码进入界面。事实上，我对于笔下人物的了解程度远胜于写进小说里的部分。为了和我的"主角们"同声相应同气相求，我习惯给每人写一个长达二十页的详细生平。我在其中记载尽可能多的信息，从出生年月日到心爱的歌曲，甚至还包括他们幼儿园老师的名字。这些档案的四分之三不会出现在书的定稿里，但这个小练习属于隐形劳动，对写作的神秘炼金术来说大有裨益。随着经验逐渐累积，我现在已经确信这个小练习能让我的人物变得更真实，至少使他们显得比较有人情味，也许这也可以解释为什么读者能在他们身上看到自己的影子。

"你真的要继续？"我打开了关于比莉的那个文件。

年轻女人从矮桌的抽屉里取出一只小小的银色打火机和一包旧的登喜路——我都不知道它们的存在——大概是我和奥萝拉在一起之前经常来往的某个女人忘记带走的。她颇有范儿地点燃一支烟："奉陪到底。"

我扫了一下电脑屏幕，随机挑选了一个条目。

"最喜欢的摇滚乐队？"

"唔……涅槃乐队，"她说道，但是马上改口，"不，红辣椒！"

"真没创意。"

"但这是正确答案，对不对？"

的确如此。肯定是蒙对的。人人都爱红辣椒乐队。

"最喜欢的菜？"

"要是某个女同事问我，我会说凯撒沙拉，因为不想被当成贪吃鬼，可是对我来说真正的人间美味是一大盘还在滴油的炸鱼薯条！"

答对这道题不可能是巧合。我感到额头上沁出了汗珠。从来没有任何人读过这些"机密"档案，哪怕是米洛。只有我的电脑里有留档，而且路径也很安全。我拒绝承认摆在眼前的事实，抛出了另一个问题："你最喜欢的体位？"

"去死吧。"

她离开了沙发，在水龙头下熄灭香烟。

她对这个问题的回避态度让我重振信心："你曾有过多少性伙伴？这个问题必须回答！你本来就不能跳题不答，刚才算犯规了。"

她向我射来绝非善意的目光。

"说到底，你和其他人都一样，嗯？只有这个让你感兴趣……"

"我从来没说过我和别人不一样。来吧，多少？"

"反正不管怎么说，你已经知道的：十几个……"

"具体多少？"

"我可不要在你面前数！"

"会花太多时间吧？"

"你想暗示什么？我是个婊子？"

"我可没这么说。"

"你没有这么说，可你确确实实就是这么想的。"

我对她的羞耻感无动于衷，不懈地逼迫她面对这个越来越像酷刑的问题："说吧，多少？"

"十六个，我想。"

"在这'十六个，我想'里面，你爱过多少个？"

她叹了口气："两个。第一个和最后一个：泰奥和杰克。"

"一个处男和一个浪荡子。你很喜欢走极端。"

她轻蔑地看着我："哇哦，了不起！你真是个绅士。"

虽然我面露挑衅，可不得不承认她每次都答得丝毫不差。

丁零！

有人按响了门铃，可我一点也不想去开门。

"你问完你的破问题了吗？"她用挑衅的语调问。

我用一个陷阱问题试探她："你的枕边书？"

她有点不自在，耸了耸肩膀："我不知道。我不太看书的，没什么时间。"

"这倒是个好借口！"

"要是你觉得我太蠢了，那只能怪你自己！我提醒你，我就是从你的想象里面走出来的。是你把我造出来的！"

丁零！丁零！

我的访客在门外和门铃打得火热，但和我比拼耐心，他只能甘拜下风。

眼下的情况超出了我的理解范围，我对她精准的回答无言以对。气氛渐渐升级，不知不觉中我的提问已经接近人身攻击："你最大的遗憾？"

"还没有孩子。"

"你一生中最幸福的时候？"

"最后一次在杰克怀里醒来。"

"你最近一次哭是什么时候？"

"我忘了。"

"你一定要回答。"

"我不知道，我动不动就掉眼泪。"

"最近一次伤心地哭。"

"半年前，给我的狗打针的时候。它叫阿戈斯。你的小文档里没有记载吗？"

丁零！丁零！丁零！

我应该对这些答案感到满意。我获得的证据远远超过了所需，但这一切让我乱了阵脚。这个小游戏把我甩到了另一个维度、另一种现实，而我的理智却拒绝承认。恐慌中，我把怒火转向"比莉"："你最恐惧的事？"

"未来。"

"你还记得人生中最糟糕的一天吗？"

"别问了，求你了。"

"这是我最后一个问题。"

"求你了……"

我牢牢抓住她的手臂。

"回答我！"

"放开我，你弄疼我了！"她挣扎着叫喊道。

"汤姆！"

门后一个声音叫着。

比莉从我的掌控中挣脱出来，她的脸变得惨白，眼神中闪烁着痛苦的火焰。

"汤姆！你给我开门！见鬼！别逼我以后开着推土机来见你！"

显然是米洛……

比莉躲到露台上。我很想安慰她，为我给她造成的伤害道歉，因为我清楚地意识到她的愤怒和悲伤都不是装出来的。可是我受了太大的惊吓，脑子里一片混乱，十分期待有个人能听我倾诉，让我平静下来。

11 // 麦克阿瑟公园的小女孩

当我们的翅膀忘记怎样飞翔，
朋友就是托起我们的天使。

——无名氏

"再晚一点开门，我就要用推土机了！"米洛走进客厅，信誓旦旦地说道，"哎呀！你可没什么起色，看上去像磕了药。"

"你来干什么？"

"我来取回我的车，要是你没意见的话！我想在执达员没收之前再开着它兜个风……"

马利布

10点

"你好，汤姆。"卡萝尔跟着他进入客厅。

她穿着制服。我朝大街上瞟了一眼，发现一辆警车停在我家门口。

"你是来逮捕我的？"我开着玩笑，一边将她拥入怀中。

"你怎么在流血！"她惊呼。

我皱了皱眉头，瞥见衬衫上的斑斑血迹：那是比莉割破的手留下的纪念。

"别怕，不是我的血。"

"你以为这样我就会放心了吗？而且这血还没干。"她狐疑地指出这一点。

"等等。你们一定猜不到发生了什么事。昨天晚上……"

"这条裙子是谁的？"米洛打断我的话，拎起那条沾满血红蛋白的丝裙。

"奥萝拉的，可是……"

"奥萝拉？别告诉我你……"

"当然不是！不是她穿的。是另外一个女人。"

"啊哈！你勾搭上别的女人了，"他大叫，"这是个好兆头。我们认识吗？"

"可以这么说。"

卡萝尔和米洛面面相觑，然后齐声问道："是谁？"

"到露台上去看一眼，你们一定会被吓到。"

他们不约而同快步穿过客厅，朝门框后探出好奇的脑袋。然后是十几秒的鸦雀无声，直到米洛发表感想："外面没人啊，老大。"

我很惊讶，也走到露台上。微风徐徐吹拂，让人精神为之一爽。

桌椅都被掀翻在地，地板上零星散落着玻璃碎片，到处是咖啡、香蕉泥、枫糖浆——满目狼藉，可是比莉却不知所踪。

"有军队来你家做过核试验啦？"卡萝尔问道。

"的确，这里比喀布尔还糟。"米洛帮腔。

为了遮挡强烈的反光，我在额头上用手搭起凉棚，远眺地平线。昨晚的暴风雨让海滩凌乱不堪。一浪一浪涌上沙滩的泡沫花儿在岸上遗弃了几段树桩、一些褐色的海藻、一块残旧的冲浪板，甚至还有一辆自行车的车身。可我不得不面对现实：比莉消失了。

卡萝尔出于职业习惯，在玻璃碴旁蹲下，不无担忧地查看正在变干的血迹。

"发生什么事了，汤姆？你和谁打架了吗？"

"没有！只不过……"

"现在，我真的觉得你欠我们一个合理的解释了！"米洛又一次打断了我。

"你这个唠叨鬼！要不是你三番五次不让我把话说完，你早就听到我的解释了。"

"那好啊，说吧。谁炮轰了你的露台？这条裙子上的血是谁的？教皇吗？甘地吗？玛丽莲·梦露吗？"

"比莉·多内利。"

"比莉·多内利？可她是你小说里的人物！"

"就是嘛。"

"你觉得这么耍我很好玩吗？"米洛爆发了，"我为你担心得觉也睡不好。要是你需要，我甚至可以半夜起来帮你一起埋尸体，你倒好，就把我当个……"

卡萝尔站了起来，介入我们的谈话，模仿拳击裁判的手势，用一种妈妈教训孩子的口吻说道："时间到，伙计们！好了，我们不要开这种没有营养的玩笑了，来，坐到桌子旁，冷静地好好解释一下，好不好？"

我们当然照做了。

我花了三刻多钟，一五一十地讲了发生在我身上不可思议的一切，没有遗漏任何细节：从深更半夜与比莉离奇的初遇，到今天早上的问答题，最终让我相信了她的身份。

"那么，要是我没理解错的话，"米洛总结道，"你小说里有个女性角色从一本印坏的书里掉出来，直接跌到了你家里。她一丝不挂，所以穿上了你前女友的裙子，然后给你做香蕉煎饼当早餐。你为了谢谢她，把她关在露台上，然后你开始听迈尔斯·戴维斯，她就割破自己的血管，到处喷血，后来用'陶瓷专用'超能胶黏好伤口。接着你们像印第安人一样抽了一袋休战水烟，玩起了真心话的游戏，她觉得你是个色情狂，你觉得她是个婊子。再后来，她就念了一句咒语，当我们按门铃的时候，她正好消失在空气里了。是这样吗？"

"算了，"我说，"我就知道你会有这样的反应。"

"就问最后一个问题：你在那个休战水烟里装的是什么'货色'？"

"别再添乱了！"卡萝尔命令道。

米洛忧心忡忡地看着我："你该去看心理医生。"

"没得商量，我现在很好。"

"听着，我知道我要为我们两个的经济危机负责。我知道不该给你压力，要你在规定期限里写完下一本小说，可你这样真的让我有点怕。你正在失去理智。"

"你可能是职业倦怠了。"卡萝尔也试着缓和气氛，"工作过度操劳引起了心理问题。你这三年一直在连轴转：夜里写作，白天赶场子和读者见面、开讲座，还有各种宣传活动。汤姆，没人能挺过来的。你和奥萝拉分手是压垮骆驼的最后一根稻草。你需要休息，就这么简单。"

"别把我当孩子。"

"你一定要去看心理医生。"米洛重复道，"她和我们说起过一种睡眠疗法……"

"什么，'她和我们说起过'？你们没和我商量就打电话给施纳贝尔医生？"

"我们是为你好，不是害你。"米洛想要安抚我。

"你就不能让我清静个三分钟？你就不能管好你自己，不要老是来烦我？"

米洛被这句话击中，摇了摇头，张开嘴犹豫着要再说点什么，可他的脸色渐渐变得凝重，陷入了沉默。他从开着的烟盒里拿出一支登喜路，走出屋子，到海滩上独自一人抽烟去了。

我和卡萝尔独自待着。她也点燃一支烟，吐出一口烟圈，然后递给我，我们仿佛回到了十岁的时候，躲在麦克阿瑟公园瘦骨嶙峋的棕榈树后面抽烟的样子。考虑到不当值，她拆散了发髻，任由乌木色的头发披散在海军蓝的制服上。她浅色的眼睛在炭色发丝的映衬下更显清澈，成熟女人的脸上不时掠过的表情依稀有少女的模样。把我们联系起来的纽带超越了单纯的温情或好感，也不是一般的友谊。这是只有在童年才能建立起的始终不渝的感情，这种情感将贯穿你一生，患难与共常常多于有福同享。

每次我们两人独处，少年时代的纷纷扰扰总会像回力镖一样重现眼前：我们唯一的活动范围是一片边界模糊的空地，发出恶臭的泥塘熏得我们快要窒息；还有放学后坐在篮球场上的那些令人痛彻心扉的谈话……

这次也一样，我强烈地感到我们还是只有十二岁。我卖出的几百万本书、她抓过的罪犯都只是我们扮演的角色的一部分，可在内心深处我们并没有真正离开"那里"。

毕竟，我们三人都选择不要孩子不是一个偶然。我们在与自己的心结奋力抵抗中自顾不暇，没有热情去播撒生命。对现在的卡萝尔，我了解得很少。最近一段时间我们两个很少见面，就算见了面，也刻意避免聊到重点。可能我们天真地希望只要不提起过去，它就会随风而逝。可没那么简单。米洛为了忘却童年，二十四小时不间断地扮小丑。我呢，我靠爬格子，靠嗑药，还有冰毒。

"汤姆，我不喜欢说冠冕堂皇的话……"她开口道，一边紧张地拧着一把小勺子。

现在米洛不在房间里，她的脸色变得悲伤忧虑，卸去了"伪装"。

"你和我，我们俩可以同生共死，"她继续说，"我可以给你一个肾，如果需要的话两个也行。"

"我可不要你捐肾。"

"我现在想想，过去总是你来解决问题。现在轮到我了，可我却帮不了你。"

"你别操那么多心。我很好。"

"不，你不好。可我想让你知道一件事：多亏了你，米洛和我才能够一路走到这里。"

我耸了耸肩。我甚至都不再确定我们真的一路走到了哪里。当然了，我们住豪宅，不用像以前一样成天担心吃不饱肚子，可是麦克阿瑟公园离我们住的地方直线距离不过几公里远。

"不管怎么样，每天早上我第一个想到的总是你，汤姆。要是你毁了，我们也跟着你一起毁了。要是你松手了，我想我的生活也会失去意义。"

我张开嘴想要让她别再说傻话，可是脱口而出的却是另一句话："你幸福吗，卡萝尔？"

她看着我的表情好像我刚说了什么天方夜谭——对她而言，长久以来，挣扎求生的努力已经永远地取代了追求幸福的念头。

"小说人物跑到现实里这档子事，"她又开口道，"站不住脚，你承认吗？"

"是有点牵强。"我乖乖承认。

"听着，我不知道能做点什么来支持你，我只能告诉你，我是你的朋友，还有我对你的感情一如既往。好了，那个睡眠疗法，也许可以去试试看？"

我温柔地凝视着她，被她的关心深深打动，可也下定决心不接受任何治疗。

"不管怎么样，我没钱付账。"

她无视这个理由："你还记得第一次拿到版税那天吗？数额太大了，你一定要和我分。我当然不同意了，可你还是偷看了我的银行账号，把支票过到了我的户头。你还记得我看到银行对账单上结余三十多万美元的时候是什么表情吗？"

卡萝尔重提这段逸事时，稍稍快活了一些，蒙雾的眼睛里泛出了点点光彩。

我也笑了起来，回忆起那段幸福的时光，那时候我很单纯，以为钱是万能的。现实在这几秒钟里显得没那么沉重了，可是欢乐一闪即逝，她的眼神中只余悲苦的泪光。她请求道："你就同意吧，算我求你了。这次治疗的费用我来付。"

她又重新变回我童年常常见到的那个饱受折磨的小女孩，令我不忍，于是为了安抚她，我答应接受治疗。

12 // 勒戒

死神将会到来，

挖掉你的双眼……

——切萨雷·帕韦塞

（诗人自杀后，人们在他的床头柜上发现的题诗）

米洛一反常态，缓缓驾驶着布加迪。一阵令人烦躁的寂静笼罩着车厢。

"好了，别一副死样。我又不是带你去贝蒂·福特的诊所[1]！"

"嗯……"

刚才在我家，我们又为找不到他的车钥匙争吵了一小时。我们人生中第一次差点大打出手。最后，互相发了一通火之后，我们找来一个跑腿的，去米洛的办公室取来了备用钥匙。

他打开电台，想缓和一下气氛，可艾米·怀恩豪斯的歌反而让紧张情绪升级：

他们带我去勒戒，

1　加利福尼亚著名的戒毒中心。

我说不，不，不。

我觉得这一切仿佛命中注定，摇下车窗，看着海边的棕榈树成排向后退去。也许米洛是对的。也许我已经濒临崩溃，受到幻象的纠缠。我自己也很清楚，我写作时，常常像在走钢丝。写作让我沉浸在一种奇特的状态里：现实渐渐让位于虚构，我的主人公们有时候那么真实，仿佛就陪伴在我的左右。他们的痛苦、怀疑、幸福我也感同身受，即使小说画上了句号，这些情感仍会频频造访。我书里的人物常常出现在我的梦里，吃早餐时我还魂萦梦系。我买东西、去饭店晚餐、小便，甚至做爱的时候，都能感受到他们的气息。这种经历既醉人又可悲，让人沉迷，却也扰乱心神，可直到目前为止，我都能把这种甜美的幻觉控制在理智的范畴内。说到底，我的妄想虽然经常让我身陷险境，可从未跨越疯狂的界限。为什么我只字未写已经好几个月了，却偏偏在今天脱了轨？

"啊！我给你带了这个。"米洛丢给我一个橙色的塑料小盒。

我在半空接住。

我的抗抑郁药……

我旋开盖子，盯着白色的胶囊，它们仿佛在瓶底冲着我冷笑。

既然费了那么大劲让我戒药瘾，为什么还把它还给我？

"突然停药不是个好主意。"他为自己的行为辩解。

我的心脏剧烈跳动起来，猛地感到非常焦虑。我觉得孤单一人，浑身疼痛，就像发作了的瘾君子。人怎么能在没有任何伤口的情况下感到如此难受？

我的脑海里不停回响着卢·里德一首老歌的和弦：我在等我的男人。我在等我的男人，我在等我的毒贩。而毒贩竟然是我最好的朋友，这一点还是相当诡异的。

"这个睡眠疗法会让你重生。"他安慰我,"你会像个婴儿一样睡上十天!"

他尽最大努力在嗓音中表现得信心十足,可我明白连他自己也不相信。

我攥紧了药瓶,紧得好像塑料瓶随时会爆炸。我知道只要让一小颗胶囊在我舌头下溶化,我就会立刻舒服很多。要是想睡着,甚至可以连续吃上三四颗。这对我来说很管用。

"你运气很好,"施纳贝尔医生为了让我安心告诉我,"有些人服药后会产生很难熬的后遗症。"

我硬着头皮,还是一颗药也没碰就把瓶子放进了口袋。

"要是睡眠疗法不起作用,我们再试其他的。"米洛向我保证,"有人和我说起过纽约有个家伙,康纳·麦科伊,听说他的催眠术可神了。"

催眠、人工睡眠、药物……我开始厌倦一直要逃避现实,即使现实对我而言是痛苦的同义词。我不想用镇定剂换十天的安乐。我不想要这种不负责任的宁静。我重新想要和现实狭路相逢,即便我可能会搭上性命。

很长时间以来,我都为创作和精神疾病之间的微妙联系深深着迷。卡米耶·克洛岱尔、莫泊桑、奈瓦尔、阿尔托都慢慢步入疯癫;弗吉尼亚·伍尔夫投河而死;切萨雷·帕韦塞在旅店客房里用一把巴比妥类药物结束了生命;尼古拉·德·斯塔埃尔跳窗自杀;约翰·肯尼迪·图尔把排气管连入车厢内……更不用说海明威老爹用一管猎枪炸飞了自己的脑袋。柯特·科本也是一样,于某个苍白的清晨在西雅图附近饮弹自尽,留下一封写给想象中童年好友的遗书:"与其苟延残喘,不如从容燃烧。"

他们的出路一个个不谋而合……

这些充满创造力的大师中的每一位都选择了属于自己的方式,可结果都是一样：自戕。如果艺术是因为现实不完美才存在，也许艺术也会有不完美的一天，届时只能将接力棒交给疯狂和死亡。虽然我的才华不能望其项背，却不幸地天生就有相似的精神困扰。

　　米洛把车停在一幢摩登建筑前绿树成荫的停车场上。那房子由粉色大理石和玻璃两种材质构成：这就是索菲亚·施纳贝尔医生的诊所。

　　"我们是你的战友，不是敌人。"卡萝尔再次给我打气，我们走上台阶。

　　我们三人进入了诊所。我在接待处惊奇地注意到预约用的是我的名字——他们昨晚就计划让我入院了。

　　我心不甘情不愿地跟随我的朋友们走进电梯，没有提问。半透明的轿厢带我们上了顶层，一位女秘书引我们进了一个宽敞无比的办公室，通知我们医生马上就到。

　　房间明亮宽敞，中间摆放着一张大工作台和一只白色皮革的转角沙发。

　　"沙发可真不赖！"米洛吹了一声口哨，在一把手掌形状的椅子里坐下。

　　屋子里摆放着不少佛教雕塑，营造出一种静谧的气氛，无疑有利于让一些病患打开心扉：悉达多的青铜半身像、粗陶制的转法轮印、一对羚羊、大理石喷泉……

　　我观察到米洛正在绞尽脑汁想说句拿手的俏皮话或者开个小玩笑。这样的雕像和装潢，可以让他说上几十个段子，可是今天他仿佛黔驴技穷，于是我明白他有什么很要紧的事瞒着我。

　　我从卡萝尔那里寻找支援，可她避开了我的目光，假装对索菲亚·施纳贝尔挂在墙上的毕业证书产生了浓厚兴趣。

　　自从伊桑·惠特克被暗杀之后，施纳贝尔当仁不让成了"明星心理医生"。寻诊的病人里有好莱坞最响当当的名字：演员、歌手、制作人、媒体红人、政客，还有"谁谁谁的儿子和孙子"。

她还主持着一档电视节目，平民老百姓可以将他们的一部分隐私在大庭广众下暴露，并得到"明星诊疗"（这就是节目的标题）。来宾在现场直播中痛诉噩梦般的童年、恶癖、出轨，展示他们自己的性爱录像，描述 3P 的性幻想。

娱乐圈中对索菲亚·施纳贝尔顶礼膜拜的人不在少数，剩下的那些则避之唯恐不及。二十年从医的经历，坊间传说她掌握的资料可以和埃德加·胡佛[1]相媲美：数千小时和明星们促膝详谈，病情记录里藏着整个好莱坞最阴暗、最不足为外人道的秘密。这些机密文件通常锁在保险箱里，一旦公之于众，对娱乐圈来说不啻为一场地震，也可以让许多政界和司法界要员人头落地。

最近一起事件又把索菲亚推到了风口浪尖。几个月前，她的一个病人斯蒂芬妮·哈里森——"绿十字"连锁超市创始人、亿万富翁理查德·哈里森的遗孀——年仅三十二岁就因过量服用药物身亡，解剖时在她的体内发现残留的抗抑郁药物、镇定剂和减肥胶囊。这些药都没问题，可剂量大大超出常规。死者的哥哥在电视上控诉是施纳贝尔害死了她。他请了一个营的律师和私人侦探，把斯蒂芬妮的公寓兜底翻了，找到五十几张处方。药方分别开给五个不同的假名字，上面都有……索菲亚·施纳贝尔的签名。对女医师来说，这起事件发生的时机很不凑巧——民众还在为迈克尔·杰克逊的死扼腕不已，他们开始察觉有一大批医生滥用职权给那些家财万贯的病人开通融处方。加利福尼亚州原本就希望立法限制医生的业务范围，趁此机会指控女医师滥开处方，随后却突然撤销了指控。这项举动很匪夷所思，因为检控官已经掌握了所有

---

1 美国历史上颇具争议的人物。胡佛曾于 1935 年至 1972 年间担任美国联邦调查局第一任局长，被怀疑利用政客和公众人物的婚外情以及性癖好进行敲诈。

足以将她定罪的证据。这次峰回路转被很多人揣测为法官在政治上畏首畏尾，却歪打正着使索菲亚登上了不可撼动的宝座。

要踏入女医师客户的尊贵圈子，必须由一位老客户做介绍人。她也属于那群社会精英们私下交流的"内部消息"之一，其他的还有：哪里可以弄到最纯的可卡因？找哪个交易员操作股票收益率最高？怎么拿到湖人队比赛的包厢座位？拨什么号码可以找到"看上去不像应召女郎的应召女郎"（适用于男性）？或者找哪个整形医生隆出的假胸别人看不出来（适用于女性）？

我能加入这个小圈子归功于一个加拿大热播电视剧的女演员，米洛想追她没有得手。施纳贝尔治好了她严重的广场恐惧症。我曾经以为她是个肤浅的女孩，事实证明她细腻、有教养，教我领略了约翰·卡萨维兹的电影和罗伯特·莱曼的画作的魅力。

我和索菲亚·施纳贝尔之间从来没有真正的交流。我们的疗程很快简化为单纯的药物发放，说到底，这样做皆大欢喜：我全额支付治疗费用，她不用五分钟就可以打发我，当然求之不得；我呢，因为她从来不会对我时不时问她要的玩意儿皱眉头，也就万事大吉了。

"小姐、先生们，你们好。"

施纳贝尔医生走进办公室，向我们问好。她脸上一如既往地挂着胸有成竹的动人微笑，像平时一样穿一件微微反光的修身皮衣，敞开的领口里，扣子开得很低的衬衫一览无余。有人称之为引领风潮……

我照例必须花上一点时间适应她的壮观发型——她烫了一头诡异的卷发，一眼看上去还以为她脑袋上移植了一只尸体尚有余温的毛绒比熊犬。

看她对米洛和卡萝尔说话的口气，我确认了他们三人之前就见过面。我被排除出他们的谈话，就好像他们是我的父母，为我做了一个决定，而我都不能发表什么意见。

最让我担心的是，卡萝尔一个小时前还对我温言软语，现在却变得拒人千里之外。她有点尴尬，好像在犹豫，显然对某个她投了反对票的行动不情不愿。米洛表面上决心已定，可是我感到他的信心也只不过是虚张声势。

直到听到索菲亚·施纳贝尔模棱两可的话时，我才恍然大悟：从来就没有什么睡眠疗法。绕了那么一个大圈子，她是想把我软禁在这里！米洛想让我关禁闭，以此推卸他的财政责任！我了解加利福尼亚州的法律规定，一个医生如果觉得他的病人情绪不稳定到可能危害社会，就有权将其在指定地点拘留，我想他们要把我归入这一类不是难事。

一年来我不止一次和警方发生冲突，官司缠身，一直不太消停。我现在正在假释期间，因持有毒品被起诉，而我和比莉的初遇——米洛正在巨细靡遗地转述给女医师听——最终将我定性为饱受幻象之苦的精神病人。

我以为不会再有更出奇的事情了，谁知却听到卡萝尔提到露台玻璃和我衬衫上的血迹。

“是你的血吗，博伊德先生？”女医师问我。

我放弃了向她解释的想法，反正她也不会信我的。无论如何，她的主意已定，我仿佛听到她向秘书口述病情报告：

> 病人试图对自己或他人施加严重的身体伤害。他的判断力明显受到影响，无法明白自己需要治疗，所以必须采取软禁……

“要是你没意见的话，我们来做几项检查。”

不，我不要做检查，我不要人工睡眠，我再也不要吃药了！我站起来，想逃开这段对话。

我沿着磨砂玻璃隔板走了几步，隔板旁边有一尊转法轮印的雕塑，四周装饰着一朵朵小火焰和花卉图案。这一佛教信物大约有一米高，射出八道光芒，指出解脱痛苦的道路。法轮常转，跟随"中道"才能找到"正业"。

我灵光一闪，抬起雕塑用尽全力扔向落地玻璃窗，顿时碎片四溅。

我记得卡萝尔的惊呼。

我还记得风中飘动的缎子窗帘。

我也记得从这个大张的缺口里涌进一阵狂风，纸片翻飞，花瓶被掀翻在地。

我记得天空的呼唤。

我记得还没有冲出多远就坠入空无。

我记得自己的身体被抛弃。

我记得麦克阿瑟公园中那个小女孩的悲伤。

13 // 逃亡者[1]

很多人问我到底什么时候会拍一部关于现实中的人的电影。

可现实到底是什么？

——蒂姆·伯顿，美国导演

"你动作可真够慢的！"一个声音抱怨着。

可这不是天使的嗓音，更不是圣彼得的。

是比莉·多内利！

诊所停车场

中午

我裹着窗帘从三楼摔下，落到一辆旧道奇车凹凸不平的车顶上，那车说巧不巧正停在索菲亚·施纳贝尔办公室的窗户下。我有根肋骨陷进了身体，膝盖、头和脚踝都生疼，可我还活着。

"我不是想催你，"比莉继续说，"可要是我们不快点从这儿开路，我

---

1 电影《肖申克的救赎》法语译名。

怕他们这次要给你穿那种精神病人专用的紧身衣了。"

她又在奥萝拉的衣柜里不问自取，穿了她的白色背心、做旧牛仔裤和镶银色蕾丝边的紧身小西装。

"好了，你不会想在车顶上过圣诞吧！"她催促道，手里晃着挂在布加迪钥匙圈上的一串钥匙。

"是你偷了米洛的钥匙！"我从道奇上下来。

"是不是该谢谢我啊？"

真是不可思议，我竟然只有几处小伤口。可当我一只脚着地时，却不由自主地发出一声痛苦的呻吟。我的脚踝扭伤了，没法走路。

"他在那儿！"米洛叫着，
他已经冲到了停车场，
正指挥三个身材魁梧得像橄榄球运动员的男护工向我扑来。

比莉在布加迪的驾驶座上坐定，我也跟着她钻进了车厢。

她本想加速驶出出口，这时停车场的自动栏杆缓缓放下。她极端自信，在沙砾地上表演了个漂移。

"我们从后面撤。"

"回来，汤姆！"卡萝尔在我们擦过她身边时哀求着。

三座大山还想要挡住我们的路，可比莉带着一种明显的快感再次突然加速。

"承认吧，你很高兴再次见到我！"她不无得意地说。此时车子冲破了障碍，载着我们奔向自由。

14 // 那女孩是谁[1]

奋斗！重新燃起已熄灭的光明。

——狄兰·托马斯，英国作家

"现在我们去哪里？"我问道，两手紧紧抓住安全带。

布加迪在比科大道上拐了个弯，向太平洋海岸高速公路全速驶去。

比莉手掌方向盘，自以为是巴西车神埃尔顿·塞纳，危险动作一个接一个：急刹车、瞬间加速、全速行驶时突然转弯。

"这部车像火箭！"她顾左右而言他。

我脑袋紧贴座椅靠背，仿佛置身于快要升空的飞机。我看她换挡轻松利落，很显然，她乐在其中。

"有点吵，不觉得吗？"

"吵！你在开玩笑吧？这个马达的声音，简直就是莫扎特的乐曲！"

看到之前的问题完全被比莉抛诸脑后，我又恼怒地重复了一遍："那

1　1987年上映的由麦当娜主演的同名电影。

好，我们去哪里？"

"墨西哥。"

"啊？"

"我给你整理了一只旅行袋，还有一些洗漱用品。"

"这怎么行！我哪儿也不去！"

我对这个突发事件的发展感到不快，叫她载我去看医生，把脚踝治好，可她对我的要求充耳不闻。

"停车。"我抓住她的手臂，命令道。

"你弄疼我了！"

"马上把车停下！"

她踩了急刹车，车轮骑上了路肩。布加迪稍稍侧滑了一下，在一片烟尘中停下了。

"墨西哥是怎么回事？"

我们两人都从车上下来，在路边绿草茵茵的斜坡上争执起来。

"我要带你去你没胆子去的地方！"

"是吗？我能知道你指的是什么吗？"

为了盖过车流的噪音，我不得不声嘶力竭地大吼，肋骨的疼痛于是更加撕心裂肺起来。

"把奥萝拉找回来！"她大叫，这时一辆重型卡车狂按喇叭擦着布加迪呼啸而过。

我看着她，怔在原地。

"我不明白我们谈的东西和奥萝拉有什么关系。"

空气中汽油味飘散，烟尘弥漫，可以远远看到金属网后面通向洛杉矶国际机场的公路和检查站。

比莉打开行李箱，递给我一份《人物》杂志。封面上登载着好几条"星闻逸事"：布拉德·皮特和安吉丽娜·朱莉疑似分手，皮特·多哈提的荒唐事，一级方程式赛车冠军拉斐尔·巴罗斯和他的新未婚妻……奥萝拉·瓦朗库尔在墨西哥度假的照片。

出于一种自虐的心理，我打开杂志，翻到那篇报道，看到了一些在天堂般的美景里拍摄的光彩照人的照片。在峭壁白沙和绿松石色的海水之间，奥萝拉在她的西班牙王子的臂弯里艳光四射，从容平静。

我的视线渐渐模糊。我想仔细读报道，可是浑身疼挛，一个字也看不进去。只有标题下方的几句话闯入了我的眼帘，剜心裂肺。

奥萝拉：我们虽然刚认识不久，可我知道拉斐尔就是我一直在等的人。

拉斐尔：奥萝拉再为我生个孩子的话一切就完美了。

我感到一阵反胃，把这本杂志一把扔得远远的。尽管驾照被吊销了，我还是坐到驾驶座上，关上车门，掉转了车头往市里开去。

"嘿！你该不是想把我丢在路边吧！"比莉大喊着，堵在车前拼命挥舞手臂。

我让她上了车，注意到她根本不打算给我一点点喘息的机会。

"我明白你很难过……"她开口说。

"别可怜我，你什么也不明白。"

我一边开车，一边整理思路。我要好好想想早上到现在发生的所有事。我要……

"你这样是想去哪儿？"

"回家。"

"可你再也回不了家了！再说了，我也一样，我也无家可归了。"

"我要找律师，"我喃喃道，"我要想办法把房子收回来，还有米洛让我输掉的钱。"

"行不通的。"她斩钉截铁地摇了摇头。

"闭嘴！管好你自己吧！"

"可这就是我的事啊！我提醒你我被困在这里了，这是你的错，是那本该死的书印坏了！"

等红灯的时候，我翻了翻口袋，欣慰地找到抗焦虑药。我断了一根肋骨，脚踝疼得像火烧，心也碎成了一片一片。于是我毫无罪恶感地让三颗胶囊在舌头底下溶化。

"这也太容易了吧……"比莉声音里的指责和失望呼之欲出。

就在这一刻，我恨不得把她剖肚挖肠，可我深深吸了一口气，保持镇定。

"你这样袖手旁观、只靠嗑药是没法赢回你的妞儿的！"

"你根本不懂我和她之间的事。告诉你好了，我为了让她回心转意，什么都试过了。"

"可能你没用对方法，要么就是时机不合适。你大概以为自己很了解女人，可事实上你对我们一无所知。我想我可以帮你……"

"要是你真想帮我，就让我安静一分钟。就一分钟！"

"你想甩了我？好啊，重新开始工作。你越早写完小说，我就越快回到虚构世界！"

她心满意足地说出了这句话，交叉双臂等我的反击，可我没有接话。

"听好了，"她越说越来劲，"我和你做一个交易：我们去墨西哥，我帮你把奥萝拉找回来，作为报答，你继续写三部曲的最后一部，只有这样我才能回到我来的地方。"

我揉了揉眼睛，被这个异想天开的提议吓到了。

"我带着你的手提电脑，就在后备厢里。"她补充道，好像这个细节可以左右我的决定似的。

"没那么简单的，"我解释道，"写小说不受外部命令，就像一种炼金术。再说我起码要半年非常高强度的工作才能写完这本书。我现在既没有体力也没有意愿来完成这个本笃修士的苦刑。"

她嘲讽地模仿我："写小说不受外部命令，就像一种炼金术……"

她停了几秒钟，然后爆发了："见鬼，别在你的痛苦里扬扬自得了！要是你不及早抽身，迟早要搭上性命。苟延残喘比起反省自己要容易太多了，不是吗？"

中招！

我没有吱声，可我把她的理由听进去了。她说得有些道理。再说，刚才在女医师那儿，当我扔雕塑砸碎玻璃的那一刻，我心中好像有某些东西被解锁了：反叛、想要重新掌握命运的愿望油然而生。可这萌芽中的微弱希望势必来得快，去得也快。

现在我感到比莉鼓足了劲，准备好好给我上一堂课了："要是你不真正面对自己，和自己作战，你知道会怎么样吗？"

"不知道，不过我指望听你说说。"

"你会吃越来越多的药，还有毒品。每突破一条底线你都会更加堕落，更看不起自己。既然你一个子儿都没了，最后只能睡大街，某天早上曝尸街头，被发现时身体僵硬、一根针管还插在手臂里。"

"多美好……"

"你还要知道，要是现在不快点采取行动，你就再也写不出一行字了。"

我双手放在方向盘上，心不在焉地看着路面。她说的当然在理，可是现在采取行动可能也已经太晚了。无疑我已经决心沉沦下去，放任任何东西摧枯拉朽地把我毁灭。

　　她严厉地扫了我一眼："你书里宣扬的美好价值：和厄运斗争、第二次机会、受挫后反弹需要的能量，说起来容易做起来难，对吧？"

　　她突如其来地开始哽咽，仿佛承受不住满溢而出的激动、疲劳和恐惧。

　　"可我呢？你根本不管我的死活！我在这个故事里失去了一切：我失去了家，失去了工作，失去了房子。我来到的这个现实世界里唯一一个可以帮我的人在一旁自哀自怜。"

　　我惊讶于她的悲伤，转过头看着她，有点不自在，不知道要说什么好。她的脸上笼罩着一层光芒，眼睛里有点点晶亮的泪光。

　　我瞥了后视镜一眼，加速超过了一长溜汽车，再掉了个头，向南面行驶。

　　"我们去哪里？"她擦了擦满脸的泪水。

　　"墨西哥。"我说，"去找回我的生活，也去改变你的人生。"

15 // 约定

没有魔术戏法，也没有特效特技。
落在纸上的字词创造了它，
也唯有纸上的字词可以让我们摆脱它。

——斯蒂芬·金

我们在托兰斯比奇停车加了油。我不知道布加迪有没有火箭的马达，无论如何，它实在是太耗油了！

太平洋海岸高速公路
洛杉矶南海湾
14点

人工加油机前排着长队。我不想多等，决定在自动加油机上解决。从车上下来的时候，我差点惊呼出声：我的脚踝越来越疼，而且肿了起来。我塞进信用卡，输入了密码，密码是我的门牌号加上……

"您的信用卡余额不足。"

一条提示语出现在屏幕上。我取回白金卡，用衬衫袖子使劲抹了抹，重新操作，可还是没有成功。

他妈的……

我在钱包里翻找，只找到可怜兮兮的二十美元。我怒气上升，朝车子里面俯下身去："我的信用卡刷不出来了！"

"这不是很正常吗？你一个子儿都没了。它又不是什么魔术卡！"

"你身上会不会正好带着钱？"

"我要是带钱，我能藏在哪儿？"她平静地回答，"我落到你家露台上的时候可是一丝不挂的。"

"多谢你的帮忙！"我低声抱怨着，一跛一跛地走向账台。

商店里人头攒动。背景音乐播放着著名的《来自伊帕内马的女孩》，由史坦·盖兹和乔安·吉巴托魅力演绎。这首杰作四十年来被电梯间、大超市或类似的地方反复播放而不幸烂了大街。

"好车！"队伍里有人吹了一声口哨。

不少顾客和工作人员从窗户里好奇地看着布加迪，很快围观的人群在我身边聚集起来。

我对账台后的家伙解释了信用卡遇到的问题，他耐心地听着。我面相和善，而且和我如影随形的是一辆价值二百万的跑车——可我竟然连十升汽油的钱也付不起。然后围观人群用问题淹没了我，我却对这些问题一无所知：订购的时候真的要预付三十万订金吗？要提速到每小时四百公里要不要启动某把秘密钥匙？单单变速器是不是就值十五万？

一个顾客——五十来岁的优雅男士，灰白头发，穿着中山装式衣领的白衬衫——刚结完账，开玩笑地提议买下我的手表，并为我出油钱。他出价五十美元。然后大家多少有些认真地开始竞价：有个工作人员出了一百，接着是一百五十，商店老板最后开到二百……

这块手表是米洛送给我的，我很喜欢它的简洁大方：质朴的金属表壳、灰白相间的表面、黑色钝吻鳄鱼皮的表带。可我对钟表像对汽车一样一窍不通，这块表能报时，对我来说就足够了。

队伍里的每个人都参与了这个游戏，最后一个出价三百五十美元。这时，中山装领子的男人从钱包里抽出一厚沓钞票。他数出了十张一百，放在柜台上。

"一千块，现在就买。"他略带威严地说道。

我犹豫了。过去的三分钟里，我看表的时间比这两年里还要多。我对这个领域所知甚少，它那个佶屈聱牙的名字——沙夫豪森万国表——对我来说很陌生。我可以整夜整夜背诵多萝西·帕克的作品，却说不出两个以上的手表牌子。

"成交。"我最后还是脱下了表。

我收了一千块钱，给加油员二百块钱提前付了加满油的费用。我已经准备离开了，突然想起一件事，问他有没有绷带可以固定我的脚踝。

我对这笔交易很满意，于是回到布加迪旁把加油枪塞进油箱。我远远看到手表的新主人朝我挥了挥手，然后开着他的奔驰绝尘而去。

"你怎么办到的？"比莉摇下车窗。

"反正不是靠你。"

"说嘛，说给我听听。"

"随机应变。"我骄傲地回答，看着仪表上的数字不断上升。

我吊足了她的胃口，她缠着我一定要知道："然后呢？"

"我卖了手表。"

"你的葡萄牙女人？"

"什么葡萄牙女人？"

"你的手表呀：沙夫豪森万国表的葡萄牙女人款。"

"很高兴知道它还有个名字。"

"你卖了多少钱？"

"一千块，够我们开到墨西哥了。我甚至可以在动身前请你吃上一顿午饭。"

她耸了耸肩："行了，别开玩笑了。"

"我没开玩笑，一千块钱。"我拔下加油枪，重复了一遍。

比莉把头埋进手里："这表值四万块！"

当时我以为她在说笑——一块手表不可能值那么多钱的，不是吗——但看到她崩溃的表情，我不得不承认我这回真的当了冤大头……

半小时后

驶离亨廷顿比奇后路边的一家快餐店

我用湿纸巾擦了擦脸，用绷带固定好脚踝，走出盥洗室，坐到比莉身边。

她坐在高脚凳上，已经吃完了两个芝士汉堡和最大份的薯条，正在啜吸一杯大到不可思议的香蕉奶昔。她吃那么多怎么还能保持身材？

"唔唔唔，介个增好次，乃要不要来点？"她满嘴鼓鼓囊囊地问我。

我拒绝了她的好意，只用餐巾纸帮她擦掉了蹭上鼻尖的掼奶油。

她先冲我笑了下，接着打开一张大公路地图，落实此次探险的细节问题。

"好，很简单：根据杂志上的消息，奥萝拉和她男朋友会在卡波圣卢卡斯的豪华饭店里度假直到周末。"

她俯身用记号笔在墨西哥南面的下加利福尼亚半岛的尽头画了一个小叉。

我很早以前就听说过，这个地方以其汹涌的海浪受到不少冲浪爱好者的推崇。

"又不是在隔壁!"我又续了一杯咖啡,"你不觉得我们应该坐飞机吗?"

她脸色不善地看着我:"要坐飞机,就要有钱。要有钱,就不能把唯一值钱的东西贱卖掉!"

"我们还能卖车的吧?"

"别说傻话了,集中注意力!不管怎么样,你知道我没有护照的。"

她用手在地图上画出了一条想象中的行车路线:"我们所在的地方离圣迭戈大概两百公里多一点。我建议你避开高速公路和收费站,否则又要多花钱。不过要是让我来开,不用四个小时我们就能到达墨西哥边境。"

"我为什么要让你开?"

"嗯,我开得更顺手,不是吗?很明显,你对车子缺乏兴趣。你看上去还是对文学更有天赋,机械方面就算了吧。再说了,你的脚踝……"

"哼……"

"你看上去不太乐意啊,不是在介意让一个女人来开车吧?你该过了原始的大男子主义阶段吧!"

"好了,别得寸进尺了!就让你开到圣迭戈,然后我们轮流吧,毕竟路还很长。"

她对任务的分配感到满意,继续宣讲她的计划:"要是一切顺利,我们晚上就可以越过国境线进入蒂华纳,然后一鼓作气继续开,在墨西哥找一家可爱的小汽车旅馆。"

可爱的小汽车旅馆……说得好像我们是去度假一样!

"明天呢,我们早点起床,一大早就上路。卡波圣卢卡斯离蒂华纳一千二百公里。我们白天就可以开完,晚上到达你心上人下榻的酒店。"

这么说起来,倒也不太复杂。

我的手机在口袋里震动——虽然因为欠费已经打不出去了，我还是可以接听电话。上面显示的是米洛的号码。一个小时以来，他每十分钟给我发一通留言，可我连听也不高兴听就删除了。

"那么，我们达成共识了：我帮你把你的妞追回来，作为报答，你把那该死的第三部写完！"她总结了一下要点。

"你凭什么觉得我还有机会和奥萝拉重归于好？她现在正和一级方程式赛车手打得火热。"

"这你就不用管了，你负责写书。不过不能乱来哦！一部真正的小说！要严格按照我开的清单来写。"

"唉，这算哪门子事：你还有个清单！"

她轻轻啃咬记号笔，就像一个孩子写作业前寻找灵感。

"首先，"她在餐巾纸上写下一个大大的数字"1"，"我要你不再在书里把我当成替罪羊！你觉得让这世上所有的疯子都跟我上床很好玩吗？我认识的都是厌倦了老婆的已婚男人，在我身上寻求刺激，玩玩一夜情，你觉得这样写有意思吗？大概我的坏运气可以让你的女读者心里好受，可我呢，我被弄得筋疲力尽，还常常受伤。"

这段突如其来的质询让我哑口无言。当然了，在我的故事里我并没有很照顾比莉，可对我来说，这也无关紧要：她是个虚构人物，没有生命的纯粹抽象物，只存在于我和读者的想象里。她的物质存在只不过是书页上印刷的几行字而已。瞧瞧现在，这个造物开始反抗我这个造物者了！

"其次，"比莉继续在餐巾纸上写下"2"，"我受够了苦难的生活了。我很喜欢我的工作，可我在癌症肿瘤科当班，已经厌倦了每天都要看着别人受折磨，在我面前死去。我像一块海绵一样，吸收病人所有的悲伤情绪。而且我还要贷款上学！我不知道你对护士的收入有没有概念，跟拜占庭皇帝可不能比！"

"我要怎么做才能算对你好呢？"

"我希望我换到儿科病房的申请快点批下来——我不要再看快死的人了，我要看小生命的诞生。我申请了两年，可那个母老虎科内利亚·斯金纳回绝我没商量，每次都搬出部门人手紧缺的借口。然后……"

"然后什么？"

"……我还想让自己过得滋润点儿，收到一小笔遗产会是个不错的主意……"

"哎，你看吧。"

"你又不损失什么，对你来说不是举手之劳嘛！只要写上一行字就成了！要不要我来帮你想怎么写？比如这样：'比莉是某个叔叔唯一的继承人，收到了五十万美元的遗产。'"

"嗯。要是我没搞错的话，你不惜要求我弄死你的叔叔！"

"不是的，不是我的亲叔叔！某个我从来没见过的叔公之类的，就像电影里面演的那样！"

她心满意足地仔细记下了她刚才说的那句话。

"好了，你写给圣诞老人的清单完成了？要是写好了，我们就上路吧。"

"还有一件事，"她柔声对我说，"这事最要紧。"

她在餐巾纸最下面认真地写下了"3"，后面跟着一个名字：杰克。

"写好了，"她郑重地解释，"我希望杰克和他老婆离婚，和我一起生活。"

杰克是她的情人，一个已婚男人，自私自利、英俊，有两个年幼的儿子，和她维持了两年充满激情的关系，可这段感情也摧残着她。他是一个自恋狂，嫉妒心重、占有欲强，把她玩弄于股掌之上，时而用疯狂的爱情誓言欺哄她，时而又把她贬低到弃之如敝屣的情妇行列，极尽能事地羞辱她。

我恼怒地摇了摇头："杰克是用下半身来思考的。"

我甚至都没看清楚她的手是怎么过来的。她用力扇了我一个响亮的耳光，我差点从高脚凳上摔下来。

餐厅里所有的顾客都转过头来看我的反应。

她怎么能还这么护着这个浑蛋？我脑子里有个愤怒的声音问道。因为她爱他，老天爷啊！那声音理智地回答。

"我不允许你对我的感情生活说三道四，我也不会评判你的。"她挑衅地看着我，"我帮你把奥萝拉追回来，你给我重写一个人生，让我可以每天早上都在杰克身边醒过来，成交吗？"

她在餐巾纸上临时起草的合同上签了字，然后小心翼翼地撕下了一块，把笔递给我。

"成交。"我揉揉脸颊。

我也在文件上画了押，在桌上留下几美元小费，然后离开了快餐店。

"这记耳光，你会付出代价的。"我信誓旦旦地说道，如果眼神可以杀人，她此刻已经死了。

"走着瞧咯。"她不甘示弱，坐上了驾驶座。

16 // 限速

离这里半小时的路。

我十分钟后到。

——昆汀·塔伦蒂诺导演的电影《低俗小说》中的台词

"你开得太快了！"

我们已经跑了三小时。

我们沿着海岸线开了一百公里：纽波特比奇、拉古纳比奇、圣克利门蒂，可是沿岸的道路堵车严重，我们过了欧申赛德之后就改走加利福尼亚 78 号公路，然后横穿埃斯孔迪多。

"你开得太快了！"看到她没有反应，我又说了一遍。

"开什么玩笑！"比莉抗议，"我们才刚过一百二十。"

"可是这里限速九十！"

"那又怎么样？这玩意儿不错哦？"她指指米洛安装的反雷达装置。

我正要开口反驳，看到仪表板上有一个红色指示灯不停闪烁。马达传出令人不安的爆音，紧接着车子就熄火了，又向前滑行了几米后停了下来。我趁这个空当发泄了在胸口翻腾的怒火："这个把奥萝拉追回来的念头，我就知道荒谬至极，一看就不靠谱！我们永远到不了墨西哥，因为我们没钱、没计划，好了，现在连车也没了！"

"消消气，别大动肝火，说不定能修好呢。"她打开车门。

"修车？可这是一辆布加迪啊，又不是自行车……"

比莉不慌不忙地掀起发动机罩，捣鼓起零件来。我亦步亦趋地跟着她，一边还在滔滔不绝："……车啊电子系统啊最复杂了。一点点小故障就要十二个工程师一起诊断。我再也受不了了，我要搭顺风车回马利布。"

"随便你，要是你想以汽车故障为借口临阵退缩，那你打错算盘了。"她盖上发动机罩。

"为什么这么说？"

"因为已经修好了。"

"你诓我啊？"

她转动点火开关，马达发出一阵怒吼，整装待发。

"就是个小毛病：冷却机里面有个散热器跳掉了，自动切断了第四台涡轮增压机的电流，所以接通了中央液压机的安全指示灯。"

"就是嘛，"我惊讶极了，"就是个小毛病。"

我们重新上路时，我忍不住问她："你都是在哪里学的？"

"咦，你应该知道的啊。"

我在人物系谱里搜索了片刻才找到答案："你的两个兄弟！"

"是啊，"她猛踩了一记油门，"你创造出了一些机修工，他们好歹也传染给了我一点兴趣！"

"你开得太快了！"

"不是吧，你又来了！"

二十分钟后

"你的方向灯！像泼妇一样变道也要打方向灯！"

她调皮地冲着我吐了吐舌头。

我们刚刚经过了兰乔圣菲，正在找 15 号国道的入口。天气很热，傍晚的迷人光线染红了树木，加深了山丘的赭色。墨西哥边境也快到了。

"既然路也不远了，"我指着车里的电台，"你能不能关掉这个厕所音乐，我已经忍了好几个钟头了！"

"你的嘴巴真刻薄。你还是个文化人呢……"

"说真的，你为什么要听这种玩意儿：混音的混音，弱智的饶舌歌词，互相抄袭的 R&B 歌手……"

"救命啊，我好像听到我爸爸在说话。"

"这曲子真烂，是谁的？"

她翻了个白眼："黑眼豆豆，你说烂？！"

"你听过真正的音乐吗？"

"对你来说，什么才是'真正的音乐'？"

"巴赫、滚石、迈尔斯·戴维斯、鲍勃·迪伦……"

"爷爷，你给我录一卷磁带吧，好不好？"她没好气地回答，关上了电台。

她有整整三分钟一言不发—— 一项值得载入吉尼斯纪录的壮举——然后开始提问："你几岁了？"

"三十六。"我皱着眉头答。

"比我大十岁。"她评价道。

"没错，然后呢？"

"没什么然后啊。"她吹了声口哨。

"你要是想起头说代沟之类的，我可不会让你得逞，小鬼头！"

"我爷爷就是这样叫我的，'小鬼头'……"

我重新打开电台，调到爵士电台。

"只听那些你没生出来时就有的音乐，不是很奇怪吗？"

"你的那个男朋友，那个杰克，他几岁来着？"

"四十二。"她不得不承认，"可他还是比你稍微'潮'一点。"

"怎么可能！每天早上他都在浴室里模仿西纳特拉，对着镜子哼《我的路》，还抱着电吹风当麦克风。"

她惊讶得双目圆睁。

"是呀，"我说，"这就是当作家的特权了：我知道你们所有的秘密，即使最不可告人的那些。不开玩笑了，你到底看上这家伙哪一点啊？"

她耸了耸肩："我就是发狂地爱他，这很难解释……"

"认真点解释！"

她的语气很真挚："第一眼我们之间就有火花：一目了然，像动物般的吸引力。我们都觉得对方似曾相识。还没有在一起的时候，就好像已经在一起很久了。"

胡言乱语……多么平庸乏味啊，可这都得怨我。

"可这男人对你太糟糕了：你们第一次见面，他存心摘下了结婚戒指，过了半年才告诉你他结过婚了！"

她听我提起这段不愉快的回忆，脸也白了。

"再说，我们自己说说，杰克从来没想过要离开他老婆……"

"就是啊！我指望你来改变一下这个情况。"

"他让你一次又一次忍受羞辱，你倒好，不但不让他去死，还把他当神一样崇拜！"

她明显不想回答，聚精会神地开车，自然而然又开始加速了。

"你还记得去年冬天吗？他信誓旦旦地向你保证，这一次你们两个一起跨年。我知道对你来说能和他一起开始新的一年很重要。你很看重这个象征意义。而且为了让他开心，你还包办了所有事。你在夏威夷预订了漂亮的小木屋，还把旅行的开销都揽在自己身上。只不过结果怎么样呢：出发前一天晚上，他宣布抽不出身来。总是一样的借口：老婆啊，孩子啊……你还记得后来怎么样了吗？"

照例没有回答，我眼看着速度表赫然显示着每小时一百七十公里。

"你真的开得太快了……"

她一只手松开方向盘，向我伸出中指以示敌意。就在这时，电子警察灯光一闪，拍下了这天最有说服力的照片。

她猛踩刹车，可为时已晚。

屋漏偏逢连夜雨：这个穷乡僻壤的入口处离村舍至少八百米，竟然设了个岗哨……

警笛呼啸，旋闪灯晃眼。

当地郡长的福特王冠原本被小树丛遮掩住，现在驶出了藏身之地。我转头，透过玻璃看到蓝红相间的指示灯正一闪一闪地追逐我们。

"我跟你至少说了十遍你开得太快了！"

"要不是你刚才那么恶毒……"

"就会把责任推给别人，未免太容易了。"

"你说我要不要把他甩掉？"

"别傻了，靠边停下。"

比莉打了方向灯，勉为其难地照做了。我继续训斥她："我们现在蹚了一摊浑水：你没有驾照，开一部偷的车，刚才肯定又打破了圣迭戈历史上超速的纪录！"

"是又怎么样！我受够了你的教训了，怪不得你的妞儿要跑！"

我凶狠地端详她："你……都没有什么话可以形容你！你……你简直无药可救！"

我甚至没听她的回答，完全焦心于预测这次质询可能造成的后果。郡长肯定会扣下布加迪，请求支援，把我们带到警察局，再通知米洛他的失车找到了。然后情况就会复杂化，因为他会发现比莉既没有身份证，也没有驾照。更不要说我现在假释名人的身份，只会雪上加霜。

巡逻警车在我们后面几米处停下。比莉熄灭了马达，像个孩子似的在座位上手脚乱动。

"别耍小聪明了。坐好，把手放到方向盘上。"

她天真地解开衬衫最上面的纽扣，多露出了一点胸部。这个举动效果显著，让我一下子勃然大怒："你以为这样就能勾引他？！你都不知道你在做什么！你刚刚打破了一个超速的纪录：在一个限速九十的区域开到一百七十！等着你的是立即审判，并判处数月有期徒刑！"

她的脸色瞬间变得惨白，焦虑万分地回过头去观察后续发展。

旋闪灯还在猛闪，虽然是大白天，警员还是用一束强光瞄准了我们的方向。

"他搞什么鬼？"她不安地问。

"他已经把车牌号输入数据库，正在等反馈。"

"我们离墨西哥还有点远，是不是？"

"哼，你知道就好。"

我顿了几秒钟，不厌其烦地加了一句："你呢，你离找回杰克也有点远。"

随之而来的死一般的寂静持续了整整一分钟，然后那警员才从车里钻出来。

我从后视镜里看到朝我们走来的是一个平静的猎食者，他正胸有成竹地扑向猎物。我感到心里泛起一波忧郁。

好了，冒险到此为止……

我感到肚子空空的。突如其来的空虚好像思念一般吞噬着我。说到底这一切也理所当然：我刚才度过的一天难道不是我人生中最奇怪、最疯狂的一天吗？二十四小时不到的时间里，我失去了所有财产，我笔下最讨人厌的女性人物浑身赤裸地降落到我的客厅里，我为了不被软禁从三层楼的高处跳下来，摔到一辆道奇车的车顶上，还扬扬得意地以一千块卖掉了价值四万的手表，签了一份写在餐巾纸上的荒唐合同，之前还挨了一个让我眼冒金星的耳光。

可我觉得好多了。我又活了过来，恢复了一些活力。

我看着比莉，就仿佛我们马上要分开，再也不能单独说话了。咒语仿佛要失效了。我第一次在她眼里看到了遗憾和悲伤。

"对不起，刚才打了你一个耳光，"她道歉，"我出手有点重。"

"嗯……"

"至于手表么，你那时候的确没法知道值多少钱。"

"好，接受你的道歉。"

"我也不该说奥萝拉……"

"好了！别得寸进尺！"

警员慢慢地绕着车身转，好像他正考虑把车买下来一样，接着仔细地核对了车牌号码，很显然在延长享受这种快感。

"事到如今也不全是白费！"我自言自语。

我开始猜测小说中的人物可能天生无法适应现实生活。我了解比莉，了解她的缺点、她的烦恼、她的天真和脆弱。某种程度上来说，我感到我对她遇到的不幸负有责任，我不想让监狱再来折磨她。她寻找我的目光，我看到她又重燃了希望。我们现在是一条绳子上的蚂蚱了。我们又一次齐心协力。

警员敲打玻璃，示意我们摇下车窗。

比莉顺从地照做了。

这是一个"牛仔"：杰夫·布里吉斯类型的阳刚男人，皮肤黝黑，戴一副雷朋墨镜，上身挂满了环扣，还有一条重重的金链子。

他很欣喜自己网住了一个漂亮的年轻女郎，完全无视我的存在："小姐。"

"警察先生。"

"您知道您开到了多少吗？"

"我有一点点概念，一百七十，是不是？"

"您开这么快有什么特殊原因吗？"

"我赶时间。"

"您这车可真帅啊。"

"那是，不像你那坨屎，"她指指那辆警车，"我估计一百二三十到顶了吧。"

警察的脸色骤变，明白本应该老老实实按照程序来。

"出示驾照、汽车证件。"

"我祝你愉快……"她发动了马达，静静地说着。

他用手去摸腰间。

"马上熄火……"

"……因为就凭你的破车，你是怎么也追不上我们的。"

17 // 比莉和克莱德[1]

在第四天

我们倒在一起

我才不在乎呢

我只担心失去邦妮

他们要取我性命

这可没什么了不起

我只担心失去克莱德·巴罗

——塞尔日·甘斯布,法国歌手

"我们必须丢弃这辆车!"

布加迪在一条沿道栽种着桉树的小路上全速前进。看来警察已经放弃了追我们的念头,不过可以肯定他已经启动了警报。而且我们运气不好,几公里外驻扎着一个海军营,这个区域军力、警力雄厚。一句话,我们插翅难飞。

天空中突然响起的低沉轰鸣一下子让我们紧张起来。

"是冲我们来的吗?"比莉不安地问。

我摇下车窗,探头望出去,瞥见一架警用直升机在森林上空盘旋。

"我真害怕。"

创历史纪录的超速,侮辱警务人员,抗拒执法——要是警队决定大

---

1 标题戏仿美国著名的雌雄大盗邦妮和克莱德。

动干戈，我们的麻烦就大了。

比莉猛冲进第一条森林小径，把布加迪开得尽可能远，隐藏起来。

"离边境只有四十多公里了，"我说，"我们试试看找别的路去圣迭戈。"

她打开装满行李的后备厢。

"这是你的，我给你整理了一些日用品！"她朝我扔来一只旧的新秀丽牌硬壳箱，差点把我掀翻在地。

至于她呢，不得不面对一个两难的抉择。我看着她在一个箱子前踌躇良久，里面装满了从奥萝拉的衣柜里顺手牵羊的衣服和鞋子。

"得了，我们不会每晚都去参加舞会的。"我给她施压。

她拿起一只交织花纹的名牌大包和一个镀银化妆包。我正要往远处走，她抓住我的手臂："等等，后座上还有一个礼物是给你的。"

我抬起眉毛，疑心是新的恶作剧，可还是揭开沙滩浴巾快速地扫了一眼……夏卡尔的画！

"我对自己说你应该很喜欢它吧。"

我感激地看着比莉，几乎就要冲上去拥抱她。

《蓝色恋人》蜷缩在后座上，仿佛两个大学生第一次在车上看露天电影时一样狂热地搂抱在一起。

看到这幅画一如既往对我有治愈的疗效，给我片刻的安宁，也让我心头一紧。恋人们永远在这儿，紧紧缠绕在一起，他们拥抱的力量抚慰着我，犹如富有奇效的药膏。

"我还是第一次看到你笑。"她指出。

我把画挟在肋下，在树林里匆匆奔跑起来。

我们像牲口一样背着行李，气喘如牛，汗出如浆——好吧，只有我一个人这样——翻过一座又一座陡坡，希望可以避开直升机的搜索。很显然，它没有发现我们，可头顶上挥之不去的嗡嗡声还是时不时地威胁着我们。

"我不行了，"我吐出舌头，"你在这箱子里放了什么？我怎么觉得像在背一个保险箱！"

"看来体育也不是你的长项。"她转过身来说。

"大概是最近我比较'宅'，"我让步道，"可要是你也从三层楼跳下来试试看，你就不会站着说话不腰疼了。"

她赤着脚，手里拎着浅口鞋，从容地在树干和矮树丛中穿行。

我们走下了最后一段斜坡，来到一条柏油马路上。这不是一条国道，可也够宽，有两条车道。

"你觉得是哪个方向？"她问道。

我宽慰地手一松，让箱子落地，双手放在膝盖上大口喘着气："我一点概念也没有。我额头上又没有刻着谷歌地图。"

"我们要不试试搭车吧。"她仿佛对我刚才那句话充耳不闻。

"我们带那么多行李，没人肯捎我们的。"

"没人肯捎你，"她纠正道，"我就不同了……"

她蹲下身子在包里兜底翻，找出一套新行头。她大大方方地脱下牛仔裤，换上一条白色迷你裙，又用浅蓝色的巴尔曼耸肩紧身小外套换下了夹克衫。

"十分钟内，我们就能坐上车。"她调整了一下墨镜，摇摆了一下身体。

我又一次被她身上的两面性惊呆了，她就在一眨眼间从天真调皮的少女变成了盛气凌人又挑逗的荡妇。

"'选美小姐'把罗迪欧大道都搬空了。"我堵住她的去路。

"'选美小姐'让你一边凉快去。"

　　几分钟过去了。二十多辆车从我们身边经过，没有一辆停下来。我们经过的第一块路牌指示此地已经很靠近圣迭戈公园，分岔路口的第二块路牌上指示着通向 5 号国道的方向。我们只要没弄错方向的话就是走对路了。

　　"我们应该过马路，到对面拦车。"她说。

　　"我不是想惹你生气，可你的魅力好像有限哦？"

　　"五分钟内，你的屁股就能坐到皮座上，敢不敢打赌？"

　　"随便你。"

　　"你还剩多少钱？"

　　"七百多一点。"

　　"五分钟。"她重复了一遍，"你来计时？不行，你没表了……"

　　"要是我赢了，你能给我什么？"

　　她回避了这个问题，一下子又变得严肃起来，带有宿命论的神气："汤姆，一定要卖掉那幅画……"

　　"想都别想！"

　　"要是不卖，你怎么再买一辆车，还有我们晚上住哪里？"

　　"可我们现在在荒郊野外！这种价值的画要在拍卖行里面谈价钱，不是在最近的一个加油站！"

　　她皱着眉头想了一会儿，然后提议："好，可以不要卖掉，但至少拿它作抵押。"

　　"作抵押？这可是幅名画，又不是我奶奶的戒指！"

　　她耸了耸肩，这时一辆锈迹斑斑的小型平板卡车缓缓驶过我们。

　　车子又开了大约十几米才倒车回来。

　　"钞票拿来。"她笑吟吟地伸手。

　　老爷车里坐着两个墨西哥人——是园艺工人，他们白天在公园干完活，晚上回罗萨里多——提出载我们到圣迭戈。年纪较大的那个是个像本尼西奥·德尔·托罗那样的硬汉，只不过是老三十岁、再胖三十公斤的版本，年轻的那个颇有伊斯特本的风采……

"……你说像不像《绝望主妇》里那个性感的园丁！"比莉觉得他很合胃口，心花怒放。

"Señora, usted puede usar el asiento, pero el señor viajará en la cajuela."[1]

"他说什么？"我预感将会听到一个坏消息。

"他说我可以坐到前面去，不过你只好在后面将就了……"她回答，很高兴可以杀杀我的威风。

"你可是答应过我有皮坐垫的！"我抗议，不过也只能乖乖爬到后面，与一堆工具还有干草袋为伍。

我有了一个神奇的黑女人。

卡洛斯·桑塔那浑厚饱满的嗓音从卡车开着的车窗里传出。这辆车颠得很厉害：上世纪 50 年代的老雪佛兰，估计重新漆了不下十次，开过的总里程都转了里程表一圈了。

我坐在一捆干草上，拂去画上沾着的灰尘，面对《蓝色恋人》说道："听着，我很抱歉，不过我们要暂时分开一段时间了。"

我仔细考虑过比莉的话，有了一个点子。去年《名利场》杂志约我为他们的圣诞专刊写一则短篇小说，主题是重温文学经典——对某些人来说是大逆不道——我选择了将我最喜爱的巴尔扎克的小说改头换面。开头描写的是，一个年轻的女继承人挥霍了所有财产后，在一家抵押贷款的铺子里找到一份工作，偶然发现"驴皮"可以实现主人的所有愿望。虽然读者们很欣赏这篇改写的小说，我自己心里却并不觉得写得有多好，

1　西班牙语：女士，你可以坐这里，但那位先生得坐到后备厢去。

但收集资料的过程中，我认识了一个业界的风云人物：与千田光彦，加利福尼亚抵押贷款第一人。

　　光彦的小店和索菲亚·施纳贝尔的诊所一样，是洛杉矶金三角的"养眼名流们"私下一传十、十传百的地址。好莱坞和其他地方没有不同，对现金流的需求有时会让巨富贵胄们着急转手一些头脑一时发热买下的东西。比弗利山的二十多个典当店主中，最受富豪青睐的是与千田光彦。《名利场》杂志从中牵线搭桥，让我有幸和他在罗迪欧大道附近他开的店里见了一面。他自豪地自称"明星抵押放贷人"，张扬地在办公室墙上贴满了和明星们的合影。他在照片里摆造型摆得很起劲，更衬托出手头紧被抓个现行的明星们尴尬多于荣幸的表情。

　　他的仓库完全就是一个阿里巴巴的洞穴，奇珍异宝琳琅满目。我记得里面有某个爵士女天后的三角钢琴、道奇队队长的幸运棒球棍、1.5升装的 1996 年唐培里侬香槟王、马格丽特的画作、为一个饶舌歌手量身定做的劳斯莱斯、三四十年代当红歌手的哈雷摩托车、几箱 1945 年的木桐庄葡萄酒，还有奥斯卡学院明令禁止买卖的小金人——卖主是一个神秘的男演员，名字我就不说了。

　　我翻看手机。电话还是拨不出，但地址簿可以打开，于是我轻而易举地找到了与千田光彦的号码。

　　我俯身向前，对着比莉大喊："你能不能请你的新朋友把手机借给我用一下？"

　　她和"园丁"交涉了一会儿，然后说："伊斯特本同意了，不过要付五十块钱。"

　　我没有费时讨价还价，递给他一张钞票，换回的是一只上世纪 90 年代的旧诺基亚。我怀旧地看着这只手机：丑、重、土，没有摄像头也不能无线上网，可至少它能打电话。

铃响了一声，与千田光彦就接了电话。

"我是汤姆·博伊德。"

"有什么可以效劳的，我的朋友？"

不知道为什么，他一直对我印象很好。我在那篇文章里以他为原型的人物让人倒足胃口，可他非但没有不悦，这一"艺术家"的出场看上去反而给他罩上了一层光圈。他为了感谢我，给我寄来了一本初版的《冷血》，扉页上有杜鲁门·卡波特的亲笔签名。

我礼貌地询问他的近况，他毫不隐瞒地说股票不景气，股价狂跌，于是他的生意从来没有如此兴旺过：他已经在旧金山开了一家分店，计划在圣巴巴拉开第三家。

"最近有一些医生、牙医还有律师因为入不敷出，上门典当雷克萨斯、珍藏版高尔夫球杆和老婆的貂皮大衣。不过你打电话来肯定有正经事。你有什么东西要跟我开价，是不是？"

我和他说了我的夏卡尔，可他只"表现"出仅限于礼貌的兴趣："艺术品市场还没有走出危机，明天来见我吧，到时看看能做些什么。"

我解释说我等不到明天了，我现在正在圣迭戈，两个小时后急需现金。

"我猜你的电话也停机了吧，"他猜测，"这个不是你的号码，汤姆。而且你知道这个城市里长舌妇多的是，消息像长了脚一样……"

"大家怎么说的？"

"说你现在不可自拔，嗑药的时间比写新书的时间还长。"

我的沉默等于不打自招。我听到电话那头他还在键盘上飞快打字，我猜他正在查找夏卡尔的行情，还有他的画作上一次在拍卖行里的售价。

"我可以在一个小时内重新激活你的电话号码，"他主动提议，"你是TTA 的用户，对吧？你要花两千美元。"

我都没有应允，就听到他的邮箱发出邮件的提示音。要是索菲亚靠秘密来要挟人的话，与千田光彦就是靠钱包。

"至于画么，我出三万。"

"我希望你是在开玩笑。这幅画的价值翻二十倍都不止！"

"要我说，翻四十倍都有可能。两三年后在苏富比拍卖行，俄罗斯新贵们又会来了兴趣，要烧烧他们的信用黑卡。可你要今晚就收到钱，还要去掉我不得不拜托圣迭戈同行中转的天价手续费，我只能给你两万八。"

"你刚刚还说三万来着。"

"要减掉激活你手机号码的两千块。还有，你还要严格按照我说的去做。"

我真的有选择吗？我安慰自己，我有四个月时间归还贷款——加上百分之五的利息——然后赎回这幅画。我不知道能不能做到，可只能冒一下险了。

"我把操作步骤发到你手机上，"与千田光彦准备结束对话，"对了，顺便告诉你的朋友米洛，他只剩几天时间来赎回他的雪铁龙 Saxo 了。"

我挂上电话，把这款珍藏版诺基亚还给了伊斯特本。我们已经进入了城市。太阳缓缓落下，圣迭戈很美，沉浸在橘色和玫瑰色的余晖中，提醒我们这里是墨西哥边境。比莉趁着等红灯的空当离开座位，坐到我旁边来。

"呃呃呃，真冷！"她搓了搓大腿。

"那是，就你这身打扮……"

她冲着我挥舞一张便条："他们给了我一个朋友的地址，他在车行干活，也许可以给我们找辆车。你这边呢，进展如何？"

我看看手机屏幕。犹如有人施了咒语一样，我又可以打电话了。与千田光彦发来一条短信，命令我用手机摄像头拍一张照。

在比莉的帮助下，我仔细地对着画作狂扫，特别留意背后贴着的真品公证书拍了一张特写。接着利用几秒钟就能下载好的软件，给每张照片都自动标上日期、加密信息和卫星定位，再上传到一个安全的服务器上。据与千田光彦所言，该标记可以让照片在法庭上作为呈堂证供，如果打起官司来，会对第三方不利。

这个操作花了不到十分钟，卡车把我们在中央火车站放下时，我们已经收到放贷人的确认短信以及他同行的地址，我们只要把画交给那人就能到手两万八千美元。

我扶着比莉下车，再把行李一件一件取出，最后向伸出援手的"园丁"表示感谢。

"Si vuelves por aquí, me llamas, de auerdo?" [1] 伊斯特本拥抱了一下年轻女人，动作有点过分。

"Sí, sí!" [2] 她一只手插入发丛，好比画上了卖弄风骚的句号。

"他说什么？"

"没什么！他祝我们旅途愉快。"

"好吧，你就糊弄我吧。"我一边说，一边排到等出租车的队伍后面。

她朝我会心一笑，促使我承诺："不管怎样，今晚要是一切顺利，你跟着我就吃得到生菜柠果卷饼和香辣肉酱！"

一听到吃的，她的话匣子马上打开了，几个小时前让我浑身鸡皮疙瘩的念叨此刻犹如欢快友善的音乐一样在我耳边响起："还有肉馅玉米卷饼，你知道肉馅玉米卷饼的！"她叫道，"我爱死了，特别是里面包着鸡肉的做法。你知不知道还可以加猪肉或虾肉，嗯？不过玉米片，呃，我不太感冒。那个蚂蚁卵？你吃过吗？说起来，我们要去找找看。你想想，这可是蚂蚁的幼虫！超细超小的，甚至有人叫它昆虫鱼子酱。很诡异哦？我吃过一次。有一回和朋友……"

---

1 西班牙语：要是你再来这里，打电话给我，好不好？
2 西班牙语：行，行。

18 // 地球之家汽车旅馆

地狱整个就在这个词里：孤独。

——维克多·雨果，法国作家

"显然，开过布加迪，肯定会觉得这就是辆老爷车……"比莉声音里
有一丝失望。

圣迭戈西郊

19 点

一家邋遢车行的阴暗破烂的车库里

她坐进车子前座，这是一辆上世纪 60 年代产的菲亚特 500，没有车
轮罩，也没有镀铬。车行主桑托斯向我们推荐了这辆车，起劲地游说我
们，好像这是居家旅行必备靓车："当然了，舒适程度是差一点，不过可
以给你们打包票：质量绝对一流！"

"怎么会想到漆成粉红糖果色！"

"这车原来是我女儿的。"这个"奇卡诺"向我解释。

"哎呀呀！"比莉敲了敲脑袋，"你是不是该说是你女儿的芭比娃娃的车呢？"

我把头伸进车厢。

"后座都被撕烂了。"我指出。

"那你们就有更多地方可以放行李了！"

我想要显示出自己对于车子并非一窍不通，装模作样地检查了一下大灯、闪光指示灯和防雾灯。

"你确定这车合乎标准？"

"反正合乎墨西哥标准。"

我看了看手机显示的时间。我们如愿取回了两千八百美元，可交付油画和乘出租车来车行花了我们很多时间。这辆车都能直接进废车场了，可我们没有驾照，既不能租车，也不能从正规渠道买车。另外，这辆车还有个好处，它有墨西哥牌照，过境的时候会带来方便。

最后，桑托斯同意以一千二卖给我们，可我们足足努力了一刻钟才把我的大箱子和那位女士的行李塞进局促的空间里。

"这不会就是传说中的'酸奶罐'¹吧？"我使劲全身力气才关上后备厢。

"El bote de yogur？"他翻成西班牙语，假装不明白制作酸奶和他刚刚成功脱手的废铜烂铁之间有什么联系。

这次我坐上驾驶座，我们上路的时候多少有点心惊胆战。夜幕降临，我们所在的地方不是圣迭戈最安全的区域，我在一连串停车场和商业区里兜兜转转，好不容易才辨明方位，最后终于驶上了通往边检站的805号国道。

---

1 菲亚特汽车公司 20 世纪 60 年代为普及家用轿车推出的 500 型号汽车是当时世界上最小的车型，长度不足三米，采用的技术也比较简陋，被戏称为"酸奶罐"。

轮胎嘎吱作响，菲亚特马达的嗡嗡声替代了布加迪威猛的轰鸣。

"换二挡试试看。"比莉建议道。

"我告诉你，我已经开到四挡了！"

她看着速度表，才刚到每小时七十公里。

"已经到极限了。"她很沮丧。

"这样也好，我们肯定不会超速了。"

快一阵慢一阵，我们的破车把我们载到了一望无际的边检站，过了国境线就是蒂华纳了。这地方和大多数边检站一样，车流拥堵，人潮涌动。我排在一条标示着"仅墨西哥车辆通行"的队伍末尾，和身边的女乘客总结了一下最后几点注意事项："一般来说，从美国去墨西哥很少被检查，但要是真的被查到了，就是坐牢，对你我都一样。这次无论如何用武力也没用了！所以，我们不要做傻事，好吗？"

"洗耳恭听。"她像贝蒂娃娃那样俏皮地眨眨眼睛。

"很简单：你不要开口，也不要动一根睫毛。我们是两个老实本分的墨西哥工人，正要回家。明白了？"

"好的，先生。"

"你要是不那么冷嘲热讽的，我日子会好过很多。"

"没错，先生。"

这次运气总算向我们微笑了：我们只花了不到五分钟就到了另一边，既没有检查也没有麻烦。

我们继续之前的路径，沿着海岸线行驶。很幸运，原来的车主在车里装了一台旧式收录机。不过不幸的是，储物箱里唯一的一张安立奎·伊格莱西亚斯专辑让比莉陶醉其中，却让我在开往恩森那达的一路上苦不堪言。

这时一场暴风雨不期而至，瓢泼大雨浇淋在车上。迷你风挡玻璃和简陋的雨刷无力抵抗厚厚的雨帘，我不得不经常从窗口伸出手去拨开卡住的雨刷。

"我们找到落脚点就停车？"

"我正要和你说呢！"

我们的前方出现了第一个汽车旅馆，但是已经住满了。我们的视线范围不超过三米，只得以每小时二十公里的速度前进，招来了后面车辆的斥骂，整整有一刻钟耳边充斥着不耐烦的、怒气冲冲的喇叭声。

我们最后在圣太摩找到避风港——名字恶俗到极点的"地球之家"汽车旅馆，霓虹招牌噼啪作响，显示着让人欣慰的"有空房"的大字。瞧瞧停车场里的车，我估摸着这地方与民宿旅店的舒适程度和魅力指数还有差距，不过反正我们也不是来度蜜月的。

"我们要一间，对吧？"她推开接待处的门，调侃道。

"双床房。"

"你要是以为我会扑过来……"

"我一点也不担心。我不是那个园丁，不是你的菜。"

接待的人嘟囔着打了招呼，比莉提出要看看房间，可我一把抓过钥匙，提前付了账。

"不管怎么样，我们去不了别的地方了。外面倾盆大雨，我也累死了。"

旅馆呈 U 字形，中间的院子里有几棵枯树，贫弱的身影正被飓风吹得东倒西歪。

房间不出所料很简陋，照明不足，飘着一股可疑的气味，装修风格大概可以追溯到艾森豪威尔时代。房间里有一台笨重的电视机，下面装着四个轮子，屏幕下还配有一台扩音器。私人旧货集市爱好者一定会如获至宝。

"你要明白，"比莉开玩笑道，"有些家伙就是从这个屏幕上看到人类首次登上月球，甚至肯尼迪被枪杀的！"

我好奇地打开电视，却只听到一声模糊的咔嚓声，并没有收到任何
图像。

"反正没法靠它看这一届超级碗的决赛了……"

浴室里的淋浴房倒是很宽敞，可水龙头上锈迹斑斑。

"你知道窍门的，"比莉微笑着对我说，"看看床头柜后面就知道有没
有掸过灰了！"

她言出必行，移开小柜子，发出一声惊呼："真恶心！"她用皮鞋打
死了一只蟑螂。

接着她转向我，在我眼里寻求一些安慰："我们去吃好吃的墨西哥菜？"

可我的热情已经消退了："听着，这里没什么饭店，雨下得像下刀子
一样，我已经累垮了，不太高兴冒雨开车出去。"

"哼，你和别人没什么两样，就会开空头支票……"

"我要睡了，随便你！"

"等等！我们还是去喝一杯吧。来的时候看到一家小酒吧，还不到
五百米……"

我脱下鞋子，倒在一张床上："你自己去吧。已经很晚了，明天还有
很多路。再说了，我不喜欢酒吧，反正，不喜欢公路边的酒吧。"

"好，那我就自己去。"

她拿起一些衣物进了浴室，几分钟后出来时，我看见她换上了牛仔
裤和收腰小西装。她刚要出门，可我感到她脑袋里有东西在转来转去。

"你刚才说你不是我的菜……"她开口。

"嗯？"

"你心里，什么样的人才是我的菜？"

"就是杰克那种浑蛋。要么就是那个一路上不停打你主意的伊斯特

本，你露点肉、眼神再风骚点，这种人就会得寸进尺。"

"你是真的这么看我的，还是只想让我不好受？"

"说实话，你就是这样的人，是我把你创造出来的，我当然最清楚。"

她的脸色一下子变得凝重了，一言不发地打开了门。

"等等，"我走到门口，"身边带点钱。"

她挑衅地看着我："要是你真了解我，就该知道我在酒吧里从来不用自己付酒钱……"

我现在一个人了，冲了个温吞吞的澡，重新包扎了一下脚踝，然后打开行李箱找睡衣。就像比莉说的，我的手提电脑在里面等着我，对我来说像一个不祥之物。我在房间里来回踱了几分钟，打开衣柜把外套挂起来，想找只枕头但是没找到。在床头柜的抽屉里，一本廉价《新约》旁有两本以往房客落下的书。一本是卡洛斯·鲁依斯·萨丰的《风之影》，我记得送过一本给卡萝尔。另一本书名叫 *La Compagnia de los ángelos*，我愣了一下才明白是我第一本小说的西班牙语版本。我好奇地翻起来。这本书的主人很仔细地画出了几句话，还在某几页加了评注。我不太清楚这个读者到底喜欢还是讨厌我的文字，不过他对故事并不是无动于衷的，这一点对我来说最重要。

我被这个意外的发现逗得很开心，坐到富美家牌小书桌前，打开电脑。

真希望我能再次渴望写作！要是我能再拿起笔就好了！

操作系统要求我输入密码。我渐渐感到的不安又探出头来，可我说服自己那其实是兴奋。当屏幕上出现一片天堂般的风景时，我打开文字处理软件，一片空白光亮的页面呈现在我面前。屏幕上方闪烁的游标等待我的手指在键盘上飞跑，跃跃欲试地准备出发。我的脉搏加快，仿佛有人用钳子使劲挤压我的心脏肌肉。我感到一阵眩晕，恶心欲呕，难受得……不得不关上电脑。

他妈的。

遇到瓶颈，才思枯竭……我从前以为这些事情永远不会发生在我身上。对我来说，缺乏灵感是那些顾影自怜的知识分子的专利，而与像我这样从十岁起就在脑袋里编故事的小说狂人无关。

有些艺术家为了创作，在自身供给不足的情况下必须利用绝望，另外一些则把自己的悲伤或挫折当作火花。弗兰克·西纳特拉和艾娃·加德纳分手后写下了《我是一个想你的痴心人》。阿波利奈尔和玛丽·洛朗森分开后写下了《米拉波桥》。斯蒂芬·金也常常讲述《闪灵》是在酒精和药物的作用下写成的。我写那几篇小作品无须任何刺激。几年来，我每天都工作——包括圣诞节和感恩节——为了疏导我的想象。我一旦提起笔来，什么都不再重要：我生活在别处，情绪激动，进入被延长的催眠状态。在这些被赐福的时刻，写作本身是一种毒品，比最纯的可卡因还能让人升上极乐，比最疯狂的迷醉更让人飘飘欲仙。

可现在，一切都离我很遥远了。太遥远了。我放弃了写作，而写作也放弃了我。

抗抑郁药物。不要高估自己。屈辱地臣服于它吧。

我躺下，关了灯，在床上辗转反侧。无法入眠。我感到那么无能为力。为什么我再也不能继续我的写作？为什么我对自己笔下人物的命运漠不关心？

一台老旧的叶片式收音机的闹钟显示现在大约 23 点。比莉还没有回来，我开始真的为她担心起来。我刚才为什么要说那么重的话？有部分原因是我对她的从天而降还没有回过神来，不太甘心她就这样闯进了我的生活，更是因为我知道凭我自己的能耐根本没法把她送回想象的世界里。

我匆匆起床穿衣，走进大雨里。我走了整整十分钟，才远远看到一块泛绿的霓虹招牌，写着"绿灯笼"。

这是一家大众酒吧，来的清一色都是男人，里面很拥挤，充满节日的气氛。龙舌兰源源不绝，扩音机里流淌着浑厚的摇滚男声。一个女服务生端着一个放满酒瓶的托盘，一桌一桌地补给酒精。吧台后面有个侏儒小丑引得客人一阵阵大笑，还有另一个女服务生——熟客们都叫她帕洛玛——一边接单一边跳波多黎各蹦巴舞。我问她要了啤酒，她给我端来科罗娜啤酒，细颈瓶上还插着小半片柠檬。我扫视了一圈人群。大厅里有一些绘有图案的木头屏风，让人勉强想起玛雅艺术。墙上挂着一些西部片的老照片，毗邻的是当地足球队的裁判旗。

比莉坐在最里面，和她一桌的两个小伙子正扭动双肩大声笑着。我手里拿着啤酒靠近他们，她发现了我，不过视而不见。我看到她放大的瞳孔，猜到她大概已经喝了不少。我知道她的弱点，也知道她酒量一般。我熟悉这种类型的男人和他们卑鄙的伎俩：这些家伙蠢得无药可救，却本能地嗅得出哪些女人脆弱好摆布，可以成为猎物。

"来，我带你回旅馆。"

"别管我！你不是我爸爸也不是我老公。我事先问过你要不要来，你却把我骂了个狗血淋头。"

她耸了耸肩，把一块玉米饼在一碟鳄梨酱里蘸了一下。

"别孩子气了。你酒量又不好，你自己知道的。"

"我酒量好得很。"她为了激怒我，一把拿起桌子中央醒目的梅斯卡尔酒瓶，重新倒满一杯。她随后把酒瓶递给那两个男人，他们直接对着嘴喝了一大口。较强壮的那个人的T恤上印着耶稣的名字，他也把瓶子递给我，要我加入。

我怀疑地打量着瓶底的小蝎子，很多地方相信吃下这种小动物可以健体壮阳。

"我不要。"我说。

"不想喝就走，朋友！你看到了，小姐和我们在一起很快活。"

我没有退缩，反而靠近了一步，直直地瞪着男子的眼睛。我虽然钟爱简·奥斯汀和多萝西·帕克，可我也是在贫民窟长大的：我教训过别人，也挨过拳头，有时候还是持械斗殴，对手也比现在面前的野蛮人魁梧很多。

"你给我闭嘴。"

接着我重新转向比莉："上次你喝得烂醉是在波士顿，结果很惨烈，你还记不记得？"

她轻蔑地打量我："你就爱说一些伤人的话，就爱说一些难听的话！你在这方面最有本事了。"

杰克在最后时刻推掉了与她的夏威夷之旅，她就去了靠近旧州政府的红钢琴酒吧。她那次真的伤得很重，差不多跌到了谷底。为了借酒消愁，她让某个保罗·威克——附近好几家知名商店的老板——请她喝了几杯伏特加。保罗提出要送她回家，她拒绝了，可他以为她欲迎还拒。接着在出租车里，他开始动手动脚。她推开他的手，可表现得还不够坚决，这家伙就认为他既然付了酒钱，自然可以获得一点回报。她头晕目眩得厉害，根本弄不清自己在干什么。到了她楼下，这个保罗朋友赖在楼下大堂不走，硬要再喝最后一杯。她害怕吵醒邻居，也就不再坚持，让他一起搭电梯上了楼。然后……她就什么也不记得了。第二天早上醒过来的时候她发现自己躺在沙发上，裙子被掀到上半身。之后的三个多月，她往返于艾滋病检查和怀孕检查，终日心惊胆战，可最后还是没有报警，因为在内心深处她知道自己多少是自作自受。

我重提这段恶心的往事，此刻，她满眼含泪地望着我："为什么……

为什么你要在小说里让我受这样的苦？"

这个问题问到了我心里。我的回答很诚实："大概因为在你身上有着我心里的一些恶魔吧：我心里最黑暗、最可恶的部分，会让我自己感到恶心和不解，会让我有时候完全瞧不起自己。"

她目瞪口呆，可还是不愿意跟我走。

"我带你回旅馆。"我坚持说，朝她伸出手去。

"操！"男子口齿不清。

我没有回应挑衅，眼神一刻也不放过比莉。

"我们是拴在一根绳上的蚂蚱。只有你可以救我，也只有我可以救你。"

她刚要回答，男子叫了我一声"joto[1]"。这个词我知道，因为我雇过一个洪都拉斯老太太泰雷扎·罗德里格斯当钟点工，她过去曾经是我妈妈在麦克阿瑟公园的邻居，这是她最喜欢说的一句粗话。

我想也没想拳头就挥了出去。一记扎实的直拳让他避无可避，这种感觉让我仿佛回到美好的少年时代。他被摔到隔壁桌上，顿时酒瓶和玉米卷四散横飞。这是漂亮的一击，可是很不幸也是唯一的一击。

一秒钟都不到的时间里，仿佛有股电流迅速穿过酒吧，大家都兴致高昂，想看看热闹，对这场斗殴的开幕爆发出叫喊。两个家伙从后面挤上来，把我从地上举起，随后上前坐收渔利的第三个人让我后悔踏进这家酒吧：脸、肝、胃，拳头以令人惊诧的速度雨点般落到我的身上。不知为什么，这顿毒打让我好受了点。我不是受虐狂，可殉道好像就是我救赎道路上的必经阶段。我低着头，嘴里尝到了血液的铁腥味。我眼前频频闪现一些画面，它们有规律地闯入我的视线，混杂着酒吧里发生的回忆和场景：奥萝拉柔情蜜意的眼神，只不过是在杂志上，是看着另外一个家伙，而不是我，米洛的背叛，卡萝尔失焦的眼神，帕洛玛腰下方

---

1 西班牙语：同性恋。

的刺青。拉丁舞曲的音量刚刚抬高，声波仿佛跟随着我承受的拳打脚踢而有节奏地颤动。还有比莉的身影，我看到她渐渐靠近，装蝎子的酒瓶在握，重重敲在攻击我的一个人的头上。

气氛一下子冷却了。我松了一口气，明白了狂欢要告一段落。我感到被人抬了起来，被挟着穿过人群，丢到了外面。雨还在下，我脸朝下跌进一片泥塘里结束了冒险。

19 // 公路电影

幸福好像一个肥皂泡，

像彩虹一样不停变换颜色，

可轻轻一碰就灰飞烟灭。

——巴尔扎克，法国作家

"米洛，给我开门！"

卡萝尔身穿警服，使劲捶门，还带着法律赋予她的权威。

太平洋帕利塞德

笼罩在晨雾里的一幢两层楼小别墅

"我告诉你，我现在是以警察的身份和你说话，不是朋友。依照加利福尼亚的法律，我要求你让我进去。"

"加利福尼亚法律，吃屎去吧。"米洛嘟囔着把门打开一条缝。

"真有建设性！"她跟着他进入客厅，训斥道。

米洛穿着一条衬裤，还有一件穿旧的"太空侵略者"游戏的T恤。他脸色苍白，眼圈发黑，头发蓬乱。他的两条手臂上都有刺青，"萨尔瓦多帮"的复杂符号闪烁着不祥的火焰。

"我提醒你，现在还不到早上 7 点，我还没睡醒，而且不是一个人。"

卡萝尔在客厅的玻璃桌上瞥见一个劣质伏特加的空酒瓶，还有一包吸得差不多的大麻。

"我以为你已经戒掉了。"她伤心地说。

"没戒，你也看到了：我的生活一团乱麻，我把我最好的朋友弄破产了，他有了麻烦我都帮不上忙。所以是啊，我喝得烂醉如泥，还吸上三四口……"

"……你不是一个人。"

"哼，这是我自己的事，明白吗？"

"是谁？萨布丽娜？薇姬？"

"都不是，昨天在克里克大道上找的两个妓女，五十块。这样解释你满意了？"

她没有料到这个答案，尴尬不已，不知道这到底是真话还是他故意惹怒她。

米洛开动咖啡机，打着哈欠加了一包咖啡粉。

"好了，卡萝尔，你最好有充足的理由这样一大早把我叫醒。"

年轻的警官有点困惑，不过还是打起了精神："昨晚我在警察局留下布加迪的基本描述，要求有消息就通知我，你猜怎么着？刚刚在圣迭戈附近的一片灌木丛里找到了你的车。"

米洛的脸色终于明亮起来。

"那汤姆呢？"

"还是没有消息。布加迪被查到超速，可是那个女驾驶员拒绝停车。"

"女驾驶员？"

"根据当地警察描述，开车的不是汤姆，而是一个年轻女人。不过报告还提到车里有一个男性乘客。"

她竖起耳朵听浴室传来的声响。除了淋浴的声音外，还伴有电吹风的呼呼声——那里面真的有两个人……

"你刚刚说靠近圣迭戈？"

卡萝尔查了查报告："是的，在兰乔圣菲周围的树林里。"

米洛挠了挠头，他原本已经够像鸟窝的脑袋更乱了。

"我要去现场，我租了一辆车。得赶紧了，说不定能找到什么线索，让我知道汤姆到底去了哪儿。"

"我陪你去！"她决定。

"不用了。"

"我又不是征求你的意见。我反正是要去的，不管你同不同意。"

"那你的工作呢？"

"我有几辈子没放过假了！再说，人多力量大。"

"我真怕他做傻事。"米洛眼神迷茫，承认道。

"那你自己呢，你不也在做傻事吗？"她声色俱厉。

浴室的门开了，两个南美女人聊着天走出来。一个半裸着身体，头上包着一块毛巾，另一个裹着一件睡衣。

卡萝尔看着她们，感到一阵厌恶：这两个女孩子像极了她！只不过比她粗俗、比她未老先衰，可是其中一个和她一样眼神清澈，另一个和她一样是个高个子，还有酒窝。要是她没有脱离麦克阿瑟公园那个圈子，这就是她的未来。

她掩饰起自己的局促，可他猜到了。

他掩饰起羞愧，可她也感觉到了。

"我现在回警察局请假，"她打破了沉重的安静，"你冲个澡，把你的女朋友们送走，一个小时后在我家会合，行吗？"

墨西哥，下加利福尼亚半岛

早上 8 点

我睁开一只眼睛，不确定地看看外面。泥泞的路上映出一轮耀眼的旭日，晨曦反射到尚余几颗雨珠的风挡玻璃上。

我裹在一床毛茸茸的被子里，蜷缩在菲亚特 500 的座位上，肌肉僵硬，鼻子充血，困得哈欠连天。

"怎么样，这一觉睡得还不赖吧？"比莉问。

我龇牙咧嘴地坐起身来，脖子酸痛，动弹不得："我们这是在哪儿？"

"在一条野路上，前不着村，后不着店。"

"你开了整整一晚上？"

她点点头，心情很快活，而我却从后视镜里看到昨晚挨打后我那奇形怪状的脸。

"你这样很不错，"她不是在开玩笑，"我不太喜欢你原来那种上流社会小年轻的样子，看上去很欠揍。"

"你这人在正话反说这一点上很有天赋。"

我透过车窗看外面：风景变得更荒凉了。我们行驶的路很窄，布满裂缝，路两旁山丘起伏，荒无人烟，散落着一些植物：石状仙人掌、厚叶龙舌兰、多刺灌木丛。交通很顺畅，可车行道的狭窄使得与任何迎面而来的公共汽车或卡车擦肩而过都危险至极。

"我来换你吧，这样你好睡一会儿。"

"我们在下一个加油站停一下。"

可加油站很稀少，也不全开。我们在寻找加油站的路上经过了好几个孤零零的村庄，颇有幽灵村的味道。在一个村子的拐角处，我们遇到一辆停在路边的橙色雪佛兰克尔维特，事故闪光灯一亮一亮。一个年轻人——要是出现在除臭剂广告里说不定会大红大紫——靠在车身上，正竖起大拇指请求搭车，手里还举着一块写着"没油了"的小牌子。

"我们帮他一把？"比莉提议。

"不行，看上去太像那个经典陷阱了：一个家伙装作车子故障，趁机洗劫游客。"

"你想说墨西哥人都是小偷？"

"不是，我想说你再这样一见到墨西哥帅哥就想套近乎，我们还有苦头吃。"

"昨天有人肯载我们一程，你可是挺高兴的！"

"听着，这事儿是明摆着的：这家伙会把我们的钱和车都偷走！要是你想这样的话，那就停车，不过别指望我会说什么好话！"

幸好她没有冒险，我们继续赶路。

加满了油之后，我们在一家家庭式杂货店停留了片刻。一条老旧的长玻璃板后面，摆着有限的几种新鲜水果、乳品饮料和蛋糕。我们买了点吃的，又开了几公里路，在一棵约书亚树下草草来了个野餐。

我一边啜饮着冒着热气的咖啡，一边不无赞叹地观察比莉。她坐在一张床单上，正在狼吞虎咽着西班牙桂皮小饼和蘸满糖霜的巧乐思。

"太好吃了！你一点也不吃？"

"有件事情不太对劲，"我沉思，"在我的小说里，你胃口很小，可自从我认识你以来，你简直就是个大胃王，而且来者不拒……"

她也想了一会儿，好像也意识到什么重要的事情一样，然后承认："是因为我现在在'真实生活'里。"

"真实生活？"

"我是一个小说人物，汤姆。我属于虚构的世界，我在真实生活里不是在自己的地盘。"

"那和你是个大胃王有什么关系？"

"真实生活里面，无论什么都更加有血有肉。不仅仅是食物，空气里有更多氧气，风景颜色更加丰富，让人时时刻刻都想啧啧称奇。虚构的世界太暗淡了……"

"虚构的世界很暗淡？我以为正好相反！大多数人读小说就是为了逃避现实。"

她用最严肃的语气回答我："你可能在讲故事方面很有一套，比如描写感动、痛苦、心情激荡，可是你不太擅长描写生活里的妙处：味道。"

"这话可不太客气，"我知道她正在指出我写作上的不足之处，"确切来说，你指的是哪种味道？"

她看看周围寻找例子："比如说，这个水果的味道。"她切了一片我们刚买的杧果。

"还有呢？"

她抬起头，闭上眼睛，仿佛要让早晨的微风轻抚漂亮的脸蛋。

"还有，风扫过脸颊的感觉……"

"嗯。"

我摆出一副怀疑的神情，可是我知道她并没有说错：我的确无法抓住瞬间的奇妙之处，这奇妙对我来说是无法把握的。我不知道怎么收集，也不知道如何从中得到乐趣，所以没法和读者分享。

"嗯嗯。"她睁开眼睛，用手指向远方山丘上缕缕绯红的云。

她站起来，激情澎湃地说道："在你的小说里，你会写：比莉吃了一只杧果当甜点，可你绝对不会花时间描写这只杧果到底是什么味道。"

她体贴地喂了我一口汁水满溢的杧果。

"味道怎么样？"

我措手不及，不由自主地参与了她的游戏，尽可能精确地描写这个水果："熟透了，鲜美得恰到好处。"

"你还能做得更好。"

"果肉甜甜的，入口即化，美味香浓……"

我看到她在微笑。我继续："……黄澄澄的，仿佛含着一口阳光。"

"也别太做作了，你刚才真像是在为水果店做广告！"

"你要求真高！"

她叠起床单，转身回到车上。

"你明白重点了。"她对我说，"那么，写下一本书的时候要记得。让我生活在一个有声有色的世界里吧！在那里水果有水果的味道，而不是废纸团的味道！"

圣迭戈高速公路

"冻死了，你就不能关上窗吗？"

卡萝尔和米洛开了一小时车。为了回避恼人的事实，他们开着新闻电台，假装沉浸在一场地方政治辩论里。

"你这么客气地问我，我当然很乐意效劳。"她关上了车窗。

"怎么，你现在不满意我说话的腔调了？"

"是的，我很不满意你这种无端的粗鲁。"

"很抱歉，我不是一个文人。我不会写小说！"

她惊讶地看着他："等等，这话从哪里说起？"

米洛先是皱了皱眉头，然后调响了电台音量，仿佛根本不想回答，然后改变了主意，釜底抽薪地问起来："你和汤姆之间发生过什么事吗？"

"什么？！"

"其实你一直都暗恋他，对不对？"

卡萝尔极度惊讶："你真的这样想？"

"这些年来我一直这么觉得，你在等一件事：他终于把你当作一个女人，而不是热心肠的好朋友。"

"米洛，你真的要戒掉大麻和酒精了。听你讲这些蠢话，我恨不得……"

"恨不得怎么样？"

她摇摇头："不知道，恨不得……把你剖心挖肠，让你受尽折磨而死，然后克隆出一万个你来，好让我亲手把你的一万个克隆人千刀万剐……"

"好了，"他打断了她，"我想我明白你的意思了。"

墨西哥

虽然我们的车速和蜗牛有得一拼，我们还是在不断前进。现在已经过了圣伊格纳西奥，我们的"酸奶罐"看上去轻松地经受住了考验。

这么久以来，我第一次觉得好一点了。我很喜欢这里的风景；我喜欢柏油路面的味道，还有那令人陶醉的自由的气息；我喜欢这些没有招牌的商店，还有路上已成了破铜烂铁的废弃汽车，让我们以为置身于神秘的 66 号公路上。

锦上添花的是，我从仅有的几家加油站里淘到了两盘特价九十九美分的汽车用磁带。第一盘包括了一些摇滚金曲，从猫王到滚石，第二盘是盗版的玛尔塔·阿赫里奇演奏的三首莫扎特协奏曲。这是一个好的开头，可以带领比莉领略"真正的音乐"的乐趣。

午后，我们的行程还是耽搁了。我们正在一段相当蛮荒、没有栏木也没有围栏的路上行驶时，一大群羊刚吃饱了饭，不偏不倚地停在路中央，悠闲自得地呷着嘴。我们离好几个农场和牧场很近，可似乎没人真正关心怎么把这些动物从路上驱赶开。

什么招数都没用：这群反刍类动物对长按的喇叭充耳不闻，也根本不听比莉手舞足蹈的指挥，始终霸占着道路不肯挪窝。她不得不认输，点起一支烟耐心等待，而我在一边数我们还剩多少钱。奥萝拉的照片从我的皮夹里掉出来，我还没回过神来就被比莉一把抢去。

"还给我！"

"等等，让我看看嘛！照片是你拍的？"

这是一张简单的黑白小像，流露出一种天真的神态。奥萝拉身穿紧身短裤和男式衬衫，站在马利布的沙滩上冲我微笑，她的眼中闪烁着我一度认为是爱意的火花。

"说实话，你看上那个钢琴家哪一点？"

"我看上她哪一点？"

"是啊，当然她很漂亮，就是那种'模特身材、魅力无限的完美女人'。可除了这个，她还有什么？"

"得了，行行好，你爱的是一个无耻浑蛋，别想教训我。"

"是她身上的'文艺'气质让你着迷？"

"是的，奥萝拉受过很好的教育。要是你看不惯，随便你。我出生在一个破落的街区，生下来就只听到争吵：叫喊、辱骂、威胁、枪响。除了《电视节目预告》，我没有看到过一本书，也从来没有听过肖邦或者贝多芬。所以是的，我很喜欢听一个巴黎女人谈叔本华、莫扎特，而不是听一些女人讲脏话，谈论白面儿、饶舌乐、文身，还有假指甲！"

比莉点点头。

"这段说得好，可你喜欢奥萝拉也因为她长得漂亮。要是她比现在重五十公斤，你可不一定会为她神魂颠倒，哪怕她跟你谈莫扎特和肖邦……"

"好了，到此为止吧，够了。开车吧！"

"你要我怎么开？你以为我们的老爷车被羊撞一下还能开吗？"

她吸了一口登喜路，继续调侃我："你们讨论叔本华，一般是在上床前还是上床后？"

我目瞪口呆地看着她："要是提这个问题的人是我，我大概已经吃了一记耳光了……"

"好嘛，开个玩笑而已。我特别喜欢看你尴尬得脸红的样子。"

天啊，是我创造了这个女孩……

马利布

泰雷扎·罗德里格斯同往常一样，来到汤姆家做家务。最近一段时间，这位大作家不愿意被打扰，于是在门上贴了一张条子，让她不必来上班，可从来不曾忘记在字条下附上全额支付的工资信封。今天，门上没有字条。

谢天谢地。

老太太很讨厌无功受禄，她也越来越担心这个她在麦克阿瑟公园看着长大的孩子。

以前，泰雷扎的三间房间和汤姆妈妈的公寓在一层楼上，毗邻的是卡萝尔·阿尔瓦雷斯一家。泰雷扎寡居，小男孩和小女孩常常到她家做功课。不得不说她家和这两家比起来很安静：一边有一个水性杨花、神经质的母亲，喜好收集不同的情人和打烂家具，另一边有一个暴君般的继父，永远对着一家老小破口大骂。

泰雷扎用钥匙打开门，被房子里的一团乱麻吓傻了。然后她鼓起勇气，开始收拾屋子。她吸了尘，拖了地，打开洗碗机，熨了一堆衣服，然后清理了飓风袭击露台后的遗迹。

三个小时后她离开了房子，把垃圾分类，再把垃圾袋放进了垃圾箱。

下午五点多的时候，垃圾车挨家挨户清空马利布居民的垃圾箱。

约翰·布雷迪——今晚当班的清洁工之一——在收起一只巨大的垃圾袋时，看到一本几乎全新的"天使三部曲"第二卷。他偷偷收了起来，把整个街区都转完了才仔细察看。

哇哦！这个版本还挺精致的！大开本，漂亮的哥特封面，里面还有好看的水彩插图。

他的妻子读完第一卷后，正翘首以待第二卷的平装本。这下她可要高兴了。

他回到家里，珍妮特果然扑到书上。她在厨房就开始读起来，狂热地翻着书页，结果忘了取出烤箱里的食物。晚些时候，她在床上继续手不释卷，全神贯注的样子让约翰明白他们这一夜将会无风无浪，像拌了嘴的夫妻一样背对背睡上一整夜。他很不痛快地入睡了，生自己的闷气，因为是他自己带回了这本该死的书，让他既没有吃上像样的晚饭，也失去了夫妻该有的乐子。他渐渐进入梦乡，在梦神摩耳甫斯那里寻找慰藉：他心满意足地梦到最心爱的道奇队给了扬基队一个没齿难忘的教训，赢得了国家棒球联盟冠军赛的奖杯。布雷迪正满心欢喜，一声吼叫把他从美梦中惊醒。

"约翰！"

他惊恐地睁开双眼。身旁的妻子正大声吼道："你没有权利这样对我！"

"我对你怎么啦？"

"书在第266页时没有了！"她斥责，"剩下的都是白页！"

"可这不是我干的！"

"我敢肯定是你故意的！"

"真的不是！你为什么这么说？"

"我要读后面的故事！"

布雷迪戴上眼镜，看看闹钟："可是宝贝啊，现在是凌晨两点！你要我上哪儿去找下面的故事？"

"二十四小时超市晚上也开着……求你了，约翰，去给我买本新的嘛。第二卷比第一卷还要好看。"

约翰·布雷迪叹了口气。他和珍妮特结婚三十年，在上帝面前发誓无论顺境逆境……今晚，就是逆境，可他没有二话。反正，他也有很难搞的时候。

他抬起还沉浸在梦乡里的一把老骨头，套上牛仔裤和大毛衣，然后下楼到车库取车。到达紫色大街上的二十四小时超市时，他把这本次书丢进了公共垃圾箱。

破书！

墨西哥

我们差不多要到了。要是路牌没错的话，还有不到一百公里就能到我们的目的地卡波圣卢卡斯了。

"这是最后一次加满油。"比莉把车停在了加油站前。

她还没有熄火，就已经有个巴布罗——要是他 T 恤上别的姓名牌没错的话——开始为我们加油，并且擦起风挡玻璃来。

夜幕降临。比莉眯起眼睛，想透过玻璃看清一块仙人掌形木牌上写着街角快餐店里有些什么菜。

"我饿死了。你想不想去吃点东西？我敢肯定他们有超油腻的东西，不过味道肯定很好，就在那里面。"

"你再这么吃下去一定会消化不良的。"

"没关系，你能治好我。我打赌你扮演微笑医生的话一定很性感！"

"你真是有病！"

"谁的错呢，你觉得？说真的，汤姆，有时候也要放松一下。别老那么担忧，别老是怀疑生活，就让生活给你点甜头。"

嗯嗯嗯……她现在以为自己是保罗·柯艾略[1]了……

她下了车，我看着她走上通往餐馆的木梯子。她身上的磨旧牛仔裤、紧身皮衣和镀银化妆包使她摇身一变成了牛仔女郎，和环境十分相衬。我付了巴布罗油钱，在楼梯上赶上比莉："把钥匙给我，我把车锁了。"

"好了汤姆，放松点，不要觉得到处都是危险！忘掉你的车几分钟吧。给我买玉米饼、肉馅辣椒，然后你要好好地形容给我听！"

我一时心软，跟着她进了这家小酒馆，以为我们会度过一段安逸的时光。可噩运从这次希望渺茫的旅途一开始就促狭地要我们玩，指望它会就此收手，根本就是痴人说梦。

"那个……那个车子……"我们在露台上坐定了，正要品尝玉米饼时，比莉说。

"什么？"

"不见了。"她指着停车场，懊恼地说。

我怒气冲天地走出小饭店，一口饼都没来得及吃："不要觉得到处都是危险，嗯？！放松一下，嗯？！这就是你刚才建议我的吗？我早就知道我们要被偷！我们还刚刚加满了油！"

她抱歉地看着我，可这歉意也只持续了一秒钟，就让位于她惯常的讽刺："要是你早就知道我们的车要被偷，那你刚才干吗不回去锁好啊？我有错，你就没错吗？"

我又一次强作镇定，没有跳起来掐死她。这一次，我们没了车，也没了行李。夜幕降临了，也越来越冷了。

兰乔圣菲

警察局

---

1 巴西著名作家，其作品富有诗意和哲理，著有《牧羊少年奇幻之旅》。

“阿尔瓦雷斯警长……她也跟您一起来了吗？”

“您的意思是？”米洛把驾驶证和布加迪的保险单交给办事员。

副郡长有点尴尬，为了使问题更明确，用手指了指玻璃后卡萝尔的身影，她正在秘书那里填写表格。

“您的朋友，那边的那个，卡萝尔，她是您的‘那个’朋友，还是就是朋友？”

“为什么这么问，您要约她吃晚饭？”

“要是她有空的话，我当然很乐意。她实在是太……”

他搜肠刮肚找词，不想流露太多，可是也很快意识到自己词不达意，便乖乖地闭了嘴。

“干您的活吧，老兄。”米洛建议道，“您试试，看我会不会给您脸上来一拳。”

副郡长受了惊吓，核对了车辆的证件后，把布加迪的钥匙给了米洛。

“您可以去取车了，手续都办好了，不过以后别把车随便借人了。”

“不是随便什么人，是我最好的朋友。”

“那好吧，您大概要好好选择您的朋友。”

米洛正要回嘴，卡萝尔也进了办公室。

“警官，您拦下他们的时候，能肯定开车的是一个女人吗？千真万确？”

“警长，请相信我，是男是女我总分得清。”

“那副驾驶座上的男人，是他吗？”她挥了挥印有汤姆照片的小说。

“说实话，我没有仔细看您朋友。我是和那个金发小妞说话的。那可真是个麻烦的妞儿啊！”

米洛觉得在浪费时间，要求取回证件。

副郡长还给了他，爹着胆子问了一个不吐不快的问题：“您手臂上的文身，是‘萨尔瓦多帮’的标记，对吧？我在网上看到过一些帖子。我原来以为永远也不可能有人脱离这个帮派的。"

"网上的东西不能全信。"米洛走出了房间。

他在停车场仔仔细细地检查了一遍布加迪。车子完好无损，加满的汽油和后备厢里的行李都说明了开车人离开时很匆忙。他打开包发现了一些女装和化妆品，还在工具箱里找到了一张公路地图和一本名流杂志。

"怎么样？"卡萝尔来找他，"你找到什么了吗？"

"可能吧……"他给她看了地图上画的路线图，"那只獾，他约你吃晚饭了吧？"

"他问我要了手机号，约我改天晚上出来。怎么了，你不满意？"

"怎么会呢。再说了，他也不是第一个这样做的人了，不是吗？"

她正要让他吃点苦头，可是……

"你看这个？"她指着奥萝拉和拉斐尔·巴罗斯在风景如画的海滩上拍下的照片。

米洛指着地图上用记号笔画下的小叉，对童年好友说："你想不想到墨西哥海边的豪华酒店度个周末？"

墨西哥

埃萨卡塔尔加油站

比莉抚摸着镶法国尚蒂伊蕾丝的短睡裙的丝质面料："要是你送你女朋友这个，她会愿意为你干从来没干过的事。你根本就不知道世界上还会有这么下流的玩意儿……"

巴布罗瞪圆了眼睛。比莉已经花了十分钟时间，想用化妆包里面的东西换这个年轻加油工的电动车。

"喏，这个是 nec plus ultra[1]。"她从包包里拿出一个水晶瓶，瓶盖上

---

1 拉丁文：至远点。此处引申为极品、无与伦比的东西。

的多面体宛如钻石般光芒闪耀。

她打开细颈瓶，故作神秘，就像正要表演的魔术师。

"深呼吸……"她把仙水靠近年轻人的鼻子，"你闻到这股蠢蠢欲动的魅惑味道了吗？这香氛是不是又轻佻又风骚？让自己沉浸在精华里吧，紫罗兰、石榴花、红胡椒、茉莉花……"

"别教坏这个小伙子了！"我说，"你会惹麻烦的。"

可巴布罗对催眠乐在其中，年轻女人的卖力兜售正中他下怀："让自己沉浸在这股香调中，麝香、鸢尾花、夷兰花……"

我怀疑地走近电动车。这辆车有年头了：意大利伟士牌摩托车的山寨版，大概是上世纪70年代某个当地制造商在墨西哥推行开的。车子已经漆过好多次了，车身贴满了许多老得像化石一般的贴纸。其中有一张甚至写着：1986年墨西哥世界杯……

在我身后，比莉还在滔滔不绝地推销："相信我，小巴，当一个女人喷上这款香水，她就进入了一个施了咒语的花园，到处都是性感的味道，她会变成一只凶猛的小野兽，饥渴……"

"够了，别再丢人了！"我厉声说，"反正这辆车也坐不下两个人。"

"可以的吧，我也不是个大胖子啊！"她丢下巴布罗，一个人怔怔对着奥萝拉的化妆包幻化成的女性魔法袋。

"再说了，这样太危险。现在已经是晚上了，路况又很差，坑坑洼洼的，还有山路……"

"成交吗？"巴布罗走过来。

比莉恭喜他："你真是捡了个大便宜。相信我，你的女朋友肯定会崇拜死你的！"她许诺道，一把抓过那串钥匙。

我摇摇头："太荒唐了！这玩意儿开不到二十公里就会把我们丢在大路上。橡皮带磨损太厉害了……"

"汤姆。"

"嗯?"

"这样的电动车上是没有橡皮带的。别再充内行了,你对机械根本一窍不通。"

"说不定这玩意儿都有二十年没启动过了。"我转动了钥匙。

马达"咳嗽"了两三声,开始费劲地发出轰隆隆的声响。比莉坐到我身后,双手环抱我的腰,把头靠在我的肩膀上。

电动车在夜色中噼啪作响,一路向前开去。

20 // 天使之城

真正重要的并不是挥出的拳头，
而是那些挨过的打，
和为了奋勇向前而经受住的打击。

——兰迪·保施，美国科学家

卡波圣卢卡斯
天堂之门酒店
12号套房

早晨的曦光透过窗帘。比莉睁开一只眼，憋回去了一个哈欠，懒懒地伸了个懒腰。电子闹钟显示已经过了9点。她在床上翻了个身，汤姆在离她几米远处的另一张床上，蜷着腿睡意正酣。他们昨天半夜到达酒店时浑身酸痛、疲惫不堪。巴布罗的老爷电动车在离终点还有十几公里处寿终正寝，他们只好步行完成旅程的最后一段，在前往度假胜地的一路上悔不当初，不停相互埋怨。

比莉只穿一条小短裤和一件吊带衫，跳到地板上，蹑手蹑脚地走向沙发。套房里除了两张双人大床之外，还有一座中央大壁炉和宽敞的客厅，房间里墨西哥传统家具混搭高科技电子产品：平板电视、各种播放机、无线上网设备……应有尽有。年轻女人打着哆嗦，一把抓过汤姆的外套，像披斗篷一样裹住自己，然后从落地窗走了出去。

她一踏足室外，就觉得呼吸都要停止了。昨晚他们睡下的时候天很黑，而且两人满肚子怨气、筋疲力尽，根本没工夫欣赏风景。可是今天早上……

比莉走进沐浴在阳光中的露台。从这里望出去，可以俯视下加利福尼亚半岛的尽头，太平洋与科尔特斯海在这个奇妙的地方交汇。她可曾凝视过如此让人心醉的风景？答案是从未。她倚靠着扶栏，嘴角挂着一丝微笑，眼里闪烁着光彩。远处有莽莽群山，百来幢小别墅错落有致地沿着白色的沙滩一字排开，蓝宝石色的海水轻浪拍岸。酒店的名字——"天堂之门"——预言了这是通往天堂的大门。不得不承认如果真有天堂的话，也的确不远了……

她把眼睛凑到给天文爱好者准备的望远镜前，可并没有观察天空或者远山，而是把镜头对准了酒店的游泳池。泳池一望无际，共分三层，一直延伸到海边，一眼看去仿佛与大海融为一体。

海中央散落着不少私人岛屿，迎接着俊男美女来到茅草顶度假屋开始一天的日光浴。

比莉牢牢地盯着望远镜，无法自拔。

"戴斯泰森毡帽的家伙，就那个，老天爷，那是 U2 乐队的博诺！那边带着孩子玩耍的金发高个子美女，像极了克劳迪娅·希弗！还有那个褐发女人，文身从头文到脚，头发像锅腌酸菜，我的天哪，不就是……"

她这样自娱自乐了几分钟，直到一阵略带凉意的微风吹来，逼得她蜷缩到一把藤椅上。她揉搓肩膀，想取取暖，却在外套的内袋里摸到一样东西。那是汤姆的钱包，款式陈旧，十分厚重，质地是粒面触感皮革，边角已经磨损。她很不把自己当外人，在好奇心的驱使下打开了钱包。钱包很鼓，都是抵押画作得来的大票子。可她感兴趣的不是钱——她找到昨晚瞥见的奥萝拉小照，翻过来发现一行女人的字迹：

爱情，就是让你成为我捅进自己身体的一把刀。

奥

好吧，大概是钢琴家从哪里抄来的一句话。听上去不但充满了自我中心主义，而且极端扭曲、无病呻吟，好好的玩什么哥特浪漫。

比莉收好照片，仔细翻检其余内容。真是乏善可陈：信用卡、护照、两片雅维镇痛药，没有别的了。可纸钞夹层下面鼓鼓囊囊的到底是什么？她更加细致地查看了钱包，发现一个用粗线缝制的衬里。

她很意外，取下别住碎发的发卡，用上面的小钩子挑开了几处针脚。然后她摇晃钱包，一个闪亮的金属物件掉到了她的掌心。

是子弹弹壳。

她心跳瞬间加快，意识到这么做侵犯了汤姆的隐私，于是匆匆忙忙把弹壳放回暗层。这时她摸到里面还有其他东西。原来是一张发黄的宝丽来照片，有点失焦，上面是一对相拥的年轻情侣，背靠着铁栅栏和一排钢筋水泥房子。她一眼就认出了汤姆，猜他那时应该连二十岁都不到。旁边的女人更年轻，大概十七八岁。这是个南美长相的小美女，高挑纤瘦，双眼清澈有神。虽然照片很模糊，可比莉还是能感到灼灼的目光穿透照片朝她射来。从他们的姿势看得出是她手举着相机自拍了这张照片。

"嘿！你可真不害臊！"

比莉吓了一跳，扔下照片。她转身……

天堂之门酒店

24号套房

"嘿！你可真不害臊！"一个声音叫道。

米洛双眼牢牢盯着望远镜，仔细打量着两个正在泳池边晒太阳的半裸女子，欣赏二人"出水芙蓉"的傲人身材，这时，卡萝尔突然闯进露台。他惊跳起来，转身发现他的好朋友正严厉地瞪着他："我提醒你，这是用来观测仙后座和猎户座的，不是用来给你饱这种眼福的！"

"可能她们就叫仙后和猎户呢。"他用下巴指指两个"画报女郎"。

"你以为你这样很幽默是吧……"

"听着，卡萝尔，你又不是我老婆，更加不是我妈！话说回来，你是怎么进我房间的？"

"我是个警察，老兄！你以为酒店里一道普普通通的门能难住我么……"她把一只布袋丢到藤椅上。

"你这根本是侵犯私生活！"

"那好啊，有本事报警啊。"

"你不也一样，你以为自己很幽默啊？"

他恼了，耸耸肩，然后换个话题："说真的，我问过前台了。汤姆的确和他的'朋友'住在这家酒店里。"

"我知道，我已经调查过了：12号套房，双床房。"

"你听到双床房是不是松了一口气？"

她叹气："你这副德行的时候，比没毛的扫帚还要蠢……"

"那奥萝拉呢？你也调查过了吗？"

"那当然！"她也走近望远镜，把镜头转向岸边。

她花几秒钟勘察了一下透明浪花轻舔的无垠细沙。

"要是我的消息准确，奥萝拉现在应该……就在这里。"

她固定了望远镜的角度，让米洛来看。

身穿性感连体裤的奥萝拉确实正在海岸边开摩托艇，身旁有拉斐尔·巴罗斯相伴。

"这家伙其实还不错，你说是不是？"卡萝尔也凑上去看。

"啊？你……你真的这么想？"

"要不这么想才怪吧？你看到他的宽肩膀和运动员身板了吗？这男人长着一张明星脸，浑身上下都散发出希腊神的气质！"

"好了，说够没有！"米洛低声抱怨，把卡萝尔推开，重新霸占望远镜，"我还以为这个东西应该是用来观测仙后座和猎户座的……"

她不由得莞尔一笑，而他呢，正在寻找下一个偷窥对象。

"那个醉醺醺的褐发女人，就是那边那个胸很假，还梳着摇滚头的，是……"

"没错，就是她！"卡萝尔打断他，"等你玩够了，能告诉我咱们用什么来付房费吗？"

"我完全没有想法。"米洛悲伤地承认。

他从"玩具"前抬起头，拿起放在椅子上的运动包，坐到卡萝尔对面。

"这玩意儿重死了。里面是什么？"

"我给汤姆带的一点东西。"

他皱起眉头，催促她解释。

"我昨天早上来你家前又去了次他家。我想再搜一遍屋子，看看有没有其他线索。我上楼去他房间，你猜怎么着，夏卡尔的画不见了！"

"他妈的……"

"你知道画后面藏着一个保险箱吗？"

"不知道。"

一时间，米洛燃起希望。也许汤姆私下还有一些积蓄，可以帮他们还掉一部分债务。

"我很好奇，就不由自主地试了好几组密码……"

"你打开保险箱了。"他猜测。

"是啊，我输入了07071994。"

"就这么轻松？"他语气泛酸，"是神仙给你的灵感？"

她没有注意到他的冷嘲热讽。

"其实这是他第二十个生日：1994年7月7日。"

听到这句话，米洛的脸色阴沉下来，低声嘟囔："那时候，我没和你们在一起，对吧？"

"没……你那时在坐牢。"

一片寂静，仿佛天使悄然经过，往米洛的心头射了好几支忧郁的利箭。幽灵和恶魔始终未曾远离，一旦他松懈防备，就要卷土重来。米洛的脑袋里交叠映出反差鲜明的画面：这家豪华酒店和那座肮脏监狱，富人的天堂和穷人的地狱……

十五年前，他因为混帮派被判九个月的苦役，那段经历犹如在地狱中游荡，历时弥久，为他的"坏孩子"生涯画上了句号。自那以后，他竭尽全力重新收拾自己，可生活对他来说变成了一片游移不定的土地，仿佛每走一步都会在他脚下塌陷。而他的过去像一个拔去销钉的手榴弹，不知何时会在他头顶爆炸。

他眨眨眼，勉力不在回忆中偏航，他知道它的破坏力巨大。

"好吧，保险箱里有什么？"他声音很干涩。

"他二十岁的时候我送给他的礼物。"

"我能看看吗？"

她点点头。

米洛拎起袋子，放在桌上，然后打开了拉链。

12 号套房

"你拿我的东西搞什么？"我大叫，从比莉的手里夺回钱包。

"别生气。"

我好不容易才从半昏迷状态里醒转，嘴里苦苦的，浑身酸痛，脚踝钻心地疼——竟然有种在洗衣机里过了一夜的糟糕感觉。

"我最讨厌刺探别人隐私的人了！你身上真的集中了所有的缺点！"

"哦哟，好了，说到底是谁的错呢？"

"私生活是很重要的！我知道你从没打开过一本书，不过要是你将来看书的话，去看看索尔仁尼琴。他写过一句很有道理的话：'我们的自由建立在别人不知道我们存在的基础上。'"

"哎呀，就是嘛，我本来是想恢复平衡。"她为自己辩护。

"什么平衡？"

"你对我了如指掌……所以我对你感到好奇，不也很正常吗？"

"不正常！再说了，什么都不正常。你本来就不应该离开你的虚拟世界，我也不该跟着你来这里。"

"很明显，你今天早上可爱得像一把钳子！"

我在做梦吧……怎么是她在教训我！

"听好了，就算你很擅长强词夺理，对我也不管用！"

"那个女孩是谁？"她指指宝丽来照片。

"她是教皇的女儿，这个答案你满意吗？"

"这回答真是太没说服力了。就是在书里，你也不敢这么写。"

脸皮真厚！

"她叫卡萝尔，是我小时候的好朋友。"

"你为什么把她的照片收藏在钱包里，而且还这么当宝贝？"

我恶狠狠地瞪了她一眼，充满不屑。

"哦！真他妈的！"她气鼓鼓地冲出了露台，"再说，我才不稀罕你那个狗屁卡萝尔呢！"

我低下头凝视手里那张镶白边的发黄照片。好几年前，我把这张照片缝进了钱包，不过从此再也没有取出来看过。

回忆慢慢浮出水面。我的神志开始混乱，把我带到了十六年前，卡萝尔在我怀里，对我说："停下！别动了，汤姆！茄茄茄——子！"

咔嚓，噗嗞嗞嗞。我好像重新听到了拍立得的照片从相机里吐出来的标志性声音。

我仿佛看到自己接住掉出来的照片时她在旁边抗议："嘿！当心点！你会把指纹弄上去的，等它干一点！"

我仿佛又看到自己奔跑着想快点晾干宝丽来时，她追在我身后的样子。

"给我看看！给我看看！"

在三分钟等待奇迹般的时间里，她倚在我肩膀上急切地等着照片逐渐显影，最后看到成像的人影时狂笑不止！

比莉把盛有早餐的餐盘放在柚木桌上。

"好了，"她承认，"我不该翻你的东西。我同意你刚才说的索尔琴什么的：人人都有权利保守秘密。"

我冷静下来，她的态度也软化了。她给我倒了一杯咖啡，我给她的切片面包涂黄油。

"那天是怎么回事？"过了一会儿她还是追问道。

可她的声音里不再有窥探的意味或者病态的好奇。也许她只是感觉到，我虽然表面凶悍，无疑也需要向她倾诉我生命中的那段历史。

"那天是我的生日，"我开口说，"我刚满二十岁……"

洛杉矶

麦克阿瑟公园街区

1994 年 7 月 7 日

那年夏天，酷热难耐。热浪席卷一切，整个城市像只大炖锅一样沸腾着。烈日把篮球场上的柏油路都烤得变了形，可还有十几个小伙子光着膀子，无惧炎热，把自己幻想成"魔术师"约翰逊，不停地灌篮。

"嘿，变态先生！你来给我们秀秀你能干些什么呀？"

我没有注意到他们。说真的，我甚至没有听到他们说话。我把随身听的音量开到最大，大到足以让鼓点的敲击和贝斯的低沉节奏盖过挑衅谩骂。我沿着球场的铁丝网走着，一直走到停车场，那儿有棵孤零零的树，还有几片可怜巴巴的叶子，好歹遮出一小块阴凉。这当然不能和带空调的图书馆相提并论，可也聊胜于无。我坐在干枯的草地上，背抵着树干。

我在音乐的保护下，沉浸在自己的小天地里。我看了看表：13 点，我还有半小时时间，之后就得坐公共汽车去威尼斯海滩漫步区卖冰激凌。这点时间只够用来读米勒小姐开给我的庞杂书单中的几页。米勒小姐是学校里教文学的年轻老师，聪明、无视传统，对我印象很不错。我书包里还杂乱地收着莎士比业的《李尔王》、阿尔贝·加缪的《鼠疫》、马尔科姆·劳瑞的《在火山下》和詹姆斯·埃尔罗伊一千八百页的四卷本"洛城四部曲"。

我的随身听里播放着 R. E. M. 乐队吐字不清的最新专辑，还有很多饶舌乐。那是西海岸说唱音乐的巅峰时代：德瑞医生（Dr. Dre）的说唱风格、史努比狗狗的匪帮放克、图派克的愤怒。我对这种音乐爱恨交织。的确，大部分的歌词格调不高：为大麻辩护、侮辱警察、鼓吹暴力、鼓励靠枪支和车子说话。可至少，这些歌词讲的是我们每天的生活和身边的点点滴滴：混乱的街区、贫民窟、绝望、帮派火拼、警察的粗暴行为，还有十五岁时发现自己怀孕、在学校厕所里分娩的女孩子。特别是在歌词里和街区里一样，毒品无处不在，是一切的源头：权力、钱、暴力和死亡。而且，说唱歌手让我们感到他们和我们过着一样的日子：他们在街头四处游荡，和警察交火，最后要么进局子，要么进医院。

我看到卡萝尔远远走来。她穿着一袭浅色的连衣裙，在烈日照耀下衬出她苗条轻巧的身材。然而这和她原来的样子相去甚远。大部分时间里，她和这个街区里的其他女孩子一样，用厚运动衫裤、连帽套头衫、特大号 T 恤或者能容纳三个她的篮球短裤来掩饰女性特征。她背着一只很大的运动包，疾步走过那些家伙身边，对他们的嘲讽和出格言语充耳不闻，来到我的"绿岛"与我会合。

"嗨，汤姆。"

"嗨。"我拿下耳机。

"你在听什么？"

我们认识十年了。除了米洛之外，她是我唯一的朋友，也是唯一一个（除了米勒小姐之外）能与我交流的人。把我们联系在一起的纽带是独一无二的。卡萝尔在我心里早已不仅仅是妹妹，也超出了女朋友。是"别的"，而我始终找不到一个词来定义。

我们认识很久了，可这四年来很多东西变了。有一天，我发现地狱和恐怖就驻扎在隔壁屋子里，离我的房间不足十米。每天早上在楼梯上与我擦身而过的女孩已经死了。有些夜晚，她根本不再被当作人，不得不忍受可怖的折磨。有人在吮吸她的鲜血、她的生命、她的汁液。

我不知道怎么做才可以帮到她。我孤身一人，只有十六岁，没钱、没参加帮派、没有枪、没有拳头。只有一个脑子和一股意志，可是用来对付卑鄙还远远不够。

　　于是，我只能尽力而为，尊重她提出的要求。我没有告诉任何人，而是给她编了一个故事。这个漫长无边的故事追随着两个人物的轨迹：达利拉，一个和卡萝尔仿佛双胞胎一般的少女，以及拉斐尔，从她幼时就守护着她的天使。

　　两年来，我几乎每天都见到卡萝尔，我的故事每天都会有新的波澜起伏。她说她把我的故事当作盾牌，抵挡生活中的苦难。我笔下的人物和他们的冒险把她投入一个想象中的世界，让她暂时免于现实的重负。

　　我自责无力改变卡萝尔的命运，就用越来越多的时间构思达利拉的历险。我把空闲时间都用来干这个，在神秘而又浪漫的洛杉矶创造了一个宽银幕的新天地。我查找资料，搜索神话故事，疯狂阅读讲述古代魔法的文章。我昼夜不息地为不同的人物注入生命的气息，他们一天天丰满起来，迎头面对他们各自的阴影和痛苦。

　　几个月后，我的故事成形了，从一开始的超现实童话进化为成长小说，最终变成了不折不扣的奥德赛传奇。我在这个虚构作品里倾注了全部心血，以及我身上最真最美的一面，却丝毫没有料到十五年后它会使我一夜成名，赢得数以百万计的读者。

　　这就是为什么今天我几乎不接受任何采访，并且尽可能避开所有记者：因为"天使三部曲"的诞生是一个秘密，我永远不愿意与除她之外的任何人分享。

　　"哎，你在听什么呢？"

　　卡萝尔那时十七岁。她笑意盈盈，美丽动人，重新充满了生命力、精力和对未来的畅想。我知道她以为这一切都归功于我。

　　"西尼德·奥康娜翻唱的'王子'的歌，你应该没听过。"

　　"你开玩笑吧，谁没听过《无人可与你相比》！"

　　她站在我面前，轻飘飘的身影映现在七月的天空中。

"你想不想跟我一起到圆顶电影院看《阿甘正传》？昨天上映的，听说还不错……"

"哦……"我兴趣不大。

"那我们到录像店去租《土拨鼠日》，要么一起看《X 档案》的录像带？"

"卡萝尔，我脱不开身，我下午要打工。"

"那么……"她开口。

她神秘兮兮地在运动包里翻了一会儿，掏出一罐可乐使劲摇晃，仿佛手里拿的是一瓶香槟。

"……我们要马上为你庆祝生日。"

我还没来得及开口抗议，她已经拉开了拉环，泡沫四溅，喷了我一头一脸。

"住手！你脑子坏了啊？"

"没关系，这是健怡可乐，不会弄脏衣服的。"

"说得像真的似的！"

我一边擦衣服，一边假装生气。她的微笑和好心情让我也心情大悦。

"二十岁一生只有一次哦，我要送你一件特别的东西。"她庄重地宣布。

她重新俯身到运动包前，然后递给我一个硕大的盒子。一眼看去，我就知道包装得非常精致，而且是从"真的"商店里买来的。我拿在手里，感到分量不轻，不免有点不自在。卡萝尔和我一样困窘。她到处打短工，可她那可怜的积蓄几乎全部用来付学费了。

"哎呀，打开呀，笨蛋！别杵在这儿不动呀！"

在纸盒里，有一样神圣不可触碰的物件。对我这样沉迷文字的人来说不啻为一座"圣杯"。它比查尔斯·狄更斯的钢笔或者海明威的皇家牌打字机更美妙：是一台 540c 型号的 PowerBook，顶级的苹果笔记本电脑。

已经整整两个月了，每次我路过"电脑俱乐部"商店的橱窗前，总是忍不住驻足垂涎。我对它的特征如数家珍：三十三兆频率的中央处理器，五百兆容量的硬盘，主动矩阵式液晶显示屏，内置调制解调器，电池可以支撑三个半小时，还是世界上第一台置入触控板的电脑。这是一个无与伦比的工作伴侣，重量大约为三公斤，价值……五千美元。

"你不能送我这个。"我说。

"我就是要送你这个。"

我很感动，她也一样。她双目莹然，我知道我肯定也一样。

"这不是一个礼物，汤姆，这是一个责任。"

"我不明白……"

"我希望有一天你把达利拉和《天使之伴》的故事写出来。我希望这个故事不只给我，也给其他人带去力量。"

"可我能用纸和笔写啊！"

"你当然可以，可是你一旦收下这份礼物，就是许下一个承诺，一个和我有关的承诺。"

我不知道说什么好。

"你从哪里弄到那么多钱，卡萝尔？"

"这个不用你操心，我自有办法。"

接下来的几秒钟里，我们都没有说话。我极度渴望把她拥入怀里，甚至想要亲吻她，可能还想要对她说我爱她。可我和她都没有做好准备，我只是答应她，为了她，我有天会把这个故事写下来。

为了平复我们的激动情绪，她从包里挖出最后一样东西：一只古老的宝丽来相机，想必是"黑妈咪"借给她的。她环住我的腰，举起相机，叫我快摆好姿势："停下！别动了，汤姆！茄茄茄——子！"

天堂之门酒店

12 号套房

"哇哦……这个卡萝尔，真是个奇怪的姑娘……"比莉听完我的话，喃喃道。

她眼里充满了温柔和人情味，仿佛这是她第一次真正见到我。

"她现在在干什么？"

"她当了警察。"我喝了一大口已经冷却的咖啡。

"那电脑呢？"

"在我家，放在保险箱里。我就是用它来写'天使三部曲'最早的草稿的。你看到了：我遵守了承诺。"

她马上打压了我的得意扬扬："等你写完第三部，你才算遵守了承诺。有些事情开始容易，可是只有完成了才真正有意义。"

我正要叫她不要这么言之凿凿的时候，有人敲了门。

我打开门，没有任何心理准备，以为是客房服务员或者清洁女工，可是出乎我的意料……

我们都经历过这样的场面：冥冥中仿佛有一个能工巧匠不停编织着隐形的丝线，串联起每一件大大小小的事，在某些蒙受神恩的时刻里，给我们带来彼时彼刻迫切需要的东西。

"你好呀。"卡萝尔对我说。

"嘿，老兄，"米洛冲我叫了一声，"再见到你真是太好了。"

21 // 爱、龙舌兰和玛利亚奇[1] 乐手

她美得如同别人的妻子。

——保罗·莫朗，法国作家

酒店商店

两小时后

"快走，别再孩子气了！"比莉扯着我的袖子下命令。

"你干吗要我来这里？"

"因为你需要新衣服！"

她不顾我的抗拒，在背后使劲推我。我被吸进了旋转门，最后置身于酒店商店的豪华大厅里。

"你有病啊！"我站直身体叫道，"哎呀呀，我的脚！有时候真觉得你脑子里面装的都是酸奶！"

---

1 一种墨西哥民间音乐，被称为墨西哥"国粹"。演奏乐队由大小吉他、小提琴、低音提琴、曼陀林和竖琴组成。

她交叉手臂，像一个严厉的小学老师一样训斥我："听着，你穿得要多丑有多丑，你已经半年没晒过太阳了，头发又长又乱，别人还以为你的发型师去年死了呢。"

"那又怎么样呢？"

"你要是想讨女人欢心，就一定要换换风格！来，跟我来！"

我不情愿地跟在她身后，很不想参与接下来的这场血拼。店面一望无际，中间隆起的玻璃穹顶没有任何墨西哥元素，新艺术的装修风格反而让人联想到伦敦、纽约或者巴黎的高级商店。天花板上悬挂着的水晶吊灯和布拉德·皮特、罗比·威廉姆斯、C罗的硕大艺术照片交替出现。这地方看上去很自恋，而且很浮华。

"好，我们就从护肤品开始。"比莉做了决定。

护肤品……我摇着头叹了口气。

美容品柜台售货小姐的穿着精致得好像克隆人。她们想要提供导购服务，可是比莉——看上去在香水、面霜和乳液中如鱼得水——拒绝了她们的建议。

"不修边幅的胡子，还有克罗马农人[1]的扮相，一点也不适合你。"她语气很坚定。

我忍住不发表任何评论。的确，这几个月来，我完全放任自流。

她抄起一个购物篮，往里面扔了三罐挑好的东西。

"清洁、去角质、净化皮肤。"她念念有词地列举着用途。

她换了一个柜台，还在滔滔不绝："我很欣赏你的两个朋友。那个男的，他有点奇怪，你不觉得吗？他看到你的时候那么激动……挺感人的。"

我们刚刚和卡萝尔还有米洛一起度过了两个小时。这次重逢让我心头洋溢着温暖，我感到好像从低谷里往上爬了一点。

1　旧石器晚期智人中的一支。

"你觉得他们相信我们的故事吗？"

"我不知道，"她老实地说，"要相信不可思议的事情，没那么容易吧？"

酒店泳池

吉米酒吧

酒吧位于一个茅草度假屋里，俯视着泳池，给顾客提供一个欣赏大海的壮观视角，还可以鸟瞰房客们在海边频频挥杆，高尔夫球滚进了第十八个洞，观者击节称好。

"那么，你觉得这个比莉怎么样？"卡萝尔问。

"她的腿美得可以挑开任何男人的长裤门襟。"米洛就着吸管喝了一口椰子壳盛的鸡尾酒。

她顿时石化。

"哪天你要和我解释下，为什么你什么都能联想到那儿去……"

他耸耸肩，就像刚刚挨过骂的小孩子。调酒师在他们面前用力摇晃调酒器，有点夸张地调着卡萝尔点的"完美八点后"。

米洛试着继续刚才的话题："那你呢，你怎么看？别告诉我你对一个人物从书里掉出来的故事照单全收？"

"我知道听上去很疯狂，可是我挺喜欢这个主意的。"她若有所思。

"我承认她的外表的确像得让人说不出话来，可我既不相信童话，也不相信魔法。"

服务生把她点的饮料放在盘子上，卡萝尔向他点头致谢。然后他们离开吧台，走向泳池，坐到两张帆布躺椅上。

"不管你愿不愿意相信，'天使三部曲'里有那么多受过伤害的人物，这个故事的确有点不寻常。"她望着大海继续刚才的话题。

她一下子澎湃了，对米洛倾吐了心底最深处的信念："这本书和其他书不一样。它促使读者意识到自己的弱点，也让他们明白自己原来拥有可能未曾察觉的能量。过去，这个故事救过我的命，完完全全改变了我们的人生，我们最后靠它离开了贫民窟。"

"卡萝尔？"

"什么？"

"这个假扮比莉的女孩子是个骗子，就这么简单。她看汤姆现在很脆弱，就想着乘虚而入，准备在他身上刮刮油水。"

"她要怎么刮油水？"她叫起来，"还不都是你的错，他身上一个子儿都没了！"

"别这么恶毒！你以为我身上背着这个担子很轻松吗？我永远也不能原谅自己这么一败涂地。我没日没夜地想。这几个星期以来，我一直在想办法补救。"

她从躺椅里起身，严厉地看着他。

"你哪里被罪恶感压垮了？我觉得像你这样脚趾张开、头戴帽子、吸着椰汁鸡尾酒悔罪也未免太惬意了！"

她转身走向海滩。

"你这样说不公平！"

他从躺椅里跳起来，追上去，想要留住她："等等我！"

他奔跑的时候，在湿滑的沙子上摔了一跤，平飞了出去。

他妈的……

酒店商店

"你需要的是这个——一块羊奶补水香皂，还有这款去角质啫喱。"

比莉还在继续购物，向我灌输她的美容建议和心得。

"我真的建议你买个抗皱霜。你现在的年龄对一个男人来说很关键。

以前你的表皮足够厚，可以抵御时间的侵袭，可是现在一切都不一样了：你脸上开始长皱纹了。有些女人口口声声说男人有皱纹才够有魅力，我实话对你说，你要是相信的话就太天真了！"

她一旦进入角色，我根本没有插嘴的余地。她一个人就可以演完整场。

"还有，你眼睛周围也留下了岁月的痕迹。看看你的眼袋和黑眼圈，不知道的还以为你狂欢了三天三夜没睡觉呢。你明白吗，每晚必须至少睡八小时才能排毒！"

"这两天，实在不能说你给我留出了足够的时间……"

"啊！现在变成我的错了！来，胶原蛋白精华。再拿一罐'美黑'防晒乳液，让你有点当地气色。我要是你的话，我就去做个 SPA。他们还有高科技的机器可以消除难看的赘肉。不要吗？你肯定？那做个指甲吧，看看你的手指，像车夫的。"

"你知道大家是怎么说我的手指的吗？"

我们绕过一个柜台，进入了香水区，突然之间，我差点迎面撞上拉斐尔·巴罗斯真人大小的巨幅照片。他有着牙刷广告明星般的爽朗笑容、完美的赤裸上身、宽阔的肩膀、灼人的眼神、詹姆士·布朗特的胡子，这位俊美的阿波罗正在为一个著名的奢侈品牌做形象代言人，他被选中代言它家最新款的香水"不驯浪子"。

比莉让我先消化了一下这个打击，然后试着安慰我："我敢肯定他们修过照片。"她温柔地保证。

可我不知道该拿她的同情怎么办。

"请你闭嘴。"

她不想让我陷入阴郁情绪，拉着我向前走，逼我和她一起寻宝。

"你看！"她在一个柜台前停住，"找到让你皮肤恢复原样的终极武器了——牛油果面膜。"

"让我把这个洗碗的玩意儿涂到脸上，门儿都没有！"

"那你脸色暗沉，我可管不了了。"

我正要发作，她软化了态度："至于头发护理么，我投降，要整理你那个乱糟糟的脑袋可不容易呢！可以先买个修复角蛋白的洗发水，不过我还是帮你预约常驻酒店的发型师乔治吧。"

她一边说得兴起，一边走到了男装柜台。

"好，现在我们来干正经事。"

她好像一个对着原材料精挑细选的大厨，正准备做一道讲究的菜肴，在每个货架前翻找着："我们来看看，你给我试试这件、这件和……嗯……这件。"

我接住她扔过来的紫红色衬衫、紫色外套和缎子长裤。

"呃……你确定这是男装？"

"拜托，你别叽叽歪歪地说那些大男子主义理论了吧！现在的'男子汉'穿着都很讲究。就拿这件弹力紧身衬衫来说吧，我送过一件一模一样的给杰克……"

她话还没说完就马上住口，意识到自己刚刚说溜了嘴，干了一件蠢事。

的确如此，我把衣服一股脑儿丢回给她，不由分说地走出了商店。

说真的，女人啊……我走近旋转门的时候叹息道。

说真的，女人啊……米洛叹息。

塞着棉花团的鼻子还在淌血，他只好仰着头从诊所里走出来，刚才幸好酒店的医生给跌了个嘴啃泥的他慷慨施诊。都怪卡萝尔，让他在游泳池里大出洋相，平飞之后降落到"仙后"和"猎户"身上，把前一个的屁股压扁了，手里的椰汁鸡尾酒都倒翻在后一个的胸脯上。

现在，我可不能再犯错……

他到了商店入口处的广场上时加倍谨慎：地上很滑，人流如潮。

可不能再摔个狗吃屎了，他心想，正在此时，一个男人从旋转门里急速冲出，和他撞了个满怀。

"你就不能看看路吗！"他鼻子着地，怒吼道。

"米洛！"我扶他站起来。

"汤姆！"

"你受伤了？"

"没什么大不了的，我待会儿和你说。"

"卡萝尔在哪儿？"

"她在发脾气。"

"我们去喝杯啤酒，再吃点东西？"

"我跟定你了！"

"海之窗"是酒店里的一家休闲餐厅，一共有三层，提供自助餐，你可以在此品尝十二个国家的美味佳肴。土墙上挂着当地艺术家的油画，是一些景物或人物肖像，色彩之浓烈可以媲美玛莉亚·伊斯基耶多和鲁菲诺·塔玛约的作品。顾客可以选择在冷气十足的内室或者露天座位就餐。我们找了一个露天的景观座，可以对沐浴在骄阳里的游泳池和科尔特斯海的无限风光一览无余。

米洛讲话像开机关枪："老兄，看到你现在这样我太高兴了。你好点了，对吧？反正看上去比这半年来的气色都要好。多亏了那个女孩子，你说是不是？"

"确实是她让我又站了起来。"我承认。

服务生轮番端盘上菜，一时让人眼花缭乱，水晶香槟、加州鹅肝酱卷和脆皮大虾纷至沓来。

"你不该那么冲动、一走了之的。"他一边责备我，一边抓过盘子上的两杯酒和一盘小吃。

"可就是那一跳救了我的命！再说，我那时候以为你们要软禁我！"

"那个睡眠疗法的确是个错误。"他面有惭色，"我太绝望了，根本不知道怎么样才能帮到你，所以慌了神了，呆头呆脑地听了那个索菲亚·施纳贝尔的蠢话。"

"好了，都过去了，行不行？"

我们为未来干杯，不过我看得出来他在为什么事情烦恼。

"你别吓我，"他还是忍不住问了，"那个女人，你不会真的觉得她就是真的比莉吧？"

"尽管看上去不可思议，可是事实恐怕就是如此。"

"那么说起来，之前要软禁你也许不是个错误。"他咽下了一只龙虾，做了个鬼脸。

我正要叫他见鬼去吧，察觉到手机发出低沉的振动声，提醒我收到一条短消息。

奥萝拉：汤姆，你好！

发信人的名字让我浑身一颤。我做不到置之不理。

我：你好，奥萝拉！
奥萝拉：你在这儿干什么？
我：放心，我不是来找你的。

一贯不顾别人感受的米洛站起来，无耻地旁观我和前女友之间的对话。

　　奥萝拉：那你来干吗?

　　我：我在这里度假，你知道的，我今年过得很不顺。

　　奥萝拉：我希望你和那个金发女郎在商店里出双入对，不是为了让我吃醋。

　　"这个女的真不要脸!"米洛爆发了，"你回复她：滚一边去。"

　　可我还没来得及输入任何字母，她就给我发了一条新信息：

　　奥萝拉：还有，让你朋友闭嘴……

　　"臭娘们!"被提及的这位叫了起来。

　　奥萝拉：别让他从你后面偷看我的短信!

　　米洛看到这条信息，好像挨了一个耳光，羞愧万分地检视起周围用餐的人。

　　"她在下面!"他指着一张嵌在小凹室、靠近露天冷餐台的桌子。

　　我探出扶栏望下去：奥萝拉脚穿平底鞋，身裹一袭丝质的缠腰式长裙，正在和拉斐尔·巴罗斯共进午餐，同时目不转睛地看着黑莓手机。

　　为了不被她玩弄于股掌之间，我关了手机，叫米洛冷静下来。

　　这可用了两杯香槟才做到。

　　"那好，现在你觉得好点了，你打算怎么办?"他为我担心。

　　"我想我会回去教书，"我说，"不过不是在美国。洛杉矶有太多我的回忆了。"

"那你打算去哪儿？"

"可能去法国吧。我知道蓝色海岸有家国际学校对我的经历感兴趣。我想去碰碰运气。"

"这么说来，你要丢下我们不管了……"他沮丧地说。

"人总是要长大的，米洛。"

"那书呢？"

"写书这件事，到此为止了。"

他张嘴欲驳，可没等他说出一个字，一阵龙卷风席卷我身后，抗议道："什么，到此为止？那我怎么办？"比莉在狂吼。

所有人都带着谴责的目光转向我们。我夹在米洛的戏谑和比莉的暴怒中，感到我们出现在这个亮眼明星和亿万富翁的盛会上实在是不伦不类。我们应该待在郊区的小亭子里，烤烤香肠，喝喝啤酒，抽空再投几个篮。

"你答应过要帮我的！"比莉继续站在桌旁指责我。

米洛也落井下石："是啊，既然你都答应了……"

"你算了吧！"我打断他，用手指威胁地指着他。

我抓住年轻女人的胳膊，把她拉到一边。

"我们不要自欺欺人了，"我说，"我再也写不出来了。我再也不想写了。就是这样。我随便你理不理解，我只要你接受这个事实。"

"那我呢，我想回家！"

"那就从今往后，把这里当作你家吧。反正你看上去也很享受这去他妈的'真实生活'。"

"可我想再见到我的朋友们。"

"我还以为你没朋友呢！"我反唇相讥。

"至少让我再见到杰克！"

"想操你的家伙，在这里要多少有多少。"

"你这样是行不通的！我妈妈呢！我也能要多少妈妈就有多少吗？"

"听好了，你身上发生的事和我可没有关系。"

"也许吧，可是我们签了合同！"她从口袋里拿出一张揉皱了的餐巾纸，上面有我们的协议，"你缺点一箩筐，可我以为你至少言出必行。"

我始终抓着她的胳膊，拽着她和我一起下了石砌楼梯，一直走到游泳池边上的冷餐台。

"别再提那张合同了，你自己也不能履行诺言！"我用下巴指了指正和男友一起看我们好戏的奥萝拉。

我不愿意再寻找借口，或者活在幻想里了。

"我们的契约失效了：奥萝拉开始了新生活，我们永远也不能让她回心转意了。"

她看着我，还在硬撑。

"你敢打赌吗？"

我松开她的手臂，表示不解。

"悉听尊便。"

她温柔地靠近我，把手环绕到我的颈背后，温柔地轻抚着，不疾不徐地在我的唇上印下了一个吻。她的嘴唇清凉凉、甜丝丝的。我意外极了，浑身一颤，不由自主地微微后退一步。接着，我的心剧烈地跳动起来，熄灭已久的情感在我身体里苏醒。如果说，一开始这突如其来的吻是巧取豪夺的话，那么现在我却丝毫不愿惊扰这个美妙的心动瞬间。

22 // 奥萝拉

我们迷失在一个残酷转折时代的密林中；

迷失在我们的孤独中；

迷失在向往绝对的爱里：

我们像两个信奉神秘主义的异教徒，既没有了坟墓，也没有了上帝。

——维多利亚·奥坎波，阿根廷女作家

（致皮埃尔·德里厄·拉罗谢勒的信）

波旁大街酒吧

两小时后

一道接一道的闪电划破天空。狂风怒吼着，一场豪雨把酒店浇了个透，风雨让棕榈树摇摆个不停，茅草屋顶也哆哆嗦嗦，雨滴落在水面激起层层斑点。雨下了有一个小时，我躲在一幢颇具殖民地风情的农户家里，它的外观有点像新奥尔良的一些居所，屋子外面的酒吧露台有挡风遮雨棚。我手里捧着一杯咖啡，凝神看着游客们被暴雨弄得措手不及，纷纷赶回豪华套房的温柔乡。

我必须一个人静一静，好整理思绪。我在生自己的气。我既恼怒自己被比莉的吻搅得心神不宁，还气自己竟然为了让奥萝拉吃醋，对这种低级把戏半推半就。我们都不是十五岁的孩子了，这些幼稚的举动一点意义都没有。

我揉揉眼皮，重新开始工作。我绝望地看着屏幕，鼠标在空白页面的左上方不停闪烁。我打开了卡萝尔带来的旧苹果电脑，不理智地奢望这个来自过去的机器能够重启我的创作。在我的"辉煌年代"，我曾经用这个键盘写下了数以百页计的小说，可这台电脑毕竟不是一根魔法棒。

我完全不能集中注意力，连三个有逻辑关联的词也想不出来。我不仅失去了自信，还遗失了故事的线索。

暴风骤雨让气氛更加沉重压抑。我在屏幕前一动不动，一阵恶心涌了上来。我感到头晕。我的神智云游他处，被其他烦忧牵绊住，哪怕只写某个章节的第一句话都比攀登喜马拉雅山艰难百倍。

我喝下最后一口咖啡，起身又要了一杯。这个房间有英国酒吧的风范，装有细木护壁板，四处摆放着镶嵌工艺品，真皮沙发显得舒适温暖。

我走近吧台，仔细打量桃花心木的台子后面摆放整齐的酒瓶，蔚为壮观。这地方说是咖啡厅，气氛却引诱顾客点上一杯威士忌或者干邑，伴着从有裂纹的树脂唱片里传出的迪恩·马丁的嗓音，点起一根哈瓦那雪茄。

就在此时，有人坐到房间一角的钢琴前，轻轻敲出《任时光流逝》的前奏。我转身，几乎以为会看到《卡萨布兰卡》中的美国黑人钢琴家萨姆。

坐在真皮琴凳上的是奥萝拉，一袭羊绒长毛衣，下穿蕾丝暗纹黑色紧身裤。修长的双腿交叉侧放，石榴红的尖高跟更拉长了腿部的线条。她抬起头看着我，还在继续弹琴。她的指甲涂成了紫色，左手食指上戴着一枚浮雕玉石戒指。我在她的脖子上认出了黑石头小十字架，她开音乐会的时候常常会戴着它。

和我截然相反，她的手指在琴键上奔跑时轻盈灵动。她随心所欲地从《卡萨布兰卡》转到《小丘的悲歌》，随后又即兴来了一首《我滑稽的情人》。

酒吧里只有寥寥几人，可在场的顾客都着迷地看着她，被她散发的气息弄得神魂颠倒：她的确兼具玛琳·黛德丽的神秘、安娜·奈瑞贝科的魅惑和梅洛迪·加尔多的性感。

至于我，由于既没有痊愈也没有戒瘾，当然也心旌荡漾、不能自已。再次见到她的感觉如此痛楚。她离开我的时候，带走了我生命里所有的阳光：我的希冀、我的自信、我对未来的信仰。我生活中的欢笑和色彩都随她而去，她走后，我的生命就枯竭了。她尤其熄灭了我心中的火焰，让它再也不可能重新去爱了。现在，我的内心犹如历经浩劫的土地，被一把火烧得荒芜，没有青草树木，也没有鸟语花香，永远凝固在了凛冬的寒冷中。我再也感觉不到欲望或者胃口，只能每天用大把药物烧灼自己的神经，来稀释必须面对的过于痛苦的回忆。

我爱上奥萝拉，就好像感染上一种致命的摧毁性的病毒。我是在洛杉矶机场排队登机时遇到她的，我们都要乘坐联合航空飞往首尔。我去韩国宣传我的书，她去那儿演奏普罗科菲耶夫的作品。我见到她的第一眼就爱上了她，为了她的所有一切，也为了她的各种细节：忧郁的微笑、晶莹的目光、把碎发拢到耳后的独特姿势、好像在放慢镜头般的转头动作。我还爱她嗓音中每一个转音变调、她的聪慧、她的幽默，以及她对自己外貌冷静客观的评价。然后，我爱上了她每一个秘密的缺点，爱她如常人一样感到的痛苦，爱她坚强外衣下隐藏的伤口。好几个月里，我们沉浸在无与伦比的幸福中，被抛向极乐的巅峰：时间仿佛停止了，因氧气过剩而头晕目眩。

我当然预感到会付出代价。我教授过文学课，我记得我崇拜的作家们的警告：司汤达和他的"结晶"理论；托尔斯泰和那个把什么都奉献给爱人后卧轨自杀的安娜·卡列尼娜；《魂断日内瓦》中阿里亚娜和索拉尔在一个污秽不堪的旅馆房间里吞乙醚自杀，以此结束两人不可避免的激情冷却。可是激情本身就是一剂毒品，一旦入彀，即使毁灭性的后果摆在面前，也挡不住泥足深陷。

一个错误的信念牢牢盘踞在我心里：只有和她在一起时我才是真正的自己，于是我用这点说服自己我们的爱情会天长地久，我们能够闯过别人——沦陷的沼泽。可是奥萝拉并没有让我展现出我最真最好的一面，反而让我暴露出我痛恨并且长久以来挣扎着想要摆脱的弱点：多少有些强烈的占有欲，对美的迷恋，软弱地相信天使般的容颜背后必然有一个美丽的灵魂，与一个如此光彩照人的女人相提并论时的自恋和骄傲，认为因此就可傲睨其他男人的虚荣心。

当然，她懂得与她的名声保持距离，并且声称不会为浮名蒙住眼睛，可是很少有人成名后会变得更完美。成为万众瞩目的焦点只会扩大自恋的伤口，而不是治愈它。

我对此早有察觉。我知道，奥萝拉一直生活在焦虑中，害怕美貌凋谢和才华褪色胜过这世上的一切——上天赐予她这两个魔力，让她卓尔不群、脱颖而出。我知道她平稳的嗓音会突然支离破碎。我知道，胜券在握的偶像形象背后藏着一个缺乏自信的女人，她无法获得内心的平衡，只好用超量的工作来治疗焦虑。她在全世界各个首都巡回表演，提前三年安排好演出的日期，不停地投入一段又一段露水般短暂的感情，然后因为一些无关紧要的小事闪电分手。直到最后一刻，我还以为我可以成为她抛锚休憩的所在，而她也能做我避风的港湾。要做到这点，我们必须彼此信任，可是她已经习惯了把暧昧和争风吃醋当作勾引的手段，因而再也不能创造出一派宁静的氛围。我们这一对看似完美的情侣到最后轰然崩塌。如果我们生活在一个荒无人烟的小岛上，也许反而会无比幸福，可生活并不是无人的小岛。她的朋友们，那些所谓巴黎、纽约或者柏林的知识分子，觉得我的畅销小说不合他们的口味，而我这边，米洛和卡萝尔也认为她太附庸风雅，不仅高傲，而且自我膨胀得厉害。

屋外狂风大作，给窗户挂上了厚厚一层雨帘。在波旁大街酒吧闷闷的雅致氛围里，奥萝拉唱完一曲《关于你》，嗓音忧郁柔滑，双手齐弹一串意犹未尽的和弦，一曲终了。

众人鼓掌之际，她拿起放在钢琴上的酒杯，喝了一口波尔多酒，向观众点头致谢。然后她合上琴盖，表示表演时间到此为止。

"还是很有说服力的，"我走到她身边，"你要是跨界当歌手，诺拉·琼斯可要担心了。"

她把杯子递给我，向我挑战："让我看看你的技艺有没有生疏。"

我的嘴唇迎上杯子上她的唇印，浅浅品了一口。她曾经想带我分享她对葡萄酒的热爱，可还没等我领略基础，她就已经离我而去了。

"呃……1982 年的拉图尔。"我只能硬着头皮碰运气。

她看到我这么不自信，微微一笑，然后纠正道："1990 年的玛格庄园。"

"我还是一如既往喝健怡可乐，这玩意儿的酿造年份记起来简单多了。"

她像从前一样大笑起来，像我们还相爱时那样。她想要取悦别人的时候，就会习惯性地非常缓慢地摆动脑袋，一缕金发从别住碎发的发卡里溜了出来。

"你最近怎么样？"

"不错啊，"她回答，"不过看来你被困在旧石器时代了。"她影射我许久未剃的络腮胡，"你的嘴没事吧？能缝好吗？"

我困惑地皱起眉头。

"缝什么？"

"那个餐厅里的金发女人从你嘴上扯下了一块肉吧！是你的新女朋友？"

我回避了这个问题，向吧台点了"和那位小姐一样的东西"。

她誓不罢休:"那女的还挺漂亮的。说不上优雅,可是算漂亮。反正,你们两个人看上去天雷勾动地火……"

我反击了:"你和你那个运动员都还顺利吧?他也许不是头号大帅哥,可也足够上上杂志封面了。不管怎么讲,你们还是很般配的。我看到报道说,你们俩这回是真爱。"

"你现在开始看八卦杂志了?我以为我们都被那帮子记者乱写过,你已经能够免疫了呢。至于真爱么……汤姆,你知道的,我从来都不相信有什么真爱。"

"即使和我在一起的时候?"

她又喝了一口酒,下了高脚凳,走到窗边倚栏远眺。

"除了和你在一起的时候,我的感情从来都很淡。那些插曲都很愉快,可是我总是知道怎么节省我的激情。"

这也是我们分手的原因之一。对我来说,爱情就好像氧气一样,是唯一能够给生活带来一点光泽、辉彩和密度的东西。对她来说,爱情虽然也如同魔法一样神奇,可是说到底不过是幻觉、欺人和自欺。

她目光迷离,把她的想法娓娓道来:"感情来,感情又走,人生就是这样。某天早上,一个人留下,另一个人走了,没有人知道为什么。有这把达摩克利斯之剑悬在头顶,我不能毫无保留地奉献给对方。我不愿意依靠感觉过活,因为感觉会变。感情都是脆弱的,看不见摸不着的。你以为已经很深了,可是一条偶然进入视线的裙子、一个诱人的微笑就可以让它投降。我投身音乐,因为音乐永远不会从我的生命中走开。我爱读书,因为书永远都在。再说了……能恩恩爱爱、白头偕老的恋人,我还从来没有遇到过。"

"因为你生活的圈子都太自恋了,你的朋友们,那些艺术家和名人,每段感情都以光速分手为结局。"

她若有所思地缓缓走上露台，把杯子放在栏杆上。

"一开始的迷狂过后，我们无以为继，"她分析道，"我们没能坚持下去……"

"是你没能坚持下去，"我自信地纠正她，"是你该对我们的分手负责。"

最后一道闪电撕裂了天空，暴风雨骤然远离，如同来时一样令人措手不及。

"我当时想要的，"我接着说，"是和你一起分享生活。实际上，我认为爱情就是这么简单：想要两个人共同经历所有的事，彼此用各自的不同来丰富对方。"

天空中的阴云开始散去，蓝色的晴空从云朵的一处小洞里钻出来。

"我当时想要的，"我不依不饶，"就是和你一起创造一点东西。我已经准备好了许下这个诺言，准备好了在你身边迎接考验。当然会很辛苦——从来都不会是容易的事——可我就是想这么做：用每天平淡日常的点滴坚持来战胜生活沿途密布的障碍。"

有人在屋子里重新弹起了琴。我们耳边飘来一段《印度之歌》撩动心弦的性感变奏。

我看到拉斐尔·巴罗斯从远处走来，胳膊下夹着一块冲浪板。我不想和他打照面，走下木头楼梯，可奥萝拉抓住了我的手腕。

"我都知道，汤姆。我知道什么都得不到，什么也留不住……"

她的声音听上去动情又脆弱。这个"致命女人"外面的光漆正在剥落。

"我知道要配得上爱这个字，就必须全身心地付出，要敢于冒险，哪怕失去一切……可是我那时没有准备好，我直到今天都还没有准备好……"

我从她的纠缠中脱身，下了几级楼梯。

她在我身后说："……我希望你能原谅我，要是我当时给了你幻想。"

23 // 一个或一群人的孤独

孤独是人类境况的终极底色。

人是唯一感到孤独并且寻找伴侣的生物。

——奥克塔维奥·帕斯，墨西哥诗人

拉巴斯

午后

卡萝尔背了只背包，沿着锯齿状的海岸线从一块岩石跳到另一块岩石。

她停下脚步抬头望天。暴雨才下了不到十分钟，便已经把她淋了个浑身湿透。衣服都粘在了身上，雨珠顺着脸颊缓缓流淌，可以感到温热的水流渗进了T恤。

我真蠢！她一边用手挤干头发，一边想。她想到了要带一些洗漱用品和备用品，可是偏偏就忘了毛巾和换洗衣服！

秋日的暖阳驱走了乌云，可是这点热度还不够把她晒干。为了抵御寒冷，她决定继续奔跑，姿态优雅地劈风而行。接连不断的小海湾衬着铺满仙人掌的莽莽群山，她陶醉于美妙风景之中。

在一处斜坡小径的拐角，离堤岸不远处，一个男人从灌木丛中冒了出来，突然出现在她面前。她想要避开他，骤然改变了路线，可是一只脚被树根绊住。她尖叫一声，不可避免地向前跌去，不偏不倚倒在半路杀出的冒失鬼怀里。

"是我呀，卡萝尔！"米洛温柔地把她拥在怀中安慰她。

"你在这里干什么！"她挣扎着起身，"你在跟踪我？你真是病得不轻！"

"一上来就给我扣大帽子……"

"别再翻着白眼盯着我看了！"她突然察觉到淋湿的衣服粘在身上勾勒出了身体的曲线。

"我有毛巾，"他在包里一阵乱翻，"还有干衣服。"

她一把从他手里抢过背包，走到一棵冠盖丰华的大松树后换衣服。

"不要趁机偷看啊，变态！我可不是你那些上《花花公子》的小女朋友！"

"从这个大屏风后面要看到你还真不容易呢！"他接住她换下来后扔过来的湿T恤和短裤。

"你干吗跟着我？"

"我想和你待一会儿，而且我有个问题要问你。"

"肯定没什么好事。"

"你刚才为什么说'天使三部曲'救了你的命？"

她沉默了片刻，没有作答，然后严厉地说："哪天你不那么浑蛋了，我再告诉你。"

奇怪，他印象中她不是这么记仇的人。他还是想把话题继续下去："那你刚才为什么不叫我陪你一起来散步？"

"我想一个人静一静，米洛，你就没看出来吗？"她套上一件粗棒针花毛衣。

"可是我们都孤单得要死！一个人待着的感觉糟糕透了。"

卡萝尔从屏风后走出来，米洛的衣服套在她身上明显太大了。

"不，米洛，最糟糕的是不得不和你这样的家伙打交道。"

他看上去很受伤。

"你到底觉得我哪里不好？"

"算了，你的缺点呀，两天两夜也说不完。"她继续下斜坡，走向沙滩。

"别啊，你说嘛！我很好奇的。"他亦步亦趋地跟在她身后。

"你今年三十六岁了，可你的所作所为还像十八岁，"她开始数落，"你不负责任，粗枝大叶，你过一天算一天，只想着泡妞，三字经不离嘴……"

"三字经？"

"车、酒、操。"她解释道。

"你说完了？"

"没！我还觉得女人和你在一起没有安全感。"她到了海滩上，一股脑儿地说了出来。

"怎么说？"

她在他面前站定，双手扶胯，看着他的眼睛。

"你是那种'匆匆过客'：女人只会在寂寞的时候和你这样的牛仔玩玩，可能和你来个一夜情，可是她们永远不会想让你做她们孩子的爸爸。"

"不是人人都这么想的！"他为自己辩护。

"就是这样的，米洛。任何一个和我一样有点判断力的女人都会这么想。这么久以来，你带给我们看的女朋友里有多少正经女孩子？一个都没有！数量当然很多，可全是一个样：脱衣舞女郎、欢场女子，要么就是你大清早从脱衣舞俱乐部里捡回来的可怜女人，喝得烂醉，被你乘人之危！"

"那你呢？你又带给我们看什么样的家伙啊？哼，这倒是真的：我们从来没有看到过你和男人在一起。这不是很诡异吗，啊，我的小乖乖？三十年了，我们都不知道你和谁谈过恋爱！"

"可能只是因为每次我生活中出现了什么人的话，我不会发个传真通知你。"

"说得倒轻巧！这样的话，如果你当上名作家贤内助，就身家清白了，是吧？等等，我来给你写封底介绍：'汤姆·博伊德和妻子卡萝尔住在马萨诸塞州波士顿，他们有两个孩子，还养了一条拉布拉多犬。'你等的就是这一天吧？"

"你脑子真的短路了。千万不要再吸大麻了，它只会让你傻乐。"

"你呢，你说谎的时候就像一个胸罩。"

"你就会打这种下流的比方，你在这方面真的很成问题，可怜鬼。"

"是你有问题吧！"他反唇相讥，"你为什么从来都不穿连衣裙或者短裙？为什么从来都不穿泳衣？为什么每次别人碰到你的手臂，你都好像沾上什么传染病一样？你是个女同性恋吧？"

米洛还没有把话说完，一记响亮的耳光就抽到了他脸上，威力不亚于一记重拳。要不是他及时抓住卡萝尔的手腕，还会挨上第二记。

"放开我！"

"你先冷静下来！"

她使劲挣扎，猛力往回抽手臂，突然迸发的力气使对手失去了平衡。她最后仰面朝天地倒在沙滩上，把米洛也拽倒了。他重重地摔在她身上，正要起身，却感到一把手枪顶在了太阳穴上。

"放手！"她一边给手枪上膛，一边命令道。

她倒下来时从自己的包里摸出了武器。她有可能会忘记带换洗衣物，但执勤武器永远不会离身。

"好极了。"米洛的声音很干涩。

他茫然失措地慢慢站起来，悲伤地看着好友双手紧握手枪枪柄，后退，然后逃开。

她从视线里消失之后好一会儿，他都回不过神来，目瞪口呆地在白沙碧海环绕的小礁湖边站立许久。

这个下午，麦克阿瑟公园贫民窟的阴影一直把触角延伸到了墨西哥的海边。

24 // 蟑螂[1]

爱情，就好像手心里的水银。

摊开手，它留在你手心里；

握紧拳头，它却从指缝间溜走。

——多萝西·帕克，美国作家、诗人

月亮之女餐厅

21点

这家豪华饭店攀附在峭壁之上，俯临游泳池和科尔特斯海。晚上的景色和白天一样蔚为壮观，虽然远处景物不如日光下那么清晰可辨，却平添了几分浪漫和神秘。铜吊灯沿着葡萄藤一路亮起来，多彩的磷光使每张桌子都浸润在亲密的气氛中。

比莉一袭银色亮片连衣裙，先我一步走向酒店前台。女服务生热情地迎接我们，把我们领向预订好的餐桌。米洛已经等了一会儿了，他明显已经微醺，无法向我解释卡萝尔为什么没有出现。

离我们不远处，奥萝拉和拉斐尔·巴罗斯仿佛首饰盒里的珠宝一般，

---

1 《蟑螂》是一首流行于墨西哥的传统西班牙语民歌，在墨西哥革命期间尤其受欢迎。

众星拱月地坐在露天座的正中央，正旁若无人地秀恩爱。

　　这餐饭大家都闷闷不乐，连平时活泼多嘴的比莉看上去也失去了活力。她显然是太累了，脸色苍白，一蹶不振。傍晚的时候，我发现她蜷缩在我们房间的床上，已经睡了整整一个下午。"旅途疲劳吧。"她随口说道。不管怎么样，我可是费了好大的劲儿才把她从被窝里拉出来。

　　"卡萝尔怎么了？"她问米洛。

　　我那个朋友双眼充血，垂头丧气的，就像随时会垮在餐桌上。正当他嗫嚅着说明情况的时候，一个男高音的嗓子打破了餐厅的宁静。

　　甲壳虫，甲壳虫，再也走不动。

　　一队玛利亚奇乐手突然出现在我们桌旁，唱起了小夜曲。乐队阵容强大：两把小提琴、两只小号、一把吉他、一把低音吉他和一把比维拉琴。

　　因为它没吸大麻，因为它就差吸大麻了。

　　他们的服饰很值得我们停下对话，小小地分一下神：黑色镶绲边长裤、银色扣子翻领短上衣、打得一丝不苟的领带、饰鹰图案的皮带扣、擦得锃亮的高帮靴，当然不能忘了像飞碟一样大的宽檐毡帽。

　　歌手幽怨的声音后面跟着喧闹的大合唱，这种多少勉强为之的乐观开朗与其说是出于生活的乐趣，毋宁说是发泄不满。

　　"真庸俗，没觉得吗？"

　　"你开玩笑吧！"比莉叫起来，"他们太给力了！"

　　我不可置信地看着她。显然我们对"给力"一词的定义有分歧。

　　"先生们，学着点！"她转过头对我和米洛说，"这才是男子汉的气概！"

歌手很高兴得到赞赏，摸摸小胡子，换了一首新歌，这次还伴有配合节奏的舞步。

要跳蹦巴舞呀，

可要会一点优雅，

一点优雅巴比巴迪，

跳起来呀，跳起来呀。

晚餐的一大部分时间都有音乐表演相伴。玛利亚奇乐手从这一桌唱到下一桌，一一亮出他们的拿手绝活。他们唱的都是些通俗歌曲，要么歌颂爱情和勇气，赞叹女人的美，要么就是感叹平淡单调的风景。这种演出对我来说既老土又催眠，可比莉却觉得这象征了一个民族骄傲的灵魂。

演出接近尾声时，一阵嗡嗡声响起，宾客们不约而同地转过头去，望向大海——海平线上升起一个光点。轰鸣声越来越低沉，一架老式水上飞机渐渐现形，从天空中显出轮廓来。这只大铁鸟一直在低空飞行，从餐厅上空掠过，往露天座撒花。几秒钟里，几百朵五颜六色的玫瑰从天而降，把餐厅光亮的地板铺了个严严实实。一阵热烈的掌声响起，向这场出人意表的花雨致意。随后，水上飞机在我们头顶上重新出现，跳了一段有点混乱的舞蹈。磷光闪闪的烟雾在天空中画出一颗不太规整的心形，很快就在墨西哥的夜空中挥发殆尽。食客又是一阵扰攘，原来此时灯光都熄灭了，酒店经理走到奥萝拉和拉斐尔·巴罗斯的饭桌前，他手中的银托盘里放着一枚钻戒。然后拉斐尔单膝跪下，向奥萝拉求婚，已有一名服务员在他们身后，准备开香槟庆祝奥萝拉的"我愿意"了。一切都完美无缺，恰到好处，前提是女主角要真心喜欢这种轻而易举的浪漫和按照模式预设好的场景。

可是奥萝拉最痛恨的恰恰不就是这些吗?

我坐得太远,听不到她的回答,可是尚能读到她的唇语。

"我……很抱歉……"她喃喃道,我不知道这句话是对她自己、对顾客,还是对拉斐尔·巴罗斯说的。

为什么男人们在提出这样的请求之前从来都不三思而后行呢?

四周一片寂静,压抑极了,仿佛整个餐厅都为这个被贬斥的半神感到尴尬。他现在只是一个单膝跪地的可怜家伙,像雕像一样一动不动,被羞耻和震惊定在了原地。我在他之前也走过一样的路,所以此时此刻,我感到的不是复仇的狂喜,更多的是感同身受。

反正,至少在他站起来,苦大仇深地穿过大厅,完全出乎意料地给了我一记泰森式直拳之前,我对他是同情大于幸灾乐祸的。

"这个卑鄙的家伙朝您走过来,对准您的脸狠狠来了一拳。"莫蒂梅尔·菲利普森医生总结道。

酒店诊所

三刻钟之后

"大致就是这样。"我点头,他正在给我的伤口消毒。

"您的运气不错,虽然流了不少血,可鼻子没有骨折。"

"那我还没有倒霉到家。"

"不过您的脸肿得厉害,好像被暴揍过。您最近和人打过架吗?"

"我在一家酒吧里和一个男人还有他的兄弟们发生过冲突。"我泛泛地回答。

"您还断了一根肋骨，脚踝也扭了，肿得不轻啊。我来给您上点药，不过明天早上还得回来换药。您怎么弄成这样的？"

"我摔在了一辆车的车顶上。"我故作轻松地回答。

"嗯……您的生活真是惊险刺激。"

"这几天以来，的确可以这么说。"

酒店的医疗中心不是一个简单的门诊部，而是一幢拥有大量高科技设施的现代化建筑。

"我们这里接诊过最大牌的明星。"医生听了我的评价后回答道。

莫蒂梅尔·菲利普森已经快要退休了。他修长的身形颇具英国范儿，与他晒成古铜色的脸、刀刻斧凿的皱纹以及清澈含笑的双眼形成鲜明对比。他的一举手一投足像极了《阿拉伯的劳伦斯》男主角彼得·奥图尔的老年版。

他给我的脚踝按摩完毕，叫护士拿给我一副拐杖。

"我建议您这几天里这只脚不要着地。"他递上名片，上面已经写好了明天的复诊时间。

我向他道了谢，拄着我的双拐，步履艰难地回到套房。

房间笼罩在一片柔和的光线里。正中间的壁炉里燃着明亮的火苗，淡淡的晕轮投射到墙壁和天花板上。我想找到比莉，可她既不在客厅也不在浴室。妮娜·西蒙娜某首歌的高潮部分传到我的耳朵里，细若游丝。

我掀开露台的窗帘，看到璀璨星空下年轻女人双目合拢，正在水花四溢的水力按摩浴缸里泡澡。浴缸线条流畅，铺有蓝色的马赛克，一只天鹅喙状的出水口源源不断地往里面注入水流，设计巧妙的射灯为浴缸轮流披上彩虹的七种颜色。

"你要不要过来一起？"她连眼睛都没有睁开，语带挑逗。

我走上前去。浴缸周围放了二十几支小蜡烛，构成一道熠熠发光的藩篱。水面波光潋滟，简直如同香槟一样，从水管里咕嘟咕嘟冒上水面的金色气泡在清澈透底的背景里清晰可辨。

我放下拐杖，解开衬衫的纽扣，脱下牛仔裤，慢慢滑进水里。水热得勉强可以忍受。三十多处喷水口均匀分布在浴缸各处，水力按摩与其说让人放松，不如说更有振奋精神的功效。浴缸四个角落里都装有防水喇叭，正在播送销魂的乐曲。比莉睁开眼睛，伸出一只手，用手指轻抚菲利普森给我鼻子贴上的胶带。灯光从下方打上来，她的脸看上去变得半透明，头发也仿佛一下子白了。

"我们的勇士需要休息一下了？"她靠近我，开玩笑道。

我努力抵抗她的情挑。

"我觉得没必要再上演一次亲吻的戏码了。"

"你敢说你那时候不觉得享受？"

"我们现在不是要讨论这个。"

"反正是起作用了：一个小时之后，你亲爱的奥萝拉轰轰烈烈地解除了婚约。"

"也许吧，可是奥萝拉现在也没有和我们一起泡在这个浴缸里。"

"你知道吗？"她悄悄钻进我的怀抱，"这个旅馆每个房间的露台上，都有一架望远镜，每个人都在窥探每个人。你没有意识到吗？"

此时她的脸距离我不到几厘米了。她的眼睛显出椴树的颜色，毛孔因为水汽的熏蒸而全部打开，额头上细密地布满了汗珠。

"也许她现在就在看着我们俩。"她继续说，"别告诉我你不觉得这样很刺激……"

我痛恨这个游戏，一点也不像我的作风。可是，我被之前那一吻的回忆蛊惑，放任自己将一只手搭在她的胯上，另一只手环绕她的头颈。

她把嘴唇温柔地贴上了我的，我的舌头也急切地要与她会合。我又仿佛中了魔法一样，可美妙的滋味只持续了短短几秒钟，一股明显的苦涩让我不得不中断了这一吻。

我嘴里很难受，又酸又涩，还有点辣。我猛地向后退，发现比莉看上去惊讶万分。就在此时，我看到她的嘴唇发黑，舌头变紫。她的眼睛闪着火焰，皮肤却越来越苍白。她发抖、牙齿打战，用力咬着下嘴唇。我不安地走出浴缸，扶着她也站起来，拿起一块毛巾帮她擦干。我感到她双腿打着哆嗦，随时会倒下似的。她突然猛烈地咳嗽起来，推开我，好让自己尽可能整个向前倾，恶心欲呕。她痛苦地吐出了一堆厚重黏稠的糊糊后，倒在了地上。

可我看到的不是呕吐物。

而是墨水。

25 // 害怕失去你

当你嘴里塞着一把枪的时候，
就没办法发出元音了。

——电影《搏击俱乐部》的台词

旅馆诊所

凌晨 1 点

"您是她的丈夫？"菲利普森医生关上病房的门问道，比莉正躺在病床上。

"呃……不是，不能这么说。"我回答。

"我们是她的表哥，"米洛硬要这么说，"我们是她唯一的家人。"

"嗯……您经常和您的'表妹'洗这样的鸳鸯浴吗？"医生讽刺地看了我一眼。

一个半小时前，他正准备挥出一杆巧妙的高尔夫球，听到我们疾呼后匆忙在高尔夫球裤外罩上一件白大褂，来到比莉床头看急诊。他立刻意识到严重性，使尽浑身解数让年轻女人恢复了知觉，然后让她入院并进行了先期治疗。

他也不期待我做出回答，我们就跟着他走进了办公室。这是一间狭长的房间，窗外是一片照明充足、平整得像球穴区的草坪，正中央有一面旗帜正迎风飘扬。走近窗户，就能看到距离洞口七八米处停着一只高尔夫球。

"我不想骗你们，"他请我们坐下，"我完全不知道你们的朋友得的是什么病，也对她这次发作的原因完全没有概念。"

他脱下白大褂挂在衣架上，然后在我们面前坐下。

"她的体温很高，身体僵硬，很不正常，伴随着呕吐。另外她感到头疼，呼吸困难，无法站立。"他总结了一下病情。

"所以说？"我发问道，着急地想听到诊断。

菲利普森打开办公桌的第一个抽屉，取出烟匣里仅剩的一支雪茄。

"她表现出明显的贫血症状，"他开始切入正题，"可真正让我担心的，是她大量呕吐出来的黑色物质。"

"是不是很像墨水？"

"有可能……"

他沉思着，从铝盒中拿出那支"高斯巴"顶级古巴雪茄，轻轻抚弄着茄衣，仿佛在等待烟叶给他启示一般。

"我已经把血液样本、黑色呕吐物和她的头发拿去化验了，你们刚才和我说，她头发一下子变白了。"

"有时候会有这样的事，对吗？我老是听人讲情感上受到剧烈打击会让人一夜白头。玛丽·安托瓦内特上绞刑台前一晚就是这样。"

"胡扯！"医生挥了挥手，"只有化学脱色剂才能让头发这么快失去色素。"

"您真的有办法做化验？"米洛很担心。

医生剪去雪茄头。

"你们已经看到了，我们的设备是全世界最尖端的。五年前，一个阿拉伯酋长兼石油大亨的长子在我们旅馆住过一阵子。这个年轻人有次骑摩托艇出了事故，他在冲撞中被甩了出去，陷入昏迷好几天。他爸爸承诺，如果我们能够救活他的话，就捐给我们酒店一大笔钱。我们精心照顾他，不过其实还是他自己运气好，痊愈后没有留下后遗症。酋长遵守了诺言，所以我们这里的工作环境变得又舒适又先进。"

随后，莫蒂梅尔·菲利普森站起来陪同我们出去，我请求在比莉身边陪夜。

"这样做很愚蠢，"他毫不客气，"我们有一个看护护士，还有两个生物学的实习生整晚都会在这里值班。您的'表妹'是我们这里唯一的病人，我们会分分秒秒地看着她的。"

"我一定要陪，医生。"

菲利普森耸了耸肩，转身回办公室的时候嘟囔着："要是您觉得睡在一张狭窄的椅子上，早上起来腰酸背疼很好玩的话，随便您。不过别忘了您的脚踝和肋骨，明天早上起不了床可别哼哼唧唧。"

米洛陪我走到比莉的病房前，然后独自回去了。我感到他有些惊惶："我很担心卡萝尔。我给她的留言箱留了十几条信息，可是都没有收到回复。我一定要找到她。"

"好的。祝你好运，老兄。"

"晚安，汤姆。"

我目送他在走廊上离去，可是他走了没几步，就倏地停下，转过身又向我走来。

"你知道，我想对你说……我很抱歉。"他认真地看着我，向我认错。

他双眼红红的，闪着泪光，脸色委顿，可是神情坚定。

"是我把一切都搞砸了，就因为我拿我们俩的钱去冒险。"他又开口，"我以为自己比别人机灵。我辜负了你的信任，还让你倾家荡产。对不起……"

他的声音嘶哑了。他眨了下眼睛，不经意间一滴泪水从脸颊上滚落下来。这是我生来第一次见到他流泪，我一下子卸下了心防，同时也有点不好意思。

"我蠢死了。"他揉揉眼皮加了一句，"我以为我们已经渡过了最艰难的关卡，可是我错了：最难的不是得到想要的东西，而是知道怎么留住它。"

"米洛，我不在乎那些钱。你知道得很清楚，钱既没有填补我的空虚，也没有解决任何问题。"

"你看着吧，我们会像以前一样东山再起的。"他信誓旦旦，想要重新占上风，"我们的福星不会丢下我们不管的！"

他马上要出发去追回卡萝尔了，走之前还亲切地拥抱了我一下，给我打气："我发誓，我会把我们从坑里拉上来的。可能需要一点时间，不过我说到做到。"

我悄悄打开门，把脑袋探进门缝。比莉的病房沉浸在一片泛蓝的暗影中。我悄无声息地靠近她的床。

她睡得很不安稳，还发着高烧。一条厚被子覆盖着她的身体，只露出半透明的脸。那个今天早上还活泼、新鲜得冒泡的年轻女人，那个像龙卷风一样以蹂躏我为己任的金发女郎，却好像在几个小时里老了十岁。我心潮澎湃，在她身边站了很长时间，然后怯怯地把手放在她的额头上。

"你真是个奇怪的女孩子，比莉·多内利。"我俯身，喃喃道。

她在床上轻轻挣扎着，并没有睁开眼睛，嘟囔着："我以为你会说'奇怪的讨厌鬼'……"

"也是个奇怪的讨厌鬼。"我为了掩饰自己的感情，不得不这么说道。

我轻轻抚摸她的脸颊，向她承认："你把我从那个黑洞里拉了出来。你让吞噬我的悲伤一步步后退。你用你的笑声和坏脾气，战胜了把我封闭起来的寂静……"

她想开口说话，可是呼吸急促、断断续续，只好作罢。

"我不会丢下你不管的，比莉。我答应你。"我握住她的手，向她发誓。

莫蒂梅尔·菲利普森擦亮一根火柴，点燃了他的哈瓦那雪茄，然后手持一根高尔夫球杆，走到草坪上，在高尔夫球场上踱了几步。高尔夫球离球洞大约七米远，位于一片坡度轻缓的果岭中。莫蒂梅尔好整以暇地抽了一口雪茄，蹲下身子，仔细查看下一杆要怎么打。这一杆很棘手，不过他在这样的距离进球也已经是家常便饭了。他起身摆好姿势，集中注意力。"运气只不过是意志和顺境的结合。"塞涅卡这么说过。莫蒂梅尔挥出一杆，仿佛他的生命悬于一线。球在草地上滚动，好像在规定线路上犹豫了一下，然后和球洞厮磨了一会儿，最后与之失之交臂。

看来，今晚天不时地不利。

米洛三步并作两步走到广场上，叫车童把停在酒店地下车库的布加迪开过来。他上车后径直前往拉巴斯，有 GPS 的帮助，他很快就能找到和卡萝尔不欢而散的地方。

今天下午，在沙滩上，他触及了年轻女人心里还在流血的伤口。他原先甚至都未曾意识到这些伤口的存在。

说真的，我们往往不知道自己最爱的人曾经历过什么样的折磨，他伤心地想。

他听了她对他毫不客气的评价后也很受伤。她和其他人一样，一直以为他是个表面斯文的人渣、贫民窟出身的乡巴佬、粗野的大男子主义者。应该说他从来没有做过任何事来证明他不是。因为这个形象可以保护他，可以为他无法承认的敏感和感性戴上一个面具。只要能赢得卡萝尔的爱，他愿意做任何事，可是她对他没有足够的信任，不足以让他揭开真实自我的面纱。

他在轻薄的夜色中疾驰了半个小时。山峰的阴影映在透明蓝色的天空背景上，我们饱受污染的城市已经很久不见这样的明朗星夜了。米洛到达了目的地，开上一条森林小径后停下了车，然后往包里塞了一条被子和一瓶水，走上了通向海岸的石子路。

"卡萝尔！卡萝尔！"他使尽浑身力气叫喊。

温热任性的微风在海上吹拂，卷走了他的叫喊，他的声音消逝在海风哀哀的呻吟中。

他找到了下午他们吵架的那块小海湾。夜色怡人，孤芳自赏的金色圆月在水面上寻找自己的倒影。米洛从来没有见过天空中有这么多星星，不过还是遍寻不到卡萝尔的踪迹。他举着手电筒，攀爬过沿着海岸铺开的一座座陡峭石崖。他又走了大约五百米，走上一条通往小海湾的狭窄小径。

"卡萝尔！"他走上沙滩，一遍又一遍喊着她的名字。

这次，他的声音传得更远。这片港湾旁有一块花岗岩悬崖做掩护。避开了海风侵袭，浪花拍岸声也变得轻柔。

"卡萝尔！"

米洛十分警惕，仔细扫视海湾的每一个角落，察觉到尽头有动静。他靠近险峻的岩壁。岩石几乎从上至下裂开一道长缝，露出里面一个天然的洞穴。

卡萝尔就在里面，瘫倒在沙滩上，弓着背，蜷着双腿，看样子完全虚脱了。她的头低垂着，发着抖，可手里还紧紧攥着她的手枪。

米洛在她身旁跪下，她微微向后缩了缩身体，给他让出了一点空间，而米洛真的开始担心起她的身体来。他把她裹在带来的被子里，扶起她，然后一路抱着她回到车上。

"原谅我刚才对你做的事。"她低语，"我也不想这样的。"

"我已经不记得了。"他安慰道，"现在，一切都会好起来的。"

风带来凉意，呼啸得更厉害了。

卡萝尔伸出一只手插入米洛的发丛，抬起眼睛看着他，满眼含泪。

"我永远都不会伤害你。"他在她耳边起誓。

"我知道。"她搂住他的脖子，安慰他。

别倒下，安娜，挺住，挺住！

就在同一天的几小时之前，洛杉矶一个平民街区里，一个年轻女人安娜·博罗夫斯基正沿着一条路碎步疾走。看她整个身子藏在厚厚的莫列顿绒风帽大衣里奔跑的样子，别人还以为她是在为了保持身材而晨跑。

可是安娜并不是在做运动，而是捡垃圾。

就在一年前，她还过着优渥的生活，常出入高级餐馆，和女友们血拼的时候出手大方、一掷千金。可是金融危机一来，把一切都打乱了。雇用她的公司很快大量裁员，撤销了她所在的管理监控岗位。

几个月以来她都以为自己只是一时运气不佳，从来没有泄过气。她做好心理准备接受任何她能应付的职位，成天泡在求职网站上，向各大企业海投简历和求职信，到处参加工作招聘会，甚至付钱给一家职业培训咨询所。唉，可惜她所有的尝试都付诸东流。六个月里，她没有得到一个哪怕稍微严肃一点的面试机会。

为了生存下去，她只好委屈自己每天到加州蒙特贝洛市的一家养老院干活，可是靠这份工作赚的几个钱还不够她付房租的。

安娜放慢脚步，到了紫色大街。现在还不到早上 7 点，街道相对来说比较安静，不过一天的热闹已经初见端倪。她不得不等到校车驶离主干道，才把脑袋埋进垃圾桶里。迫于形势，她学会了在投身于这类探险时，把尊严和骄傲放在一边，反正她也是被逼无奈。错就错在，她的性情像知了，而不是蚂蚁[1]，她欠下的债务在年收入三万五的时候看起来微不足道，现在却紧紧掐住了她的喉咙，时时刻刻威胁着她头上的几片屋瓦。

最初，她满足于只在自己家楼下的超市集装箱里翻找，巴望着捡到过期的食物。可她远远不是唯一一个想到这个主意的人。每天晚上，无业游民、临时工、大学生和身无分文的退休老人组成日益壮大的队伍，成群结队挤在金属箱子边，导致超市经理不得不做出决定，往食物上喷洒去污剂，防止被别人回收。安娜只好扩展探险的区域，到其他街区去碰运气。一开始她实在拉不下脸，感到受了巨大的心理创伤。可是说真的，人类这种动物适应能力非常强，的确可以逐渐接受任何羞辱。

第一个垃圾箱满到齐边，她的收获可不小：一盒吃了一半的鸡柳、一杯还剩不少的星巴克黑咖啡，还有一杯是卡布奇诺。在第二个垃圾箱里，她找到了一件爱芙趣牌衬衫，虽然撕破了，可她可以缝缝补补再洗干净。第三个垃圾箱里有一本几乎全新的小说，封面还是仿皮精装的。她把可怜兮兮的宝藏收进包里，继续垃圾桶之旅。

半小时后，安娜·博罗夫斯基回到家。她住在一幢簇新的小公寓里，她把屋子保养得很好，家具也缩减到了必需品的极限。她洗了洗手，然后把黑咖啡和卡布奇诺倒进大杯子，连带鸡柳一起放进微波炉

---

1 典出西方寓言，指知了在夏天只玩耍不存粮，到了冬天只能饿着肚子羡慕因辛勤工作而储备充足的蚂蚁。

加热。等待早餐的时间里，她把今天的收获摊在厨房餐桌上。小说的哥特式雅致封面特别吸引了她的注意。左下角的贴纸明明白白地告诉读者：

《天使之伴》作者新作

汤姆·博伊德？她听办公室的女孩子们谈起过他，她们都是他的铁杆粉丝，可她自己从来没有读过。她抹去封面上一块奶昔的污渍，盘算着说不定可以卖个好价钱，接着就上了网——当然还是偷用女邻居的无线网络。这本书全新的话在亚马逊上卖到十七美元。她点击自己的 eBay 账户，试了一下：即刻付款，售价十四美元。

然后她洗了衬衫，冲了个澡，去掉了"怪味"，在镜子前开始耗时良久的梳妆打扮。

她刚过三十七岁。一直以来她看上去都比实际年龄年轻，可是现在却一下子老了很多，仿佛吸血鬼把她的青春吸走了。自从她失业，她每顿只吃垃圾食品，重了十几公斤，脂肪都堆积在屁股和脸上，使她看上去像一只巨型仓鼠。她试着对镜子微笑，可发现结果让人唏嘘。

她的人生轨迹偏航了，从她丑陋的脸上就可以读到她遭遇的海难。

赶紧啊，你要迟到了！

她套上浅色牛仔裤、连帽套头衫和一双篮球鞋。

这样就行了，你又不是去办公室上班。给老人端屎端尿可没必要穿得那么讲究！

她马上责怪自己怎么变得这么愤世嫉俗。在人生最阴暗的时刻里还能依靠什么呢？她身边没人可以帮忙，也没有人倾听她的惶恐。没有真正的朋友，也没有男人——上一个约会对象要追溯到好几个月前。那她的家人呢？她很害怕丢脸，没有和父母诉过苦，而她的父母对女儿的近况也不闻不问。有时候，她几乎要后悔没有像妹妹一样留在底特律，住在离父母家不到五分钟的距离。露西从来都胸无大志，嫁给了一个乡巴佬似的肥胖保险代理，生了一个让人崩溃的小男孩，可她毕竟不用每天发愁怎么养活自己。

安娜打开了门，一下子感到心跳加快。她和所有人一样长期服药，以止痛剂镇住背部疼痛。她吞起临时促销的布洛芬来，就好像小孩子吃糖果，这种药可以用来驱散慢性头痛。可是今天，她需要的是一剂强力的镇定药。随着时间一星期一星期过去，她越来越臣服于焦虑不安的情绪，始终活在恐惧中，从骨子里觉得不管她付出多大的努力、拥有多么坚强的意志，也再不能掌控人生中的任何东西。偶尔，这种不确定性一下子冲昏了她的头脑，她感到自己快要发疯，就像九个月前，就在几条街外，前财务主管开枪杀了自己家的五个人，然后饮弹自尽。他给警察留下一封遗书，解释动机是因为经济陷入窘境。失业了好几个月后，他又在股市崩盘中输了所有的积蓄。

别倒下，安娜，挺住，挺住！

她挣扎着稳住自己，尤其是不能给自己倒下的权利。要是放弃了，她就会一蹶不振，她知道这一点。她必须使尽全身力气奋斗，保住她的公寓。有时候，她感到自己沦为一只小兽，牢牢守着自己的领地不被侵犯，可是至少在家里，她可以冲澡，还能安枕无忧。

她把 iPod 的耳机塞入耳朵，下楼乘车去养老院。她要在那里干三小时的活儿，用中间休息的时间吃午饭，顺便在休息室里的公用电脑上上网。

好消息是，她挂出去的书已经有了买家。安娜一直工作到 15 点，然后去邮局把小说寄给它的新主人：

邦妮·德拉米科，加利福尼亚州伯克利大学。

她把书塞进信封，丝毫没有注意到里面有差不多半本是全新的白页……

"嘿，小伙子们，抓紧点儿啊！"

收音机向穿越布鲁克林工业区的全部八辆拖车司机发出命令，要求他们遵守秩序。就如同运钞车一样，从新泽西到科尼艾兰的回收处理厂之间的路线和运车时间有严格的规定，为的是防止货物失窃。每辆卡车装有三十个箱子，共装有一万三千磅的书。

大约 22 点时，庞大的货箱在雨中穿过捣碎机厂的大门。机器被安置在一片开阔的空地上，这里周围围了一圈铁丝网，让人联想到军营。

每辆卡车轮流把货物卸到一个巨大仓库的柏油地上：以吨计的书籍还包在塑料薄膜里。

出版社的一名代表由一名执达员陪同，监督这个过程。因为印刷失误而把十几万本书如数销毁可不是常有的事。为了预防盗版，两人一丝不苟地监视着货物。每卸下一箱书，执达员就从箱子里取出一本，检查印刷错误。所有的图书都有同样的缺陷：五百页的小说里，只有一半的页码是印了字的。故事戛然停在了第 266 页，连完整的句子都没有印完……

三辆推土机仿佛面对普普通通的瓦砾，在这片书海周围起舞，把它们以很快的速度推上通往钢铁怪物血盆大口般的传送带。工业化大批量销毁即将开始。

两架捣碎机贪婪地吞下数以万计的书。机械恶魔粗暴地撕碎、咀嚼作品。四周扬起一片粉尘，从支离破碎的书中脱逃的纸片顿时在空中纷纷扬扬。

消化功能一完成，一堆剖腹切肚、剥皮扒骨、撕烂拆毁的书从怪兽的肚子里滚落，然后被压力机压紧，最后变成一个个包扎着铁丝的正方形方块。

工人把压缩方块堆到货仓深处。第二天，轮到它们被装上其他卡车，回收处理成纸浆，然后借尸还魂，摇身一变成为报纸、杂志、餐巾纸或鞋盒。

几个小时的时间里，这件事就解决了。

一俟库存的书全部销毁，印刷厂主管、出版社负责人和执达员按次序签署了每次操作捣碎的书籍数量。

最后的总数是 99999 册……

26 // 从别处来的女孩[1]

那些坠落的人往往把向他们伸出援手的人一同拽入深渊。

——斯蒂芬·茨威格，奥地利作家

旅馆诊所

8 点

"嘿，你整晚打呼打得像虎鲸一样响！你就是这样陪夜的啊？"

我受了惊吓，睁开眼睛。我的身体蜷曲着靠在橡木椅扶手上一整夜，背像刀锯一样疼，胸口被压得喘不过气来，两腿发麻。

比莉坐在病床上。白垩色的双眼恢复了一些神采，可是头发又变白了许多。不管怎么说，她重新找回一点兴致，这应该是个好兆头。

"你觉得怎么样？"

"很不舒服。"她照实说，还朝我伸了伸变成粉红色的舌头，"你能不能给我一面镜子？"

1　标题仿效了法国著名电视剧《从别处来的男人》。

"我觉得这不是个好主意。"

她坚持要看,我只好从浴室里摘下一小块墙镜,递给她。

她看着镜子里的自己,惊骇莫名,抓起自己的头发拨弄、撩乱,仔细检查发根,恐惧地发现她那头蓬松不驯的金发一夜之间就变成了老奶奶的专利。

"怎么会……怎么可能?"她抹去顺着脸颊滚下的泪珠。

我把手放在她的肩膀上。我苦于无力给她任何解释,正搜肠刮肚想憋出一些安慰人的话,这时病房的门打开了,米洛从门缝里现身,一起进来的还有菲利普森医生。

后者胳膊下夹着一只小纸袋,忧心忡忡,对我们粗略打了个招呼,就长时间地研究起挂在床脚的病人身体指标。

"我们已经有了化验的大部分结果,小姐。"他过了几分钟后宣布道,朝我们投来的目光既兴奋却又带着困惑。

他从白大褂里取出一支白色记号笔,架好随身携带的半透明小白板。

"首先,"他胡乱涂下几个单词,开始报告,"您排出的黑色糊状物质的确就是油墨。我们在里面找到了色素、聚合物、添加剂和溶剂的典型成分……"

他故意把话只说一半,然后毫不拐弯抹角地问:"您是不是想要服毒自杀,小姐?"

"当然不是!"比莉跳将起来。

"我问您这个问题是因为,说老实话,我不知道如果没有事先大量摄取的话,怎么会排出这种物质呢?这违反了现存的所有病理学。"

"您还有什么发现?"我问道,想知道其他进展。

莫蒂梅尔·菲利普森递给我们每个人一张纸,上面写满了数字和我曾经在《急诊室的故事》和《实习医生格蕾》里听到的术语,可我不明白其准确含义：全血细胞计数、电离图、尿素、肌酐、血糖、肝功能报告、止血……

"不出我所料，验血报告确认了是贫血。"他在白板上写下了一个新词，解释道，"您每分升血红蛋白只有九克，大大低于正常标准。这就解释了您为什么面色苍白，疲惫不堪，感到头疼、心动过速还有头昏脑涨。"

"那这个贫血是由什么引起的？"我问道。

"还要做其他分析才能确定，"菲利普森解释，"可这不是我最担心的，当务之急……"

我紧紧盯着验血分析的结果，可还是一头雾水。不过就算这样，我还是看出来有个数字不同寻常："是血糖坏了事，对吧？"

"是的，"莫蒂梅尔赞同地说，"每升零点一克，这种低血糖症状前所未有。"

"什么意思，'前所未有'？"比莉担忧地问。

"当人体血液内糖分含量过低时，就会产生低血糖。"医生简略地解释，"在这种情况下，大脑不能获得充足的葡萄糖，人体会感到昏眩和疲劳。可是小姐，您的血糖已经异乎寻常了……"

"这表示什么？"

"表示我和您说话的当口，您应该已经死了，或者至少陷入深度昏迷。"

米洛和我异口同声："肯定是搞错了！"

菲利普森摇摇头："我们反复做了三次分析。不可理解，可这还不是最离奇的。"

他又打开白板，在上面做标记："昨天夜里，一个跟着我做博士论文的年轻实习生自告奋勇做了一次质谱分析。这种技术可以根据分子大小——标记，然后确定它们的化学结……"

"好了，请说重点！"我打断他。

"质谱仪显示存在反常的碳水化合物。小姐，说得更明白一些，您的血液里含有纤维素。"

他把"纤维素"一词写在板上。

"您可能知道，"他继续说，"这是木头的主要成分。棉花和纸张里也含有大量纤维素。"

我完全没有概念他想说什么。他为了廓清思路，向我们提出一个问题："想象一下，如果吞下棉花团，你们觉得会发生什么事？"

"很可能什么事也没有。"米洛很肯定，"我们去上厕所的时候会排泄掉……"

"非常正确，"菲利普森同意，"纤维素不能为人体吸收。这就把我们和牛啊羊啊这些食草动物区别开来。"

"要是我没理解错的话，"比莉说，"人体在正常情况下不会含有纤维素，所以……"

"……所以，"医生把她没说完的话补全，"您的生理构造与人类不同，就好像您的一部分正在变成'植物'。"

他没有打破长时间的沉默，就好像他自己也无法承认他刚才宣布的检查结果。

他的袋子里还有最后一张纸：年轻女人白发的分析结果。

"头发里含有高浓度的亚硫酸钠和过氧化氢，哦，俗称……"

"……双氧水。"我猜测。

"基本上，"医生补充道，"这种物质由人体自然分泌。随着年龄增大，由它抑制色素合成，使我们的头发变白。可是一般来说这是一个非常缓慢的过程，我从来没有见过一个二十六岁的年轻人头发在一夜之间变白。"

"这是不可逆的吗？"比莉问。

"呃……"莫蒂梅尔有点结巴，"偶尔有些病人痊愈，或者在中断激进治疗后有部分头发变回原来的颜色，可是……我不得不说是很罕见的特例。"

他沉吟地看着比莉，表现出真切的同情，对我们承认："您的病很显然超出了我们这家小诊所的能力，小姐。我们今天会让您继续留院观察，可是不用我说您也知道，应该尽快回国接受治疗。"

　　一小时之后

　　我们三人留在病房里。比莉把身体里所有的眼泪都哭干了，终于沉沉睡去。米洛瘫倒在一把椅子上，吃完了比莉碰都不肯碰一下的早餐，眼睛一刻也不离医生忘记带走的白板：

色素
溶剂　添加剂

贫血
纤维素

双氧水
亚硫酸钠

"我明白是怎么回事了。"他突然站起来。

这回轮到他站到白板前，拿起记号笔，画了一个括号连起了前面两行字。

"你女朋友呕吐的那种黏黏的油墨，就是出版社轮转印刷机用的那种。尤其是印你的书的印刷机……"

"真的？"

"纤维素，是木头的主要成分，对不对？木材可以用来制造……"

"呃……家具？"

"……纸浆，"他纠正，把医生写下的注释补充完整，"至于双氧水和亚硫酸钠么，是两种化学制剂，常用来漂白……"

"……纸浆，对吗？"

他把白板转向我，当作回答：

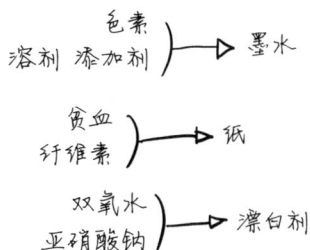

"好吧，汤姆，我本来不想相信你，不想相信你那个小说女主角从书里掉出来的故事，可现在不得不面对现实：你这位朋友又要变回一个纸做的人了。"

他好一阵子眼神空茫，接着完成了涂鸦：

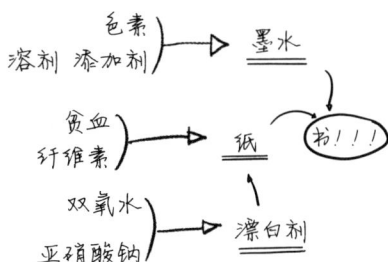

"虚构的世界正在卷土重来。"他总结道。

此刻，他在病房里踱着步，伴以大幅度的动作。我从来没见过他这么烦躁激动。

"冷静下来！"我想要使他的情绪缓和下来，"你到底想说什么？"

"这明摆着啊，汤姆，要是比莉是纸做的话，她就不能在现实世界里继续活着！"

"就像鱼不能离开水……"

"就是啊！想想我们小时候看的电影吧，为什么外星人 ET 会生病？"

"因为他不能长时间离开他的星球。"

"为什么《美人鱼》里的小美人鱼不能停留在陆地上？为什么人类不能生活在水里？因为每种机体是不一样的，不是什么环境都能适应。"

他的推理很站得住脚，只是有一个例外。

"比莉刚刚和我一起过了三天，我可以向你保证她活力四射，而且觉得现实生活美妙极了。为什么她会突然之间倒下呢？"

"这的确是一个谜。"他让步。

米洛很喜欢逻辑和理性思考。他皱起眉头，重新坐到椅子上，跷起二郎腿，再度任由思维驰骋。

"要从'入口'开始推理，"他低声说道，"就是虚构人物潜入我们现实世界的缺口。"

"我已经和你说了好多次了，比莉是从一行字、一行没印完的话里跌出来的。"我引用了我们初遇时她说的原话。

"是哦，那十万册只印了一半的书！就是这个，这就是她的'入口'。说起来，我要想办法让这批书都销毁……"

他话没有说完，突然张口结舌，然后冲到手机前。我看着他刷过十几封邮件，直到找到其中一封。

"比莉最早觉得不舒服是几点？"他眼睛始终盯着屏幕。

"我觉得大概是 24 点，那时候我刚回到房间。"

"纽约时间，应该是凌晨 2 点，对吗？"

"对。"

"那我知道她的病因是什么了。"他把 iPhone 递给我。

我匆匆读着屏幕上显示的我的出版社发给米洛的邮件：

发件人： robert.brown@doubleday.com
标题： 废书销毁确认
日期： 2010 年 9 月 9 日 2 点 03 分
收件人： milo.lombardo@gmail.com

尊敬的先生：

我向您确认汤姆·博伊德的"天使三部曲"第二卷特别版的所有废次书册已全部销毁。

销毁总数：99999。

销毁工作在执达员的监督下，于昨晚 20 点至今天凌晨 2 点在纽约布鲁克林的谢波德工厂完成。

此致敬礼！

R．布朗

"你看到邮件的时间了吗？"

"看到了，"我点头，"和她觉得不舒服的时间完全吻合。"

"比莉的身体和那些次品相连。"他下了定论。

"毁灭这批书，等于是在谋杀她！"

我们俩都被这一发现震惊了，又害怕又激动。我们尤其感到这一处境超出我们的能力，我们赤手空拳，不知如何是好。

"要是我们袖手旁观，她会死的。"

"你还想怎么样？"他问我，"他们已经销毁了整个库存！"

"不会的，要真是那样，她应该已经死了。至少还有一本书他们没能销毁。"

"是出版商给我寄来的那本样书，我后来给了你！"他叫起来，"你后来把它怎么样了？"

我绞尽脑汁在记忆里搜索，想记起来这本书。我记得比莉浑身湿透地出现在我家厨房的那个特别夜晚，我翻看过，第二天早上她给我看文身之前一小会儿也看过，再然后……

我无法集中注意力。在我的脑袋里，各个图像好像电影闪回一样不断涌现又不断消失：然后……再然后……我们吵了起来，我在盛怒之下，把书扔进了我家厨房的垃圾桶里！

"我们真是倒霉透了！"米洛听完我追溯最后一本书的去向后吹了声口哨。

我揉揉眼皮。我也发烧了。这要怪扭伤的脚踝，疼得快让我受不了了；也怪那个墨西哥壮汉，在汽车旅馆酒吧里把我痛殴了一顿；还要怪我自己沉迷药物，戒瘾引发的强烈身体反应；更要怪那个傻大个不分青红皂白地给了我一记重拳；最后当然最要怪这个奇怪的女孩，先是毁了我平静的生活，后来又出乎意料地偷了我一个吻，让我方寸大乱……

我饱受头痛之苦，感到自己的脑壳好像岩浆正在熔化翻腾的地球。在一片无序的泥潭中，一丝灵光闪过我的脑际。

"我应该打电话给钟点工，叫她千万不要把书扔了。"我对米洛说。

他把他的电话递给我，我接通了泰雷扎。太不巧了，老妇人宣布说两天前就把垃圾都倒干净了。

米洛马上明白了，做了个哭脸。那本小说现在在哪里呢？在某个垃圾分拣中心？正要焚毁或者回收？可能有人在路上捡到了呢？必须动身去找它，可其难度不亚于大海捞针。

不管怎么说，有件事情确定无疑：必须赶快行动。

因为比莉的性命就悬于一书。

27 // 永系心间[1]

爱一个人，也要爱他的幸福。

——弗朗索瓦丝·萨冈，法国女作家

比莉还在酣睡。米洛出发知会卡萝尔了，我们约好两个小时后在酒店图书室里碰头，看看有什么发现，然后制定作战方案。我穿过大厅的时候，迎面遇上奥萝拉，她正在前台结账。

她的头发松松地绑着，戴一副极有明星范儿的墨镜，一身打扮既有波希米亚风格又带复古风潮，短连衣裙外披一件 Perfecto 牌摩托皮夹克，脚踩高跟靴，手提古着旅行袋。要是其他女人这样搭配会显得太累赘，可是在她身上一切都完美无瑕。

"你要走？"

"我明晚在东京有一场音乐会。"

"在纪尾井音乐厅？"我问道，连自己都很吃惊竟然还记得我陪她在

1　来自一首经典的英文情歌《永系心间》（*Always On My Mind*）。

日本巡演时，她曾经表演过的地方。

她的眼神一下子明亮起来："你还记不记得你租的'普莱茅斯复仇女神'[1]？那辆老爷车拖着我们转悠，死活找不到音乐厅，结果我到达的时候离演出开始仅剩三分钟不到。我一路跑得气喘吁吁，在台上好一会儿才缓过劲来！"

"不过，你那天弹得很好。"

"音乐会结束后，我们开了一整夜的车去看别府市[2]的'海地狱'！"

提起这段插曲让我们同时陷入了怀旧的哀愁。是啊，我们也曾有过轻松幸福的时光，仿佛就在昨天……

奥萝拉打破了半尴尬半迷醉的沉默，为拉斐尔·巴罗斯的所作所为向我道歉。她昨夜打来电话问候，可是我不在房间。趁着行李员帮她运走箱子的当口，我向她简要描述了比莉的病情。她入神地听着。我知道她母亲三十九岁就因乳腺癌晚期去世了。自从那次亲人突然离世，她就变得有点疑神疑鬼，反正对她自己和周围人的健康状况都极度关心。

"听上去很严重。你要尽快带她去看医术高超的大夫。如果需要的话，我有人选可以推荐。"

"谁？"

"让－巴蒂斯特·克卢索教授。他是举世无双的诊断师，一句话，就是法国的'豪斯医生'。他是巴黎心脏病科的学科带头人，研究的课题是完全人造的心脏在临床的应用。他很忙，不过你就说是我介绍的，他一定会抽出时间来的。"

"是你的旧情人？"

1　美国克莱斯勒公司普莱茅斯分部于 1960 年推出的一款车型。

2　别府市位于日本多火山山脉的九州岛上，以数以千计的温泉闻名，是世界上地热能源最丰富的城市。

她翻了个白眼。

"是一个乐迷，经常来听我在巴黎的音乐会。要是你看到他本人，就知道他长得和休·劳瑞[1]可不搭边，不过他是个天才。"

她一边说，一边点亮黑莓手机，在联系人名单中搜索着医生的号码。

"我到时候转发给你。"她上了车。

门童关上车门，我看着她的轿车朝建筑入口处的大门开去，渐行渐远。可是出租车才开了大约五十米，就在通道上刹了车，奥萝拉下车向我跑来，轻轻地偷走我一个吻。转身离去前她从口袋里掏出随身听，把耳机塞进我耳朵里后，一把丢在我怀里。

我嘴唇上还留有她的芬芳，脑子里充满了她调好的旋律和歌词：这是猫王最美的一首曲子，是我曾带着她听的，那时我们相爱到可以分享各自心爱的歌曲。

也许我对你
不如应该的那样好
也许我爱你
比应该的要少
……
我只能将你永系心间
我只能将你永系心间

---

1 美剧《豪斯医生》男主演。

28 // 考验

读者可以被看作小说中的主要人物，和作者一样重要，
没有他，一切都归于虚空。

——埃尔莎·特里奥莱，法国女作家

　　一家酒店怎么会拥有如此豪华的图书室？

　　显然，阿拉伯酋长的慷慨大方不仅让诊所受益。最令人吃惊的还是
这个场所与时代脱节的气息和精英主义氛围：身处其中会让你误以为自
己正在一家英国名校的阅览室里，而不是度假俱乐部的图书室。数以千
计装帧精美的书整整齐齐地摆满了被科林斯柱环绕的书架。在这个静悄
悄的私密环境里，厚重的雕花大门、大理石半身像和古董细木护壁板让
人好像穿梭到了几个世纪前。这里向现代风格的唯一让步，就是镶嵌在
带纹路的胡桃木框中的最新款电脑。

　　我要是再年轻点，会很渴望在这样的地方工作。以前，我家连书桌
也没有。我只好把自己关在厕所里做作业，放一块木板在膝盖上当写字
台，不得不在头上罩个工人用的头盔，才能隔绝邻居的叫喊声。

女图书管理员戴着一副圆片眼镜，身穿马海毛套头衫，配一条苏格兰短裙，竟也让人觉得是从另外一个时空穿越而来的。我给了她想查阅的书目，她向我承认我是她今天的第一个"读者"："旅馆房客们来这里度假，总是更爱去沙滩，而不是读格奥尔格·威廉·弗里德里希·黑格尔。"

她把一大摞书捧给我，还友情附送一杯加了墨西哥香料的热巧克力，我冲她微微一笑。

我想在自然光下读书，于是坐到了宽大的窗户旁，那里还有一只科罗内利星空仪。我一刻也没有耽搁就开始了工作。

环境舒适静谧，很适宜阅读思考。寂静中只听到翻书的沙沙声，我感到手中的笔在纸上书写时柔和地滑动着。在我面前的桌子上，摊开着好几本我读书时啃过的参考书，其中有让－保罗·萨特的《什么是文学》、安贝托·艾柯的《悠游小说林》和伏尔泰的《哲学辞典》。短短两小时，我就做了十几页的笔记。我感到如鱼得水：这片天地里无忧无虑、智者云集，我有一种坐拥书城的充实，好像又当回了文学课老师。

"哇哦！好像又回到大学里了！"米洛来到庄严肃穆的大厅里，像个正在玩九柱戏的小狗。

他把背包放在其中一把查尔斯顿椅上，俯身到我的肩膀上："你在找什么？"

"我也许已经找到作战方案了，只要你愿意帮我。"

"当然了，包在我身上！"

"好，我们要分配一下角色，"我盖上笔帽，"你回到洛杉矶，继续找那最后一本次书。我知道是不可能完成的任务，可要是真的没了，比莉就会死，这件事板上钉钉。"

"那你呢？"

"我带她去巴黎看奥萝拉推荐的医生，看看能不能起码稳住病情，可最要紧……"

我理了理笔记，尽可能把意思说得清楚明白。

"最要紧？"

"我一定要写完小说的第三部，才能把比莉送回想象的世界。"

米洛皱了皱眉："我不是很明白写一本书怎么能把她具体地送回她的世界。"

我拿起笔记本，学着菲利普森医生的样子，把我推理的要点都罗列出来。

"现实世界是我们生活的这个世界，你、卡萝尔，还有我。这是真实的生活，我们可以在里面行动，也可以和我们的同类——人类——交流。"

"这点没问题。"

"相对应地，想象的世界是虚构和梦境的世界，反映了每个读者的主观意识，比莉是在那里长大的。"我一边解释，一边用一些简要的词语注解我的话。

现实世界（真实生活）	想象世界（虚构小说）
汤姆 - 米洛 - 卡萝尔	比莉

"说下去。"米洛说。

"就像你自己说的，比莉能够跨越分隔两个世界的界限，是因为一起印刷事故：有十万本我的书印坏了。就是你说的'入口'。"

"嗯，嗯。"他赞同道。

现实世界（真实生活）│想象世界（虚构小说）

汤姆－米洛－卡萝尔·········· 比莉
次莉－现实世界入口

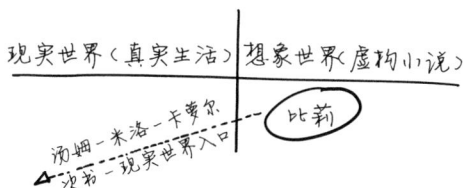

"所以，现在我们看到比莉一天天衰弱，因为这个地方不是她应该待的。"

"救她的唯一方法，"他跳起来，"就是找到那本次书，否则她就会在真实生活中死去……"

"要把她送回虚构世界，就要靠我写完第三部。这才是她离开现实世界的'出口'。"

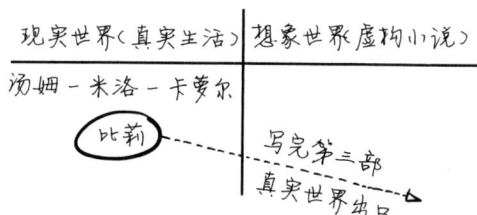

现实世界（真实生活）│想象世界（虚构小说）

汤姆－米洛－卡萝尔

比莉··········
写完第三部
真实世界出口

米洛饶有兴趣地看着我的图表，可我感到他还是觉得有什么东西不对劲。

"你还是搞不懂为什么写完第三部就能让她离开，对吗？"

"不是很清楚。"

"好，你会明白的。你说说，是谁创造了想象的世界？"

"是你！我是想说，是作家。"

"对，可作家不是靠他一个人做到的。比如说我，我只干了一半的活儿。"

"那谁干了剩下的一半？"

"读者……"

他仔细打量我，看上去如堕五里雾中。

"看看伏尔泰在 1764 年写的。"我把笔记推到他面前。

他低头看我的本子，高声朗读道："最有用的书就是读者自己完成其中一半工作的书。"

我从椅子里站起来，信心满满地展开了我的演讲："说到底，一本书是什么，米洛？不就是单纯的字母组合以某种顺序排列在纸上吗？要让一个故事面世，光画上最后一个句号是不够的。我抽屉里有不少从来没有发表过的手稿开头，可我一直认为它们是没有生命的，因为从来没有人看过一眼。一本书只有被人读了，才会变得有血有肉。是读者给了它生命，他们拼起了各种形象，然后创造出了这个想象的世界，人物才会在里面成长变化。"

我们的对话被无所事事的图书管理员打断了，她端给了米洛一杯自制的浓香巧克力。我的朋友喝了一口，然后评论道："每次你的书一上市，有了自己的轨迹，你就和我说它再也不真正属于你了……""没错！它属于读者，他们拿过了接力棒，把这些人物据为己有，让他们在自己的脑袋里有了生命。有时候，读者用自己的方式演绎其中一些段落，赋予它们新的意义，和我之前所想的南辕北辙，可这也是游戏的一部分！"

米洛专心地听我讲，在我的图表上涂涂画画。

我对这个理论深信不疑。我始终认为一部作品只有和读者接触后才真正存在。我自己就是如此，自从识字以来，我总是尽可能深入让我愉悦的想象世界，预测剧情、拼凑出一千种假设、总是想抢先作者一步，合上最后一页之后还在脑海里延续人物的故事。在印刷的词句之外，是读者的想象超越了文本，让故事有声有色地活了起来。

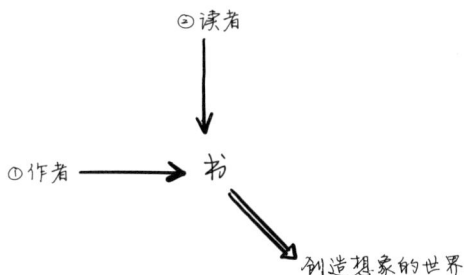

②读者

①作者 → 书

创造想象的世界

"所以要是我没理解错的话，对你来说，作家和读者一起合作创造了想象的世界？"

"这可不是我说的，米洛，是安贝托·艾柯！是让－保罗·萨特！"我反驳道，把一本打开的书递给他，我画了其中一句话："阅读是作者和读者之间一项慷慨的契约：每一方都信任对方，每一方都仰赖对方。"

"可具体操作呢？"

"具体起来，我会开始写新小说，可要等到第一批读者开始阅读，想象的世界才会成形，比莉就会从现实世界里消失，回到虚构小说里属于她的生活里去。"

"这么说来，我不能浪费时间了。"他坐到电脑屏幕前，"我要不惜一切代价找到最后一本次书，这是保住比莉性命的唯一办法，她要活到你写出新小说的那天啊。"

他连上了墨西哥航空的网站。

"两小时后有一趟去洛杉矶的航班。现在出发的话，我晚上可以到麦克阿瑟公园。"

"你到那里去干什么？"

"要是你打算带比莉去巴黎，就要尽快给她搞到一本假护照。我和有些朋友还保持联系，会帮我们的……"

"那你的车呢？"

他打开包，取出好大一沓钞票，分成了相等的两份。

"与千田光彦的一个手下今天早上来把车开走了。这是所有我能换来的钱，不多，可够我们撑上几个星期了。"

"用完之后，我们就要节衣缩食了。"

"是啊，我告诉你，算上我们欠国税局的，我们至少要负债二十年……"

"这一点，你之前也忘了跟我讲吧？"

"我以为你本来就明白的。"

我试着让局面不要那么戏剧化："我们是在救命，这是最高尚的事情了，不是吗？"

"那当然了，"他回答，"可这个女孩子，比莉，她值得我们这么拼命吗？"

"我觉得她是我们一伙儿的，"我字斟句酌，"我觉得她可以归到我们的'家'里来，我们自己选择的那个家，你、卡萝尔和我。因为我知道，在内心深处，她和我们并没有什么不同：在她的盔甲下，有一颗敏感宽宏的心。她就是刀子嘴豆腐心，已经被生活折腾得够呛了。"

我们最后拥抱了一下。他走到门口，又转身对我说："这本新小说，你写得出来吗？我之前听你说你连三个词都排列不起来。"

我看看窗外的蓝天：厚厚的乌云堆积在地平线上，平添了几分英国乡间的风情。

"我还有选择吗？"我盖上笔帽问道。

29 // 当我们在一起

夜半我感到冷，于是起身，

给她加盖了一床被子。

——罗曼·加里，法国小说家

戴高乐机场

9月12日，星期日

出租车司机一把提起比莉的大包，像煞有介事地塞进了后备厢，重重压在装有我电脑的箱子上。丰田普锐斯里，电台开到最大音量，我不得不重复了三遍才让司机明白我们要去哪里。

车子驶离了航站楼，很快汇入了环城大道拥堵的车流中。

"欢迎来到法国。"我朝比莉眨了眨眼。

她耸耸肩："你别想毁了我游览巴黎的乐趣，你不会得逞的。来巴黎是我的梦想！"

龟速行驶了几公里后，出租车终于出了马约门，驶入了万军大道，一路畅通无阻到了香榭丽舍大街上的星形广场。比莉像个孩子似的张大着嘴，看着凯旋门、"世界上最美丽的大街"和协和广场上美轮美奂的雕塑——在车窗外向后退去。

我之前和奥萝拉来过好几次，可我都不敢说我了解巴黎。奥萝拉的行程很满，总是奔波于各个音乐厅和机场，就像从来没有停下脚步的流浪者，更没有给我留时间探索一下她的出生地。我在这里逗留的时间从未超过三天，我们通常会窝在她位于拉斯卡斯路上的漂亮公寓里，那里离圣克洛蒂尔德大教堂不远。所以，在"花都"，我熟悉的只有六区和七区的几条马路，还有她曾经拽着我去过的十来家餐馆和时装店。

出租车穿过塞纳河来到左岸，到奥尔赛堤时转了弯。我瞥见圣日耳曼德佩教堂的钟楼和扶壁，明白已经离我在墨西哥上网预订的公寓不远了。果然不出所料，司机又穿行了一会儿，停在了菲尔斯滕贝格路 5 号，对面是一个正圆形的小广场，周围点缀着不少古着店——毫无疑问这是我生平少见的最迷人的地方之一。

在中间的高地上，四棵高大的泡桐围起镶有五盏圆灯的路灯灯柱。阳光洒在蓝色的板岩屋顶上，熠熠生辉。这一所在远离都市喧嚣，深藏于细街窄巷里，是一座不受时间侵蚀的浪漫孤岛，让人仿佛走进了法国插画家佩内的画里。

我在写下这段话的时候，离那个早晨已经过去了一年多，可是比莉下车时睁大着双眼，无限惊喜的表情还历历在目，让我难以忘怀。那时候，我还不知道我们将要迎接的是我们人生中最痛苦，同时也是最美好的时光。

女生宿舍
伯克利大学
加利福尼亚州

"你有个包裹！"余婵走进了寝室，她从这学期开学起就和邦妮·德拉米科成了室友。

邦妮坐在书桌前，从电脑屏幕前抬起头，谢了她的室友，然后继续专心下棋。

这是个剪着一头褐色短发的女孩，肉嘟嘟的脸上还带着婴儿肥。可一旦接触到她专注而严肃的目光，你就会马上明白，她虽然很年轻，生活对她可不总是那么仁慈。

秋日的阳光肆无忌惮地闯入房间，把小房间里的两面墙照得发亮，墙上贴着好几张趣味迥异的海报，暴露了两个女孩的兴趣爱好：罗伯特·帕丁森、克里斯汀·斯图尔特、阿尔伯特·爱因斯坦，还有奥巴马。

"你不打开看看？"几分钟后，中国室友问道。

"嗯……"邦妮漫不经心地哼着，"让我给电脑一点颜色瞧瞧。"

她下了一着险棋，让"马"前进到D4，想借机吃掉对手的"象"。

"说不定是蒂莫西送的礼物呢？"余婵把包裹颠来倒去地看，随口说道，"这家伙对你可真痴心。"

"嗯……"邦妮还是毫不在意，"而我对蒂莫西相当无感。"

电脑出了"后"作为回击。

"那好，我可要打开了！"余婵做了决定。

还没等另一位同意她就撕开了包装，看到了一本厚厚的书，封面是仿皮精装的：汤姆·博伊德——天使三部曲——第二卷。

"哦，原来是你在网上买的二手书。"她的声音里有一丝失望。

"嗯，嗯……"邦妮含糊地回答。

她现在要集中精力保住她的"马"，同时不能只采取守势。她点了一下鼠标，走了一步棋，可是情急之下少走了一格。

太迟了……

"将军！"在屏幕上闪烁起来。她又被这堆破铜烂铁打败了！

我的锦标赛出师不利啊！她关上程序，心中郁郁。

她下周要代表学校出征世界象棋锦标赛，被编入了十八岁以下的组别。这次比赛将在罗马进行，她跃跃欲试，同时有点怯场。

年轻女孩瞥了一眼墙上的太阳形挂钟，匆匆收拾起来。她一把抓起刚刚收到的小说，不由分说地塞到背包里。到了再晚些的时候，她才整理去罗马的行李。

"Addio, amica mia！"[1] 她出了门。

她三步并作两步下了楼梯，然后大跨步冲到车站，想赶上从伯克利去旧金山的区域快铁，在水上四十米处穿过海湾。她在车厢里翻开随身带的书，开始读前三章，一直读到列车抵达旧金山内河码头站，然后换乘有轨电车抵达加利福尼亚路。挤满了游客的有轨电车穿过诺布高地，途经恩典座堂。又过了两个街区，年轻女孩下了车，到了莱诺克斯医院的癌症康复治疗中心。她在一个旨在用文娱活动为癌症患者解忧的协会里充当志愿者，一星期来这里两次。她的母亲马洛丽几年前因癌症去世，在她去世前整整两年里，邦妮一直在病榻旁陪伴。邦妮由此产生了帮助更多患者的愿望。邦妮上大学时未满十七岁，按规定还不能承担这样的任务。幸运的是，医院院长埃利奥特·库珀是她妈妈的主治医生加勒特·古德里奇的好友，因此前者对她频繁出现在医院里睁一只眼闭一只眼。

"你好，考夫曼太太！"她走进四楼一间病房，欢快地打招呼。

邦妮一出现，埃塞尔·考夫曼的脸瞬间明亮了起来。就在几星期前，这位老妇人还在拒绝加入协会组织的绘画小组，不参加集体游戏，也不愿看小丑或木偶的表演，她觉得这些东西又愚蠢又低能。她只求静静等死。可是邦妮和别人不一样。这个少女很有个性，天真中透出机智，埃

1　意大利语：再见了，我的朋友！

塞尔不能不被她打动。一开始，两人花了一些时间相互熟悉，可现在，一星期两次的聚会对二人来说变得不可或缺。她们已经习惯了先闲聊几分钟。埃塞尔关心了一下邦妮在大学的课业和象棋锦标赛的进展，接着女孩子从包里掏出一本书。

"给你个惊喜！"她说着，展示了一下精美的书籍。

埃塞尔的眼睛已经不能长时间阅读了，邦妮便自告奋勇地为她朗读。前几星期里，她们俩都为"天使三部曲"的故事着了迷。

"我没忍住，已经读了前面几章。"邦妮坦白，"我先给你简单概括一下，然后继续读，好不好？"

香啡缤
圣莫尼卡的小咖啡馆
10 点

"我想我找到了！"卡萝尔叫了起来。

年轻的女警官俯身在笔记本电脑上，用咖啡馆的无线网络上了网。

米洛手捧一杯焦糖拿铁，凑近屏幕。

卡萝尔不断尝试在搜索引擎里输入各种关键词，终于在 eBay 上找到了一页出售他们苦苦寻觅的"珍本"的页面。

"就是这玩意儿！"他激动得差点把半杯饮料倒在衬衫上。

"你确定就是它？"

"肯定没错。"他仔细看了照片，斩钉截铁地说，"那批书销毁之后，仿皮精装封面就只剩下这一本了。"

"不过很不巧，它已经被卖掉了。"卡萝尔很崩溃。

宝贝是好几天前挂上 eBay 的，不过售价只有可怜巴巴的十四美元，所以立刻就找到了买家。

"还是可以联系一下卖家，从她那里问到买家的名字。"

卡萝尔一刻工夫也没耽误，马上点开了对方的信息：annaboro73，注册了六个月，好评还不少。

卡萝尔发了一封电子邮件给她，说明了自己想联系上购买宝贝的人。然后他们眼巴巴地等了五分钟，希望奇迹出现，马上收到对方的回复。五分钟后米洛失去了耐心，于是追加了一封邮件，把意图阐述得更明显，并许诺了一千美元作为报酬。

"我要回去工作了。"卡萝尔看了看表。

"你的搭档在哪儿？"

"他病了。"她走出咖啡馆。

米洛决定跟着她，于是坐进了警车的副驾驶座。

"你不能待在这儿！我在执勤呢，这是一辆巡逻警车。"

他充耳不闻，继续刚才的话题。

"她的昵称是什么？"

"annaboro73。"卡萝尔发动了引擎。

"好，她叫安娜，没问题吧？"

"很合理啊。"

"Boro 应该是一个姓。她没有写常见的 Borrow，而是 boro，让人想到这可能是一个德国姓的缩写。"

"更像是波兰姓，不是吗？比如博罗夫斯基之类的。"

"对，应该是的。"

"那后面的数字呢？你觉得像不像出生年份？"

"有可能哦。"米洛回答。

他用手机连上了电话黄页网站，可仅在洛杉矶一个区，就有超过十个安娜·博罗夫斯基。

"把对讲机给我。"卡萝尔拐了一个弯,要求道。

米洛取下对讲机,淘气心起,便来了一段即兴表演。

"呼叫地球,我是'进取号'星舰舰长柯克,请允许我进入基地。"

卡萝尔怒目而视。

"怎么了?不觉得很好玩吗?"

"好玩,米洛,你要是才八岁的话,这样才好玩……"

她夺过话机,威严地说道:"中心,中心,我是阿尔瓦雷斯警长,编号 364B1231。请帮我查询一下 1973 年出生的安娜·博罗夫斯基的地址。"

"收到,警长。"

巴黎

圣日耳曼德佩

我们带家具的两居室位于一幢白色小房子的顶层,朝向一个绿树成荫的小广场,我们一进屋子就有了"家"的感觉。

"出去逛逛?"比莉提议。

很显然,巴黎的空气让她有了一点生气。当然,她的头发还是雪白的,脸色也很苍白,可是看上去已经恢复了一点精力。

"我可告诉你,我还有五百多页要写……"

"小事一桩嘛!"她开着玩笑,走近窗口,把脸迎向阳光。

"好吧,那我们就快去快回。我带你在这一带转转"

我穿上外套,等她补补妆。

然后我们出发了。

我们像两个普通的游客一样,首先在圣日耳曼街区的小巷子里悠闲地散了会儿步,在每一个书店或古董店的橱窗前驻足流连,研究每家咖啡馆的菜单,在塞纳河边旧书摊的金属箱子前淘宝。

虽然奢侈品商店渐渐蚕食富有文艺气息的店铺，可是这个街区还是保留了它的大部分魅力。在窄巷小路构成的迷宫里，弥漫着一种特别的气氛，让你随处都可以呼吸到对书、诗歌、油画的热爱。我们沿途走来的每一条路、每一幢建筑都有着丰厚的文化积淀。伏尔泰曾经在普罗科佩咖啡馆里写过文章；魏尔伦来这里喝过苦艾酒；德拉克洛瓦将工作室的地址定在菲尔斯滕贝格路；拉辛在维斯孔蒂路上生活过；巴尔扎克因为在这条街上投资了一家印刷厂而倾家荡产；奥斯卡·王尔德在美术街上一家破旧的小旅店里去世时孤苦无依；毕加索在大奥古斯丁路的公寓里画了《格尔尼卡》；迈尔斯·戴维斯曾在圣伯努瓦街上一家酒吧驻唱；吉姆·莫里森在塞纳路上有幢住宅……

令人迷醉。

比莉神采焕发，在阳光下转着圈，手捧一本导游书，不想错过任何一个景点。

中午，我们在一家咖啡馆的露天座上小憩了一会儿。我品着一杯意式浓缩咖啡，看着她笑吟吟地享用着蜂蜜白干酪和覆盆子浆面包。我们之间，有些东西变得不一样了。之前的敌意烟消云散，取而代之的是一种全新的共识。我们现在是盟友，而且彼此都很清楚，我们在一起的每一分每一秒都有个计时器在嘀嗒嘀嗒地走动，并且随时可能会破碎，我们不得不互相照顾，互相扶持。

"好，我们接下来往这个方向走，参观教堂！"她指着圣日耳曼教堂的钟楼提议。

我掏出钱包结账的时候，比莉喝下最后一口热巧克力，然后起身离座。她就像一个自作聪明的孩子，奔跑着穿过马路，只见一辆车从对面驶来。

于是，她突然倒在了川流不息的路中央。

旧金山

莱诺克斯医院

邦妮沮丧地翻着书页，发现后面真的都是白页。

“恐怕您今天没法知道故事的结局了，考夫曼太太。”

埃塞尔皱着眉头，更加仔细地翻看这本书。故事在第 266 页戛然而止，连那句话都没有印完。

“大概是印刷错误。你应该去书店换。”

“可我是在网上买的！”

“那你就上当了。”

邦妮气鼓鼓的，感到脸颊烧了起来。太可惜了。这本书读起来很带劲，水彩画插图也很精美。

“吃饭吧！”治疗中心的工作人员推开病房大门，送来餐盘。

邦妮每次来都可以蹭饭。今日菜单：蔬菜汤、布鲁塞尔白菜沙拉和清蒸鳕鱼。

邦妮咬紧牙关，勉强吃了几口。为什么鳕鱼会浸在水里？为什么四季豆汤颜色有点发黑？还有无盐醋……呕。

“不咋的，啊？”考夫曼太太抱怨道。

“只有无法下咽和惨不忍睹才能形容。”邦妮也赞同。

老妇人微微一笑。

“要是能有个巧克力舒芙蕾就好了，我愿意用任何东西去换。这可是我的心头好啊。”

“我从来没吃过！”邦妮舔舔嘴唇。

“我来给你写食谱。”埃塞尔提议，“给我一支笔，再把书给我！起码让它派上点用场。”

她打开小说，在最前面的几页白纸上，用最好看的花体字写下：

巧克力舒芙蕾

200 克黑巧克力；

50 克糖；

5 只鸡蛋；

30 克面包；

50 毫升半脱脂牛奶。

首先，把巧克力分成小块，在蒸锅里熔化……

巴黎

圣日耳曼德佩

"快醒醒！"

比莉的身体横在马路正中央。

那辆雷诺车及时刹住了，避免了冲撞。波拿巴路上的车流一时间停了下来，人群已经在年轻女人周围聚集了起来。

我向她俯身看去，遵照菲利普森医生之前给我的指示，不敢有丝毫放松：先抬起她的双腿，让血液回流到大脑，再把她的头别到一边，解开她外衣的纽扣。比莉终于恢复了知觉，脸上也有了血色。她的不适来得快，去得也快。她和上次在墨西哥时一样，突如其来地就不省人事了。

"别高兴得太早，我还没死呢。"她揶揄道。

我握住她的手腕。她的脉搏还是很微弱，呼吸也很困难，额头上布满了汗珠。

我们约了第二天去见奥萝拉推荐的克卢索教授。我全心全意地希望他是真的名不虚传。

洛杉矶

"警察，开门！"

安娜躲在猫眼后面，观察着使劲捶门的警察。

"我知道你在家，博罗夫斯基女士！"卡萝尔出示了她的警徽。

安娜只得顺从地打开门锁，略微开出一条缝，露出一张写满焦虑的脸：“什么事？”

"我要了解一些您在网上出售的一本书的情况。"

"那本书不是偷来的！"安娜为自己辩护，“我是在一个垃圾桶里捡到的，就是这样。”

卡萝尔看看米洛，让他继续发问。

"你把买家的地址给我们。"

"应该是个大学生。"

"大学生？"

"反正，她住在伯克利大学的校园里。"

旧金山

莱诺克斯医院

16 点

埃塞尔·考夫曼辗转难眠。自从邦妮吃完午饭离开后，她在床上翻来覆去“煎烙饼”。有什么事情不太对劲。当然，她指的不是正在一点一点啃噬她的肺部的癌细胞……

是那本书。或者不如说，是她在白页上写下的东西。她坐起来，倚在枕头上，拿起床头柜上的小说，翻到写下童年记忆中的食谱的那页。她怎么突然之间如此怀旧起来？是受脚步日益临近的死神的驱使？也许吧。

怀旧……她最讨厌怀旧了。人生瞬息即逝，她早就决定绝不回头看。

她总是活在当下，尽力从过去抽离出来。她不保留回忆，从来不庆祝纪念日，每隔两三年就搬一次家，为的是不对任何事、任何人产生依恋。对她来说，这是生存下去的唯一条件。

可是，今天下午，过去轻轻叩响了她的门。她艰难地起身，蹒跚着走到放有个人物品的金属柜子前。她取出一只带拉链的硬皮箱，这还是她的侄女卡蒂亚上次探望她的时候带来的。前阵子，卡蒂亚在出售她父母的屋子前，收拾了一下房子，找到了一些属于埃塞尔的东西。

第一张照片是在 1929 年 3 月拍的，那时她才几个月大。照片上有一对恩爱的夫妇，正和三个孩子一起骄傲地摆姿势。埃塞尔躺在母亲的臂弯里，她的哥哥和姐姐是一对双胞胎，比她大四岁，正围着爸爸。漂亮的衣服、由衷的微笑，一切都和谐美满，家庭的温馨和友爱几乎要溢出老相片。埃塞尔把照片放在床头。她已经有几十年没有看过它了。

下一个是一份发黄的剪报，报上配有 1940 年的几幅插图：纳粹制服、带倒刺的铁丝网、野蛮行径……杂志把埃塞尔带回到她自己的故事里。她跟随哥哥来美国时还不到十岁。他们赶在德国人把波兰的克拉科夫变成犹太人集中营之前离开了那里。她的姐姐本该在晚些时候与他们会合，可是她的运气没那么好——她在普拉绍夫感染了斑疹伤寒——她的父母也没能逃离贝乌热茨灭绝营。

埃塞尔在回忆里越陷越深。接下来的一张黑白明信片上，一个优雅的芭蕾舞演员正踮起脚尖起舞。那正是她，那时是在纽约。她在那里的外公家度过了整个童年时代，大人们早早发现了她的舞蹈天赋。很快她就鹤立鸡群，被乔治·巴兰钦刚刚创立的纽约芭蕾舞团选中。

《胡桃夹子》《天鹅湖》《罗密欧与朱丽叶》，她演过所有重要剧目的主角。二十八岁时因为骨折医治不当，留下了难看的跛足，因此不得不告别芭蕾舞台。

纷纷扰扰的思绪让她起了鸡皮疙瘩。明信片背面写着纽约的演出剧目表。事故发生后，她成了美国芭蕾舞蹈学校的教授，经常去百老汇执导音乐剧。

另外一张照片，即使隔了几十年看，仍然让她感到剧痛。照片上是一个阴郁的情人。他比她小十岁，她在三十五岁时不可自拔地爱上了他。她在这段故事里投入了大量的激情，可代价是，在短暂的欢乐后，她遭受了好几年的痛苦和幻灭。

然后……

再然后，就是噩梦……

下一张照片有点模糊，却清清楚楚昭示着噩梦，她是对着镜子自拍的，照片上的她腹圆如鼓。

埃塞尔万万没有料到，她在快四十岁的时候怀孕了。这是命运给她的恩赐，她怀着无限的感激之情收下了它。她这辈子都从未像怀孕前六个月那么幸福过。当然了，她常常呕吐，妊娠反应强烈，可是肚子里的小家伙让她彻底改头换面了。

然而就在临盆前三个月的一天早上，她的羊水破了，原因不明。她被送到了平时做产检的医院。她非常准确地记得那天发生的事。胎儿还在子宫里，她的腹中。她能感到他的小脚在踢动，听到他的心跳声。那天值班的妇科医生却对她说，羊水外膜裂开了，没有了羊水保护，胎儿不可能活下来。子宫现在已经干涸了，必须引产。于是，在那个恐怖的夜晚，她生出了孩子，他却被事先判处了死刑。几个小时辛苦的挣扎，换来的不是生命，而是死亡。

她甚至看到了他、抚摸了他、亲吻了他。他那么小，可又那么漂亮。分娩的时候，她还没有给孩子起名字，而是在脑海中不停叫着"小鬼头，我的小鬼头"。

小鬼头活了一分钟，随后心跳停止了。埃塞尔永生难忘她当上妈妈的这六十秒。超现实的六十秒。从那之后，她如同行尸走肉。她只是装得一如常人。她所有的光明、所有的欢乐、所有的信仰都在这一分钟内耗尽了。她身上仅剩的一点火苗也和小鬼头一起消失了。

眼泪成串地从她的两颊淌下，滴落在厚厚的珠光纸小信封上。她颤抖着打开信封，小心地拿出小鬼头的一撮头发。她哭了很久很久，卸下了好几十年来背上的重负。

此刻，她感到疲倦万分。重新睡下之前，她灵光一闪，把照片、剪报、明信片和头发都贴到书的白页上。她人生中重要片段的总结大约占了十页的分量。

要是可以从头开始，她想不想改变生命中的某些东西呢？她从脑海中驱赶开了这个疑问。这个问题已经没有任何意义了。生活不是一个可以多选的电子游戏。时间流逝，人们随波逐流，更多的时候只是尽其所能，却不能随心所欲。命运大包大揽，运气也就偶尔来光顾一下，仅此而已。

她把书收进了一个大大的牛皮纸袋，叫夜班护士在邦妮·德拉米科来医院的时候转交给她。

女生寝室
伯克利校园
19点

"到了罗马后，别吃太多提拉米苏哦！"余婵不怀好意地提醒，"一个提拉米苏里面至少有十亿卡路里，你近来有点发胖，发现了吗？"

"别为我担心，"邦妮盖上箱子回答，"看起来男生可没有讨厌我发胖……"

年轻女孩望向窗外。已经入夜了，不过她瞥见了电话预订的出租车闪烁的顶灯。

"我走了。"

"加油！让那些乡巴佬尝尝你的厉害！"中国室友给她打气。

邦妮从寝室楼下去，把行李交给了黄色出租车的司机，司机把箱子放进了车里。

"您是要去机场吗，小姐？"

"是的，不过我想绕道先去一下莱诺克斯医院。"

一路上邦妮都陷入了沉思。她为什么急着要回去看考夫曼太太？她中午告辞的时候，感到老妇人很累，还有点悲伤。特别是老人对她说再见的语气太郑重其事了，并且坚持要抱抱她，一点也不像平时的她。

弄得好像生离死别一样……

出租车停在双黄线边。

"我还是把包留在车上吧？我去去就回，五分钟就行了。"

"尽管放心。我在停车场等您。"

女生寝室
伯克利校园
19点30分

"警察，开门！"

余婵惊得一身冷汗。她趁着室友不在，正在她的电脑文件里乱翻，顺便偷窥一下她的邮件。有那么几秒钟时间，她惊恐万分，还以为寝室里藏着一个摄像头，刚刚出卖了她。

她开门前匆匆关闭了显示屏。

"我是卡萝尔·阿尔瓦雷斯警长。"卡萝尔做了自我介绍，心里很明白她没有任何权利擅自闯入大学校园。

"我们想找邦妮·德拉米科谈一谈。"米洛说。

"你们刚刚错过了她。"余婵松了一口气，"她出发去机场了。她要到罗马去参加一场象棋锦标赛。"

罗马！真见鬼！

"你有她的手机号码吗？"他掏出手机问道。

莱诺克斯医院停车场

19 点 34 分

出租车的后座上，邦妮的手机在她的编织包里没完没了地唱歌。铃声不屈不挠地响了很久，可司机完全听不到。他一边等乘客，一边把电台音量开到最大，正兴致勃勃地追一场纽约大都会队对勇士队的篮球比赛。

邦妮进了医院后，上了电梯，蹑手蹑脚地在走廊里前进。

"小姐，探病时间已经过了！"一个护士叫住了她。

"我……我想在去罗马之前和考夫曼太太告个别。"

"嗯……你是那个小志愿者吧？"

邦妮点点头。

"埃塞尔·考夫曼已经睡了，不过她给你留了一个包裹。"

邦妮有点失望，跟着白衣护士到值班室取出了那个装着书的信封。

她回到车上，在前往机场途中惊讶地发现老人加了旁注的照片。她百感交集，完全忘了去查看一下手机。

旧金山国际机场

第三跑道

0966 航班

21 点 27 分

"女士们，先生们，晚上好。

"我是今天的乘务长。欢迎您乘坐我们的波音 767 飞机，本次旅程的终点是罗马。我们预计飞行时间为 13 小时 55 分钟。我们即将结束登机。在您的座位前面，有一份安全须知和紧急情况下的逃生步骤，希望您能够仔细阅读。我们的乘务人员将为您演示……"

旧金山国际机场

出发大厅

21 点 28 分

"去罗马的航班？啊，很抱歉，我们刚刚结束登机。"地勤人员查了一下电脑，回答道。

"这怎么可能！"卡萝尔嘟囔了一路，"我们怎么老是和这本该死的书差一点点相遇。再试试打那姑娘的电话。"

"我给她留了两次言了。"米洛回答，"她肯定是调到静音了。"

"再试试吧，求求你了。"

第三跑道

21 点 29 分

"飞机马上就要起飞了。请各位乘客系好安全带，调直椅背，关闭手机。我们再次提醒您，本次航班全程禁烟，请不要在卫生间里抽烟。"

邦妮系好了安全带，从包里拿出了充气枕、睡眠面膜和书。她关闭手机的时候，发现提示灯一直在闪烁，告诉她有未接来电或短信。她很想查看，可是空姐严厉的眼神让她作罢，乖乖收起了手机。

巴黎

午夜

小公寓的客厅里点着十几根蜡烛，柔和的光辉照亮了整个房间。比莉一夜无事，在沙发上睡着了。我打开电脑时不免有些忐忑，又是那个熟悉的文字处理系统。可怕的空白页面出现在屏幕上，家常便饭一样的恶心、焦虑和恐惧又一次涌上心头。

努力啊！

要努力啊！

不行。

我站起来，走到沙发旁，把熟睡的比莉抱回房间里。她睡得不太踏实，嘟嘟囔囔地说自己太重了，可并没有挣扎。夜有些凉，卧室的电暖器威力不足。我在柜子里找到一床被子，像扎襁褓一样把她裹了起来。

我正要关门，听到她对我说："谢谢。"

我刚才拉上了窗帘，好让她不被街上来往的车流声打扰。我们身处一片黑暗中。"谢谢你这么照顾我。从来没有人像你对我这么好。"

"从来没有人像你对我这么好。"

我坐回到工作台时，这句话还在脑中挥之不去。我看着屏幕上的游标充满讽刺地闪烁着。

您的灵感从何而来？这是读者和记者最喜欢问的经典问题。可说实话，我从来没能认认真真回答过。写作从来就是一项苦修：每天写满四页纸大约花去我十五小时。这里面没有魔法、没有秘诀，也没有诀窍，就只要切断和外界的联系，坐在书桌前，戴上耳机，灌入大量古典音乐或者爵士乐，还要有大量的咖啡储备。有时候，诸事大吉，越写越顺，我可以一连写上十几页。在这种如有神助的时刻，我总是对自己说，故事一早就在天上发生了，有个天使刚刚附在我耳边，让我一字一句地听写下来的。可这样的时刻太稀有了，想到要在几个星期里写出五百页，我就觉得这根本是痴人说梦。

"谢谢你这么照顾我。"

我的恶心不见了。我的焦虑也变成了怯场，是演员在幕布拉开前一刹那感到的恐惧。

我把手指放在键盘上，它们不由自主地开始动起来。一段文字奇迹般地出现了。

第一章

波士顿人的记忆里，从来没有过这么冷的冬天。一个多月以来，整个城市都覆盖在皑皑白雪和累累冰霜之下。咖啡馆里，大家关心的话题也越来越多地转向媒体向我们狂轰滥炸的全球气候变暖："开玩笑！有这么变暖的吗？"

比莉窝在南波士顿的小小公寓里，睡得很不安稳。命运之神一直都不肯眷顾她。可是她还不知道，一切都会不一样了。

行了，启动了。

我马上明白了，我对比莉的感情解除了之前的魔咒。她帮助我回到了现实世界，也终于找到了打开我灵魂之锁的那把钥匙。

一张张白页再也不让我感到害怕。

我开始打字，写了整整一夜。

罗马
菲乌米奇诺机场
翌日

"女士们，先生们，我是本次航班的乘务长。我们刚刚降落在了罗马的菲乌米奇诺机场，室外温度是 16℃。请各位乘客原谅本次航班的短暂延误。在飞机滑行时请继续坐在座位上，并且系好安全带，直到飞机停稳后再起身取下您的行李。打开行李架时，当心行李滑落，请不要遗忘您的任何物品。我代表联合航空的全体机组人员，祝您旅程愉快，衷心希望您再次选择我们的航班。"

邦妮·德拉米科非常不情愿地在睡眼蒙眬中起身。她整个航程都在睡觉，噩梦一个接一个，她都要被淹没其中了。

她下飞机的时候还有点头重脚轻，未曾意识到自己把埃塞尔·考夫曼留给她的书落在了座位的缝隙里。

30 // 人生的迷宫

> 没有什么比遇到一个气喘吁吁、
> 迷失在人生迷宫中的人更悲惨的了。

—— 马丁·路德·金，美国牧师

9 月 13 日，星期一

巴黎第 15 区

9 点

我们在八号线的终点站巴拉尔站下了地铁。这个初秋的巴黎，温度宜人，空气中仿佛飘荡着开学时期的芳香。

玛丽·居里欧洲医院坐落于塞纳河畔，毗邻安德烈·雪铁龙公园，占地面积很大。它的全玻璃外墙和街道的曲线严丝合缝，玻璃上反射出四周郁郁葱葱的树木。

我在医院介绍上读到，这所机构云集了巴黎老医院的各个科室，是欧洲最负盛名的医院之一。它的心血管中心尤为出色，克卢索教授正是在此供职。

我们搞错了三次，才找到入口处，接着就在巨大的中庭那蜿蜒曲折的走廊里晕头转向了，一个工作人员给我们指了电梯的方向，我们乘电梯来到倒数第二层。

虽然我们预约过了，可还是不得不等三刻钟。据他的秘书科琳娜说，克卢索教授——就和病人住在一栋楼里——今天早上刚从纽约回来，他每月要在哈佛医学院授课两次。

在科琳娜的监视下，我们在豪华的办公室里耐着性子等候。陈设的家具由木头和金属两种材质做成，窗外是塞纳河的景致和巴黎整齐划一的屋顶。站在玻璃幕墙前，河上懒洋洋的游船、米拉波桥和天鹅岛尽头的自由女神像一览无余。

突然走进办公室的男人看上去一点也不像神医，更像科伦波探长[1]。他的头发乱蓬蓬的，面无血色，胡子邋遢，皱巴巴的风衣像斗篷一样披在他的肩上。格子衬衫从惨绿色的毛衣里探出一条边，耷拉在凸纹灯芯绒裤子外面，上面可疑的斑点随处可见。要是我在路上遇到这家伙，大概会好心丢给他一枚硬币。很难相信他不仅是这家医院的顶梁柱，还领导着一群医生和工程师，十五年如一日地研究人工心脏如何在人体内自主发挥作用。

他轻声嘟囔了一句含糊的客套话，对迟到表示歉意，然后脱下外套，换上了一件淡黄色的工作服，一屁股坐进沙发里，无疑他的时差还没倒过来。

我曾经在哪里读到过，我们和陌生人第一次见面时，我们的大脑在十分之一秒内就能判断出对方是否可靠。这个过程非常迅速，我们的推理能力完全没有时间参与其中，所以这基本上是一种"本能"反应。

那天上午，虽然克卢索教授不修边幅，可他在我心里留下的是一个

1　美国知名电视系列剧《神探科伦波》的主角。

十分可靠的印象。

比莉和我一样，没有被他的外表吓到，仔细地向他描述了病情：失去知觉、疲惫不堪、脸色苍白、动辄上气不接下气、恶心、高烧、减重、胃部烧灼。

他一边记下病人信息，一边喃喃着"嗯嗯"，声音轻不可闻。我递给他莫蒂梅尔·菲利普森的分析报告。他戴上一副在70年代电影里才看得到的双光眼镜，迅速浏览了一遍材料，表情充满疑惑，可穿透圆形小镜片的灼灼目光却透露出聪慧和警觉。

"请您再做一遍检查。"他的口气不容商量，威严地把报告丢进了垃圾桶，"在一个异域风情的酒店诊所里做的检查，还有这个'纸女孩'、墨水和纤维素的故事，哪一个都站不住脚。"

"那我突然昏倒怎么解释呢？"比莉急了，"还有我的头……"

他毫不客气地打断了："我认为，您多次昏厥和大脑突然缺血有关，肯定是心脏或者血管出了什么问题。您找对人了，这正是我和我领导的团队的长项。"

他飞快地写了一张处方，罗列了当天要做的一系列检查，并让我们晚上就来找他。

罗马

菲乌米奇诺机场

从旧金山起飞的波音767停在了停机坪上。乘客们半个多小时前已经下了飞机，维护人员正在忙碌地打扫机舱内部。

飞行员迈克·波尔托为飞行报告画上了句号，关闭了手提电脑。

这些文件表格真是没完没了！他打了个哈欠。

十五小时的长途飞行让他疲惫不堪，他对这份小结报告的态度有点草率。他看了看手机，妻子给他发了一条温柔用心的短信。他不想回电话，就随手把预存的一条短信复制粘贴了过去。今天，有比和糟糠之妻唠家常更好的事情等着他。今晚，他一定要约到弗兰切斯卡。他每次经过罗马，都会绞尽脑汁在失物招领处美丽的小姐那里碰运气。她年方二十，年轻、性感、身材丰满，让人垂涎欲滴，他很为之疯狂。直到目前，她都委婉拒绝了他的暗示，可他知道，总有一天局面会打开的。

迈克离开了驾驶舱。他整理了一下发型，扣上外套的纽扣。

永远别低估制服的威力。

可下飞机前，他必须找到一个借口和年轻的意大利女人搭上话。

他打量了一下清洁组，他们向来迅速高效，之前就分配好了任务。在第一个推车上的杂志和废弃纸巾中间，他一眼看到一本夜蓝色的仿皮封面的图书，装帧精美。他走近，拿起书，看见星星装点的封面上，作者的名字和书名用烫金字体醒目地标出：汤姆·博伊德——天使三部曲——第二卷。

从来没听说过，不过倒是可以利用一下。到手了，我的诱饵！

"您不能带走这本书，先生。"

他转身，被逮个正着。谁敢这么对他说话？

原来是个黑人清洁女工，姿色不俗。按规定挂在脖子上的工作牌印着她的名字"卡埃拉"，她用来绑住头发的小方巾上有索马里国旗蓝底白星的图案。

他不屑地打量她。"这个我来处理！"他指指书，"我正好要去失物招领处。"

"那我就要报告我的组长了，先生。"

"随便你，报告上帝也行。"他耸耸肩嘲笑道。

他手里握着这本书，离开了机舱。

今晚，看来弗兰切斯卡要和他同床共枕了！

马里奥·德·贝尔纳迪路

邦妮乘坐着开往旅馆的出租车，突然想起打开手机。排山倒海的短信！首先是她爸爸为她担心，接着是余婵神神道道的短信，提醒她警察正在追踪她，再有就是一个叫米洛的人的短信轰炸，表达了想要买汤姆·博伊德那本书的愿望。

这群疯子！

她感到不妙，翻包找起来，才发现书已经不在了。

"我把它忘在飞机上了！"

出租车正要驶上高速公路，邦妮大喊了一声："请停车！您能不能掉个头？"

玛丽·居里欧洲医院

巴黎塞纳河堤

"放轻松，小姐。检查不会带来任何痛苦。"

比莉上身赤裸，向左侧身躺着。在她右侧，心脏病科医生在她胸口贴了三个电极，接着将榛子大小的一团啫喱均匀地涂在她身上。

"我们现在要给您的心脏做超声波检查，找出可能的肿瘤的位置。"

他边说边开始行动，把探测仪定位在不同的部位，同时在肋骨与胸骨之间移动，每换一个位置都拍摄几张片子。在屏幕上，我可以清晰地看到年轻女人的心跳因为恐惧而加快。我也觉察到了医生担忧的神情，他的脸色随着检查的进行，越来越让人难以捉摸。

"很严重吗？"我忍不住问。

"克卢索医生会为你们解释检查结果的。"他的语气有点冰冷。

不过他自作主张地提议道："我想我们做完超声波之后，还要再追加一项核磁共振检查。"

罗马

菲乌米奇诺机场

"弗兰切斯卡不在？"迈克·波尔托推开失物招领处的大门。

飞行员难掩失望。柜台后面，一位替班的工作人员从杂志里抬起头，又给了他一线希望："她在达·芬奇咖啡馆开个小差。"

迈克连道谢都省了，就直奔咖啡馆而去，也压根把在飞机上捡到的书抛在了脑后。

达·芬奇咖啡馆位于一号候机楼的角落里，是整个机场的一小片绿洲。小憩之地被粉色的大理石圆柱包围，廊柱和拱顶上爬满了常春藤，一派休闲惬意的气氛。U 形长吧台四周坐满了乘客，他们就着店里自制的甜点匆匆饮下意式浓缩咖啡。

"嘿！弗兰切斯卡！"他在人群中找到了她。

他每次见到她都觉得她又漂亮了几分。她正在和一个年轻小工闲聊：他穿着一条烘焙专用的围裙，是店里专门雇来表演怎样像煞有介事地把未加工的咖啡豆变成杯中佳饮的临时工。

迈克走近他们，把书放在柜台上，试着用英语插入谈话，并尝试把话题引向自己。可是这位意大利美人对身旁的年轻小伙儿含情脉脉，如饥似渴地听他讲话，睫毛不停地忽闪忽闪：他有一头褐色鬈发，微笑很迷人，双眼含笑。迈克被激起了好胜心，挑战地看着罗马天使，然后邀请弗兰切斯卡共进晚餐。他知道鲜花广场旁有一家小餐馆，那家的前菜是招牌……

"今晚，詹卢卡已经约了我了。"她摇摇头。

"呃……那么明天？我在罗马待两天。"

"谢谢你，可是……不行！"她和同谋疯笑了一阵。

迈克脸色变得惨白。他完全弄不懂，这个小娘们竟然会舍他而选那个穷鬼？他读了八年书才爬上现在这个带着光环、威风八面的职位，大家称羡不已。那个穷鬼却朝不保夕，顶多只能算是个兼职。他征服了天空，那个穷鬼每月净收入可能都不到七百九十欧元……

为了避免颜面尽失，迈克勉强自己点了一杯东西。那对年轻情侣早就把他晾在一边，继续卿卿我我耳鬓厮磨。咖啡醉人的香味冲上他的脑子。他一口吞下"廊构"咖啡，烫伤了舌头。

算了，我到圣洛伦佐附近找个妓女吧，他垂头丧气地想着，心里却清楚明白弗兰切斯卡的嘲笑很长时间内都将难以抹去。

他从高脚凳上下来，灰溜溜地离开了咖啡馆，完全忘了留在柜台上的仿皮哥特精装书……

菲乌米奇诺机场

失物招领处

五分钟后

"很抱歉，小姐，没有人把您的小说送过来。"弗兰切斯卡对邦妮说。

"您确定吗？"女孩子问，"这本书对我来说很重要，里面还夹着照片和……"

"这样吧，您填一张表格，尽可能详细地描述您丢失的物品，并留下您的航班号，要是有人捡到，我们会立刻通知您。"

"好吧。"邦妮难过极了。

她专心地填好了表格，可是内心深处有一个声音在轻轻地说，她永远也看不到汤姆·博伊德这本奇怪的半截子书了，也永远尝不到考夫曼太太的巧克力舒芙蕾了……

玛丽·居里欧洲医院

巴黎塞纳河堤

19 点 15 分

"科琳娜，多内利小姐的检查结果呢？"让－巴蒂斯特·克卢索打开办公室的门叫道。

我惊讶地看向他办公桌上的内线电话，被他逮个正着。

"我从来搞不懂这劳什子怎么用，按键太多了！"他挠挠头嘟囔道。

很显然，这也是他对最新款黑莓手机的感想，因为它每两分钟就会闪烁和震动一下，他却根本置之不理。

他整整一天都排满了手术，此刻看上去比上午还要不"新鲜"。他脸色委顿，黑眼圈凹陷，胡子拉碴，好像几个小时内就长了半厘米。

巴黎夜幕降临，办公室也陷入一片黑暗。可是克卢索并不着急开灯。他长按了一下遥控器的中间按键，启动了墙上一块巨大的液晶屏，上面用幻灯片显示着比莉的检查报告。

医生边靠近发光屏，边评讲第一份材料："血液分析证实了血小板减少，这就是您贫血的原因。"他一边解释，一边透过古怪的眼镜片看着年轻女人。

他按了一下按键，切换到下一幅图片："至于超声波的结果，显示存在几个心脏黏液瘤。"

"黏液瘤？"比莉很担心。

"是心脏部位的肿瘤。"克卢索简单扼要地回答。

他又靠近屏幕了一些，用遥控器指着图像上的一个细部，那是一个颜色较暗的小球状物体。

"您的第一个肿瘤在右心房。它的形状很典型，由一个胶状物短柄组成。初步判断，应该是良性的……"

他等了几秒钟，切换到下一张图。

"第二个肿瘤就比较让人担心。"他承认，"它比普通肿瘤大很多，大约十厘米，呈纤维状，坚硬多筋，嵌在二尖瓣口，阻碍了富含氧气的血液进入左心室。所以你会呼吸急促、面色苍白，随时会昏厥，因为你的机体缺少血液。"

我也靠近幻灯片。肿瘤看上去就像是用细丝悬挂在心腔上的一串葡萄。我不由得想到传送汁液的树根和纤维，就好像比莉的心里有一棵小树正在抽芽长大。

"我……我是要死了，对吗？"比莉声音颤抖着。

"鉴于黏液瘤的体积庞大，如果我们不尽快切除的话，您的确很有可能受到动脉栓塞的威胁，而这将直接导致猝死。"克卢索坦承道。

他关闭屏幕，重新打开灯，坐回沙发上。

"这是心外科手术，当然会有风险，可是事已至此，袖手旁观才是最大的危险。"

"您什么时候可以为我做手术？"她问道。

医生用洪亮的声音喊出秘书科琳娜的名字，并让她拿来工作日程表。上面已经排得满满当当，密密麻麻的内容都是提前几个月就安排好的手术和治疗。我很担心他把我们介绍给他的同事，可是看在奥萝拉的面子上，他推迟了另一项手术，并决定半个月后为比莉开刀。

说实在话，这家伙深得我心。

发件人： bonnie.delamico@berkeley.edu

标题： 天使三部曲——第二卷

日期：2009 年 9 月 13 日 22 点 57 分

收件人：milo.lombardo@gmail.com

尊敬的先生：

我收到了您发到我手机上的很多条短信，您说您是汤姆·博伊德的经纪人，想买回他的那本书。

这本书不出售，再说了，我在搭乘从旧金山到罗马的飞机上不幸把它弄丢了。直到现在，菲乌米奇诺机场的失物招领处仍未收到该遗失物品。

邦妮·德拉米科

罗马

菲乌米奇诺机场

达·芬奇咖啡馆

从柏林起飞的意飞航空的乘客陆续离机。著名画家、设计师卢卡·巴尔托莱蒂也在其中，他刚刚结束在德国首都的短暂停留。柏林的汉堡车站美术馆举办了一次他的作品回顾展，他用了三天时间接受访问。自己的画作和安迪·沃霍尔、理查德·朗并排挂在墙上，本身就与有荣焉，这是对他一生创作的肯定和褒奖。

卢卡没有把时间浪费在行李传送带前。他讨厌携带鼓鼓囊囊的大包，故而总是轻装上路。飞机上，他几乎没碰飞机餐：橡胶一样的沙拉、玻璃纸包着的令人作呕的鸡蛋面，还有硬得像石膏的梨子派。

取车之前，他去达·芬奇咖啡馆吃了点东西。咖啡馆马上就要关门了，不过老板还是接纳了最后一位顾客。卢卡选了卡布奇诺和配马苏里拉干酪、番茄、火腿的热三明治。他坐在吧台边，想把飞机上没读完的《共和报》看完。他放下报纸，喝了一口咖啡，突然瞥见飞行员不一会儿前落下的夜蓝色精装书。卢卡是"图书漂流"的忠实信徒。他购买过大量书籍,可一本也不留下,都放在了公共场所,好让更多人受惠。一开始,他以为小说是故意留在那里的,可是封面上没有任何标志可以证实他的想法。

卢卡一边吃三明治,一边草草翻了一下。他对大众文学很不感冒,也从来没有听过汤姆·博伊德的名字,可他发现小说没有印完,而且有读者在白页上贴了不少照片,这令他感到一头雾水。

用完餐后,他把新发现夹在胁下离开了咖啡馆。他在地下车库取回了酒红色的旧雪铁龙 DS 敞篷车,这是他在最近一次拍卖会上买下来的。他把书放在副驾驶座上,然后向西南方向驶去。

卢卡住在圣玛利亚广场后面的一幢赭色房子顶层,房子坐落于景色优美、色彩斑斓的特拉斯提弗列街区。这是一套很大的公寓,他把它设计成一个阁楼,并将工作室迁入。他一进屋子,一道强光——他画画时必不可少的元素——就充满了房间。卢卡按了开关,调节了一下亮度。房间简单朴素,好像从未住过人。房间正中有一座巨大的烟囱,四周镶嵌了一圈玻璃。俯仰可见画架、大大小小的油画笔、粉刷墙壁用的滚轮、鞣革刮板、刮刀和十几罐颜料。可是里面既没有婴儿床、书架,也没有沙发、电视。

卢卡审视最后一批画作:都是单色的,以白色为基调,用槽口、条纹、浮雕和刷子印交替着,制造出一种别出心裁的光影效果。有些作品受到追捧,收藏家竞相高价抢购。可是卢卡没有被表象迷惑,他知道他获得的成功和评论界对他的好评并不一定与天赋挂钩。这个时代如此消费至上,被噪音、速度和消费品严重污染,人们买画的时候仿佛获得了一种净化。

画家脱下外套,兴致勃勃地翻开贴有埃塞尔·考夫曼坎坷一生的书。

长久以来,一切幻想都已从他的生命里退场。可是今晚,他却十分渴望吃一口巧克力舒芙蕾……

31 // 罗马之路

你展露你的弱点，
而对方却不利用它使自己变强，
这就是你被爱的证明。

——切萨雷·帕韦泽，意大利诗人

巴黎

9 月 14 日至 24 日

虽然比莉面临着疾病的威胁，可是手术前的两个星期无疑是我们
"这一对"相处最和谐的时光之一。

我的小说进展不错。我又找回了对写作的兴趣，熬夜工作时不由自
主地被激情和创造力推动着。我很用心地为比莉打下了一个平静、幸福
的生活基础。在电脑前，我一页一页地为她创造一个她一直梦想拥有的
人生：平静，远离恶魔、幻灭和伤痕。

我通常工作到凌晨，然后上街，这时在圣日耳曼的人行道上我会遇
到清洁工洒水打扫。接着，我会到比西路上的小咖啡馆里喝一天中的第
一杯咖啡，然后去多菲内街的面包房，那里卖的苹果派金黄金黄的，入

口即化。我回到菲尔斯滕贝格广场上我们的小窝里，煮两杯加牛奶的咖啡，打开广播。比莉打着哈欠加入我，然后我们一起吃早餐，倚靠在朝向小广场的美式厨房的吧台上。她低声哼着一首法语歌，想弄明白歌词。我拭去她嘴角的面包屑，看着她眯起眼睛，抵挡照亮她脸庞的阳光。

我继续工作，而比莉一上午都会静静地看书。她在巴黎圣母院附近找到了一个专售英文书的书店，让我给她列一张不可不读的小说清单。从斯坦贝克、狄更斯到塞林格，她在这两星期里囫囵吞枣地读完了好些深深影响了我青春岁月的小说，还认真做了笔记，向我询问作者的生平，在笔记本上抄下让她印象深刻的句子。

下午，我会睡一小会儿，然后陪她到克里斯蒂娜路上的小电影院里看一些她闻所未闻的经典老片，她很着迷于这个发现之旅：《天堂可以等待》《七年之痒》《街角的商店》……看完电影后，我们就着一杯维也纳咖啡讨论剧情，每次我提到一个她没听过的典故，她就掏出小本子记在上面。我像亨利·希金斯，而她像伊丽莎·杜利特尔[1]。我们都感到无比幸福。

晚上我们就摩拳擦掌，信誓旦旦地要照着公寓的小书橱里挖出来的一本陈年菜谱大显身手。我们多多少少有点天赋，尝试了诸如白汁嫩牛肉、生梨炖乳鸭、柠檬栗子粥，还有我们最得意的作品，蜂蜜百里香腌小羊腿。

这两星期里，我也发现了她性格中的另一面：心思细腻，聪敏好学。特别是我们握手言和以来，我对她的感觉慢慢发生了变化，有点不知如何面对是好。

吃完晚饭，我让她读我白天写的稿子，由此引发长时间的讨论。在小客厅的餐桌上，我们开了一瓶威廉姆斯梨子酒。上面的手工标签已经磨去了一半，依稀可辨的字迹表明这瓶酒由阿尔代什省的一家小作坊

1　以上二人是萧伯纳剧作《卖花女》中的主角。

"遵照老祖宗流传下来的方子蒸馏"而得。第一晚，这瓶烈酒把我们的喉咙也烧疼了，我们还以为是劣质酒，可这并不妨碍我们第二晚再来一杯的兴致。第三天晚上，我们觉得"好像没那么糟"，第四天评价就上升到了"琼浆玉酿"。从那以后，这酒就成了我们仪式中一个不可或缺的部分，在酒精的作用下，我们打开心扉，更能彼此倾诉。比莉向我讲述了她童年和青年时代的阴郁、孤独感如何总是让她陷入绝望，然后莫名地投身于一段又一段惨不忍睹的感情里。她对我说，她很痛苦，因为从来没有遇到过一个男人爱她、尊重她，因为她期待有一个未来在等待着她，她梦想建立一个家。通常，她听着房东落下的三十三转老唱片，还试着翻译白发苍苍的诗人写下的句子，诗人夹着一支烟，唱着"时光容易把人抛，俱往矣"，唱着"激情常被抛脑后，低语总是无人忆：莫迟归，莫着凉"[1]。然后她渐渐进入梦乡。

　　把她抱到房间里去后，我回到客厅，坐到电脑前，开始了一夜的独自作战，有时会激情澎湃，可大多数时候痛苦难挨，因为我知道我为她安排好的幸福未来里，没有我的存在，我是这个世界的创造者，可我甚至都不能在其中出现，而她却在我最痛恨的敌人的怀抱里。

　　比莉闯入我的生活之前，我创造出杰克这个人物当丑角。他身上集中了所有我讨厌或反感的男性特征。杰克是我的反面，是我痛恨且避之唯恐不及的那类人。

　　他年届不惑，仪表堂堂，是两个孩子的父亲，在波士顿一家大保险公司里当副经理。他早早就结了婚，出轨起来潇洒自如，他妻子也睁一只眼闭一只眼。他对自己的魅力很有信心，甜言蜜语，很懂女人的心思，初遇就能轻轻松松让对方卸下防备。他很擅长在话语和态度里掺进一些

―――――――――
1　以上歌词来自法国诗人、音乐家雷欧·费亥的著名歌曲《当时光流逝》(*Avec le Temps*)。

大男子主义，将自己衬托得更加雄武有气概。可他对猎物却温柔多情，这种反差常常使女人不由自主地坠入爱河，沉醉在一种独受他青睐的错觉中。

事实上，自我中心主义的他一旦达到了目的，就马上把控局面。他控制欲极强，总是扮演受害人的角色，让局面对自己有利。每次他疑心病一起，就用冷酷的话语贬低恋人，因为他就是有本事猜中对方的弱点，把她们玩弄于股掌之上。

我就是一时糊涂把我的比莉推到了这种变态自恋的诱惑者的爪子里，这种人征服之后给她留下的创伤终生难以平复。她爱上的就是这样的人，并请求我让她与他共度此生。

于是，轮到我陷入自己挖下的陷阱里，因为就连我也不能彻底改变小说中人物的个性。我虽然是本书的作者，可我并不是造物主。虚构故事也有属于自己的规则，从第一卷开始到现在，这个流氓无赖不能摇身一变，成为白马王子。

每天夜里，我都竭尽所能为他美言，让他一点一滴地改变，让他有点人情味，随着故事的开展，变得不那么令人讨厌。

可对我来说，即使在这么多人为的雕刻之下，杰克还是那个杰克，我在这世上最讨厌的那种人。而阴差阳错之下，我却不得不将已经暗生情愫的女人推向他的怀抱……

加利福尼亚，太平洋帕利塞德

9 月 15 日

9 点 01 分

"警察！开门，隆巴尔多先生！"

米洛睡眼惺忪地揉了揉眼睛，跌跌撞撞地去开门。

　　他和卡萝尔昨天熬夜到很晚，深夜里还在论坛和在线商店里排查丢失的那本书，可是一无所获。每次看到疑似的小说，就发布帖子，并把邮箱开到提醒状态。这个活儿枯燥单调，可他们仍不得不在意大利的图书买卖和文学讨论网站上一一尝试。

　　"警察！开门，不然我们……"

　　米洛微微打开一条缝，面前是一个女警官。她有着棕色头发、绿色眼睛，浓浓的爱尔兰风情，让人想到特蕾莎·里斯本。

　　"先生，您好！我是加利福尼亚州警署的卡伦·卡兰。我们奉命将您驱逐出这幢房子。"

　　米洛走到落地玻璃窗前，看到一辆搬家公司的卡车停在屋前。

　　"这是什么玩意儿？"

　　"别给我们找麻烦，您自己看着办！"警官语带威胁，"几个星期以来，您已经收到过银行发来的好几封债务催告。"

　　两个搬运工已经杵在了门口，就等一声令下，好搬空整个房子。

　　"另外，"警官一边说着，一边递给他一个信封，"这是法院的传票，您涉嫌盗窃扣押财产。"

　　"您指的是……"

　　"……您抵押的布加迪，是的。"

　　她朝两个"搬运工"点了一下头，不到三十分钟，他们就把房间里的家具搬得一件不剩。

　　"这和税务局要找你的麻烦比起来，实在不算什么！"施虐狂卡伦关上车门时对他说。

　　米洛孤身一人站在人行道上，手里提着一件行李。他突然意识到他没有地方可以过夜。他就像一个被打昏的拳击手，晕头转向，不知道该去向何方。三个月前，他解雇了为他工作的两个人，卖掉了市中心的办公室。现在好了：他没了工作、没了家、没了车，一无所有了。太久以来，他都在自欺欺人，对摆在面前的现实视而不见，以为船到桥头自然直，可是这次，现实却对他还以颜色。

清晨的阳光将缠绕着他上臂的文身照得闪闪发光。过去的烙印把他重新带回到他以为已经彻底摆脱的街巷、混战、暴力和苦难之中。

警笛呼啸而来，打断了他的思绪。他不由得想逃，当他转过身去的时候，发现并非来者不善。

是卡萝尔。

她立即明白发生了什么事，但不想让尴尬的气氛持续得太久。她一脸坚定地提起米洛的行李箱，把它塞进巡逻车的后备厢里。

"我家里有张很舒服的沙发床，可我觉得你也不能这么两手空空地白吃白住。客厅里面的墙纸我很早就想撕掉了，还有厨房也要用石灰再粉刷一下，淋浴房的门也要修了。浴室里面有个龙头漏水，水渍也该除掉。说起来，你看，你被赶出来倒是帮了我的忙……"

米洛微微点了下头，打心底里感谢她。

他可能没了工作，没了房子，没了车。

可他还有卡萝尔。

他已经一无所有。

除了最珍贵的。

罗马

特拉斯提弗列街区

9 月 23 日

画家卢卡·巴尔托莱蒂走进偏僻小路上的一家家庭饭店。这家店里家具摆设古朴，提供原汁原味的罗马菜。这里提供意大利面，桌子上铺的是格子桌布，佐以大瓶葡萄酒。

"乔瓦尼！"他叫道。

餐馆里空无一人。现在才早上 10 点，一股热面包的浓香已经弥散在空气中了。他父母开这家餐馆已经有四十多年，不过如今，轮到他哥哥接手管理。

"乔瓦尼！"

一个身影出现在了门框里。可并不是他哥哥。

"你干吗这么大喊大叫的？"

"你好，妈妈。"

"你好。"

他们没有互吻脸颊，也没有拥抱。没有任何温暖的问候。

"我来找乔瓦尼。"

"你哥哥不在。他去马尔切洛家买洋葱鳀鱼塔了。"

"好，我等他。"

每次只剩他们俩的时候，寂静就笼罩下来，满载着责备和苦涩。他们很少对视，也很少讲话。卢卡一直住在纽约，离婚后回到意大利，先在米兰住了一阵，然后才在罗马购置了房产。

为了驱散尴尬，他走到吧台后面，自己做了一杯浓缩咖啡。卢卡不是"居家型"的男人。他经常以工作为借口逃避洗礼、婚礼、圣餐仪式和没完没了的星期日家庭聚餐。可是，他用自己的方式深深爱着亲人们，只是苦于不知如何表达。他妈妈从来都看不懂他的画，更加搞不懂他是怎么功成名就的。她无法明白怎么会有人花几万欧元买抽象艺术的单色画。卢卡想，她大概觉得这是一种诈骗吧：一个颇有天赋的骗子，用歪门邪道来换取舒适的生活。这种误解让他们的关系布满地雷。

"你有你女儿的消息吗？"她问道。

"桑德拉在纽约，刚刚开学。"

"你从来没有去看过她？"

"我不能经常看到她，"他承认，"我说过的，她妈妈在照顾她。"

"那你去看她的时候，情况变得很糟糕了，对吗？"

"好了，我来这里不是想听这些无聊的事！"卢卡抗议，起身要离去。

"等等！"她喊道。

他在门口一顿。

"你看上去有什么烦恼。"

"这是我的事。"

"你要问你哥哥什么事？"

"问问他有没有保留一些照片。"

"照片？你从来都不拍照。你老是说不喜欢被回忆缠住。"

"谢谢你帮忙，妈妈。"

"你找谁的照片？"

卢卡踢了门框一脚。"我待会再来找乔瓦尼。"他打开门。

老妇人走近他，拉住他的袖子。

"卢卡，你的人生变得和你的画一样：单色、干枯、空虚。"

"那是你的看法。"

"你知道这就是事实！"她悲伤地说。

"再见，妈妈。"他关上了身后的门。

老妇人耸了耸肩，回到厨房。那张木格子工作台上放着《共和报》，上面关于卢卡的报道赫然在目。她继续读完文章，然后剪下来，收进大文件夹里——这么多年来她收集了关于她儿子的所有文字。

卢卡回到公寓。他用画笔作柴禾，点燃了中央大壁炉，他的工作室就是围绕着这个壁炉布置的。火渐渐大起来，他抱起所有的画，最新完成的和还在创作中的，有条不紊地洒上酒精，然后投入火焰中。

卢卡，你的人生变得和你的画一样：单色、干枯、空虚。艺术家被自己熊熊燃烧的画作催眠了，看着心血付之一炬，他感到一种解脱。

有人按门铃。卢卡倚窗向外望去，瞥见妈妈佝偻的身影。可他下楼去打开门的时候，她已经不见了，只在信箱里发现了一个大信封。

他皱着眉头，没有多等就拆开了信封。里面装的正是他想向哥哥要的照片和文件！

她是怎么猜到的？

他上楼回到工作室，在工作台上铺开从前的回忆。

1980 年夏：他十八岁，认识了他的初恋斯泰拉，韦内雷港一户渔民的女儿。他们沿着港口散步，背后是一排排面朝大海的窄窄的彩色小房子。还有那些在海湾里沐浴的午后。

同年圣诞：斯泰拉和他漫步在罗马街头。与夏日一样轻巧惬意的假期。

1981 年春：锡耶纳一家旅馆的收据，他们的初夜。

1982 年：他那年写下的所有的信。承诺、计划、激情，生活的旋涡。

1983 年：斯泰拉送给他的生日礼物——她在撒丁岛买的罗盘，上面刻着"但愿生活总会把你带回我身边"。

1984 年：第一次去美国。斯泰拉在金门大桥上骑着自行车的样子。掩罩在浓雾中的开往旧金山恶魔岛的渡轮。罗莉之家的汉堡包和奶昔。

1985 年……大笑、伸向对方的双手……被一块钻石盾牌守护着的恋人……1986 年……他卖出了第一幅画……1987 年……是生个孩子还是再等等……最初的怀疑……1988 年……罗盘失去了方向……

一滴泪水静静地滑过卢卡的脸颊。

浑蛋，你总不见得要哭鼻子吧。

他二十八岁的时候离开了斯泰拉。那段时间糟糕极了，一切都失去了方向。他再也不知道应该赋予他的作品什么意义，他们的关系成了替罪羔羊。一天早上，他起床后烧了所有的画，就像今天一样。然后像一个小偷一样溜走了。他没有做出任何解释，干净利索，只想着自己和自己的画。他在曼哈顿找到了避风港，他改变了风格，把具象艺术搁在一边，将自己的绘画推向了极致，最后他只用白色这一种颜色作画。他在那里娶了一个女画廊主，她头脑灵活，很擅长推销他的作品，于是帮他打开了成功的大门。他们生了一个女儿，几年后离了婚，不过还在一起合作。

他再也没有见过斯泰拉。他从哥哥那里得知她回到了韦内雷港。他把她从自己的人生中抹去了。他否认了她的存在。

可今天他为什么又想起这段陈年往事？

也许因为它还没有结束。

罗马

巴宾顿茶室

两小时后

茶室位于西班牙广场，就在圣三一教堂长阶梯的脚下。

卢卡坐在茶室最里面的一张小桌子边，这是他和斯泰拉一起来时习惯坐的位子。这个建筑在罗马的同类休憩场所中是最古老的了。它由两个英国女人于一百二十年前开办，而那时候人们只有在药房才能买到茶叶。

19世纪以来就没有变过的装潢使这地方成了罗马城中心的一处英国飞地，地中海风情和英式下午茶的奇妙混搭赋予了它独特的魅力。墙壁上铺着护墙板，一排排深色的木头架子上摆着几十本书和一套古董茶具。

卢卡打开了汤姆·博伊德的书，翻到了考夫曼太太手工拼贴的书页。

那缓缓上演的回忆、纷至沓来的生命片段打动了他，就好像这是一本可以实现愿望和重现往昔的魔法书。卢卡也把自己的照片贴在了后面的白页上，并穿插了不少插画和记号。在最后一张老照片上，他和斯泰拉一起坐在一辆电动车上。那是 1981 年的"罗马假日"。他们那时十九岁。当时，她写了这句话送给他：永远不要停止爱我……

他盯着照片看了好几分钟。他年届五十，生活安逸自得，足迹遍布世界，充分发挥了艺术才能，享受了成功的滋味。可是仔细想想，这一切却不如人生初始时的魔力来得激动人心，那时的生活充满了希望和从容。

卢卡合上了书，在封面上贴了一张红色标签，写了几个字。他用手机连接上了图书漂流网站，编辑了一条简短的帖子。然后，他趁着没人注意，悄悄把这本书塞进了书架上济慈和雪莱的诗集中间。

卢卡出了茶室，来到广场上，取回停在出租车长龙旁边的摩托车。他借助一根松紧杆，把旅行袋绑在了行李架上，然后跨上了杜卡迪摩托车。他沿着博尔盖塞公园前行，绕过人民广场，穿过台伯河，沿着河堤回到了特拉斯提弗列街区。他没有刹车，只是在家庭旅馆前放慢了速度，揭开头盔檐。他妈妈好像和他心有灵犀一般，走到了人行道上。她看着儿子，期待着爱的语言有时候可以用眼神来表达。

然后卢卡又加速，驶上了出城的路。他前往韦内雷港的方向，对自己说，也许一切还不算太晚……

洛杉矶

9 月 24 日，星期五

早上 7 点

米洛穿着 T 恤和背带裤，跨坐在一个踏步梯上，手里拿着一个滚筒，正在将石灰粉刷上厨房的墙壁。

卡萝尔打开自己房间的门。

"已经开工了？"她打着哈欠问。

"嗯，我睡不着了。"

她看了一眼石灰水。

"你不会偷工减料吧？"

"开什么玩笑！都三天了，每天都累死累活的！"

"好吧，的确干得不错。"她承认，"你能不能帮我倒一杯卡布奇诺啊？"

米洛马上照办了，卡萝尔在客厅的小圆桌旁坐下。她吃着一碗燕麦片，然后打开笔记本电脑查邮件。

她的邮箱已经爆满。米洛之前给了她汤姆的读者"粉丝团"的完整名单，他们三年来都是通过作家的网站发送信息。她就是靠着向书迷群发邮件，才得以通知世界各地的数以万计的读者。她开门见山地告诉他们，自己正在寻找"天使三部曲"第二卷里"未印完"的一本。于是，每天早上，她的邮箱里就塞满了鼓励打气的来信。可她现在看到的这封邮件却不仅是鼓励那么简单。

"快来看！"她叫道。

米洛把香气袅袅的咖啡递给她，从她背后阅读邮件。一个网友声称在图书漂流网站上看到了这本著名的"珍本"。卡萝尔点击了链接，来到一个意大利社团的网页上。这个社团为了激发人们的阅读兴趣，鼓励成员将自己读完的书遗留在公共场合，让其他人也受益。"图书漂流"的规则很简单：想要"放生"某本图书的人给这本书贴上一个编号，然后在漂流前上网页登记一下即可。

卡萝尔在搜索区点击了"汤姆·博伊德"，出现了一个可能流失在外的书籍的单子。

"就是这本！"米洛指着其中一张照片叫道。

他把脸都要贴在屏幕上了，可是卡萝尔推开他道："让我看看！"

毫无疑问就是这本书了：夜蓝色仿皮封面，上面点缀着金色的星星，还有哥特字母写就的小说书名。

卡萝尔又点击了一下，看到这本书昨天被遗留在了罗马西班牙广场23 号的巴宾顿茶室里。她又打开另一个链接，看到了昵称为 luca66 的漂流人给出的完整信息。图书漂流的具体位置——茶室最深处的一个书架，还有漂流的准确时间——当地时间 13 点 56 分。

"我们要去罗马！"她决定了。

"别着急！"米洛拦住她。

"为什么？"她一下子跳起来，"汤姆就指望我们了。你昨晚和他通了电话。他又开始写作了，可是比莉还是有生命危险。"

米洛脸色愁苦："我们去的话就太晚了。书已经落在那里好几个小时了。"

"是的，可那家伙没把书落在椅子上！他藏在了书架上其他书中间。很有可能几个星期过去了也没人发现！"

她看着米洛，明白他经历了一个接一个的失望，已经失去了信心。

"随便你，反正我要去。"

她连上了一家航空公司的网站。11 点 40 分有一班飞机飞往罗马。她填着行程单，被问到旅客的人数。

"两位。"米洛低着头说。

罗马

西班牙广场

翌日

在广场中央壮观的巴卡奇亚喷泉旁，一队韩国游客正认真听着导游的解说：

"很久以来，西班牙广场都被认为是西班牙的领土。马耳他骑士团国际总部也曾常驻此地，享有……"

十七岁的伊瑟尔·帕克双眼盯着喷泉，仿佛被绿松石色的清澈泉水催眠了。池底静静地躺着游客们投下的硬币。伊瑟尔很讨厌被当成"亚洲团队游客"，她有时会被人这么嘲笑。这是一种过时的旅行方式：一天参观一个欧洲首都，排队好几个小时等待拍摄一模一样的照片，她在这样的"仪式"中感到很不自在。

她耳朵嗡嗡作响，头晕眼花，浑身颤抖。她在人群中呼吸困难，像根孤苦无依的小树枝，她钻出了人群，躲到了路边的一家小茶馆里：西班牙广场 23 号巴宾顿茶室……

罗马

菲乌米奇诺机场

"行了，他们到底开不开门，他妈的！"米洛大叫。

他站在机舱中间的过道上，急得直跺脚。

旅途中他们吃够了苦。从洛杉矶起飞后，他们先在旧金山中转，然后在法兰克福继续转机，最后才降落到了意大利的大地上。他看了看表：12 点 30 分。

"我敢肯定我们永远找不到那本书！"他抱怨着，"我们这么大老远赶来，最后竹篮打水一场空，还有，我饿疯了，你看看他们都给我们吃了些什么。机票可不便宜啊，他们这是操……"

"别再叨叨了！"卡萝尔恳求道，"我受够了你对着鸡毛蒜皮的一点小事抱怨个没完，你真是烦人透顶！"

人群里响起一片窸窸窣窣的赞同声。

　　最后，机舱门打开了，旅客们一一下机。米洛紧跟在卡萝尔身后，两人逆着自动扶梯的方向冲下去，一直撞到了出租车排队处。很不幸，队伍长得令人咋舌，出租车却不温不火地周转着。

　　"我早说过了。"

　　她都懒得理他，取出了她的警官证，走到队伍前面，威严地把证件出示给一个安排出租车的工作人员。

　　"美国警察！我们需要一辆车，就现在。这事儿生死攸关！"她模仿着哈里探长的口气说道。

　　太可笑了。怎么可能会有用！米洛摇摇头想。

　　可是他错了。这家伙耸耸肩，一个问题也没多问，十秒钟内，他们就上了一辆出租车。

　　"西班牙广场。"卡萝尔对司机说，"巴宾顿茶室。"

　　"您请快点开！"米洛补了一句。

罗马

巴宾顿茶室

　　伊瑟尔·帕克坐在茶室最里面的一张小桌子旁。年轻的韩国女孩刚喝了一大杯茶，细细品味一块抹了攒奶油的松饼。她很喜欢这座城市，可她更想自由自在地在小街巷里闲逛，沉浸在另一种文化里。她更愿意坐在阳光充沛的露天咖啡馆，和当地人聊聊天，而不必时时刻刻注意手表，也不用迫于团队其他游客的压力每十秒钟按一下快门。

　　此时，她的眼睛并没有盯着手表，而是盯着手机屏幕。还是没有金波的短信。现在是意大利时间 13 点，那么纽约应该是早上 7 点。也许他还没有睡醒。是的，可是分别五天以来，他没有打过一次电话，也没有回复过她发出的十几封邮件和短信。这怎么可能？金波是电影系的学生，而伊瑟尔在这所著名学府参加夏令营，他们刚刚在纽约大学度过了如梦如幻的一个月。她在美国男朋友的怀抱里体会到了爱情的滋味，这段时光美妙无比。上个星期二他送她去机场与旅行团会合，他们说好了每天打电话，继续远距离的恋爱，也许圣诞节就可以再见面了。可是自从许下这个美好的誓言后，金波就消失得无影无踪了，她感到疼痛撕心裂肺。

她在桌子上放了十欧元结账。这个地方的木头摆设和层层叠叠的书架的确很有韵味，恍惚间让她以为自己置身于一家图书馆。她起身，忍不住在书架上翻看起来。她在大学里学的是英国文学，这里汇集了她钟爱的作家：简·奥斯汀、雪莱、约翰·济慈……

她发现了一本夹在其中的书，皱起了眉头。汤姆·博伊德？他可绝对不是 19 世纪的诗人！她从书架上取下这本书，发现封面上的一个红色便签。她好奇心起，静悄悄地回到位子上，仔细地翻看这本书。

便签上写着一条奇怪的说明：

你好！我迷路了！我是免费的！我和其他书不一样。我天生注定流浪，注定环游世界。带我走吧，读我吧，然后也像其他人一样让我继续漂流。

嗯……伊泽尔将信将疑。她取下便签，浏览了一下小说，发现了其他人贴上去的讲述自己故事的奇怪内容和大量白页。她被触动了。她感到这本书好像有种魔力。便签上说它是免费的，可她还是犹豫着不敢放进背包里。

罗马
巴宾顿茶室
五分钟后

"在那儿！"米洛指着茶室最里面的那排书架。

顾客和服务员都吓了一跳，打量着这头迷失在瓷器店里的笨拙大象。他冲到书架前，迅速地扫过每一层，动作急躁，一只有百年历史的茶壶在空中翻了一个跟头，还好在千钧一发之际被卡萝尔接住了。

"在济慈和雪莱的书中间。"她向他指明具体方位。

有了，他们终于看到曙光了！简·奥斯汀、济慈、雪莱，可是……没有汤姆的书。

"去死吧！"他向木制的护墙板挥了一拳以泄愤。

卡萝尔在另一个书架上继续找着，茶室的负责人却扬言要叫警察。米洛冷静下来，并赔礼道歉。他一边说着，一边看到一张空桌子，上面还留着一口松饼和一小罐搅奶油。他灵光一现，走近椅子，看到一张红色的便利贴粘在上过釉的木板上。他迅速浏览了内容，长叹一声。

"就差了五分钟……"他冲着卡萝尔挥了挥小小的红色便签。

32 // 以恶制恶

我想让你明白什么才是真正的勇气。

真正的勇气并不是想象着对方手里拿着一管步枪，

而是知道结果必败却仍然勇往直前。

——哈珀·李，美国作家

布列塔尼

菲尼斯泰尔

9 月 25 日，星期六

沐浴在阳光中的露天餐馆俯视着欧迪耶讷湾。布列塔尼的海岸比起墨西哥湾来毫不逊色，虽然这里的天气稍冷一些。

"呃……冻得浑身发抖！"比莉打着哆嗦，拉上轻便风衣的拉链。

她下星期一动手术，我们决定周末喘一口气，离开巴黎散散心。不管未来怎么样，我用剩下来的钱租了一辆车，在普洛戈夫旁边租了一幢房子，面朝伊尔德桑。

服务员庄重地把我们点的海鲜拼盘放到了桌子正中。

"你什么也不吃？"她很吃惊。

　　我怀疑地看看琳琅满目的牡蛎、海胆、龙虾和蛤蜊，幻想着面前有一只培根汉堡。

　　我还是勉为其难地剥了一只龙虾。

　　"真像个孩子。"她开玩笑。

　　她递给我一只刚刚滴上了柠檬汁的牡蛎。

　　"尝尝看，人间美味。"

　　我将信将疑地打量着它黏糊糊的样子。

　　"想想我们在墨西哥吃的杧果。"她坚持道。

　　学会描写现实世界的滋味……

　　我闭上眼睛，吞下软体动物结实的肉。它味道很重，咸咸的，有海水的味道。海藻和榛子的香气在嘴里弥漫开来。

　　比莉大笑着朝我使使眼色。

　　海风吹起了她白色的头发。

　　我们身后可以瞥见捕龙虾船和彩色小艇上的人不时放下铁丝笼，捕捞贝类和虾蟹。

　　别去想明天，也别去想没有了她的以后。

　　活在当下。

　　沿着港口蜿蜒的小巷子漫步，沿着特雷卡代海滩一路走下去。开车在特雷帕斯湾拉兹岬角兜风，比莉一如既往吵着要开车。可我们俩一想到加利福尼亚的那个警官拦截超速的我们就笑不可抑，不由得意识到我们已经积攒了很多共同的回忆。总是不由自主地渴望谈论未来，却又立即压下了这个念头。

　　然后突如其来的阵雨让正在攀爬岩石的我们措手不及。

　　"这里和苏格兰一样，雨水也是风景的一部分。"听到我开始抱怨，她安慰我说，"你能想象大太阳天游览苏格兰高地和洛蒙德湖吗？"

罗马

纳沃那广场

19 点

"尝尝看，味道太正宗了！"卡萝尔用勺子挖了一块甜点伸到米洛面前：店家自制的鲜奶油松露冰激凌。

米洛淘气地眨眨眼，尝了尝这款巧克力味的冷饮。质地细密，很接近松露，和最里面的樱桃搭配得天衣无缝。

他们坐在纳沃那广场一家餐馆的露天座上，这个景点是每个来永恒之城的人必到之地。这个著名的广场四周有很多露天座和冰激凌摊，是拍照留影、模仿秀和非法商贩出没的绝佳地点。

夜幕缓缓降临，一个女服务员点燃了桌子正中的蜡烛。气候很宜人。米洛柔情款款地看着卡萝尔。虽然又丢了汤姆那本书的线索令人失望，他们俩还是很有默契地花了一个下午游览了这座城市。好几次，他差点就向她表白了多年来一直深埋在心底的感情。可是他毕竟害怕话一出口连朋友也做不成，所以打消了所有的念头。他感到自己很脆弱，害怕受伤害。他多么希望她可以对他刮目相看，多么希望告诉她如果他感到自己被爱了，一定会改头换面。

他们旁边有一对澳大利亚夫妇，正在和五岁的小女儿一同用晚餐，小姑娘和卡萝尔玩得很起劲，两人挤眉弄眼的，还不时爆发出大笑。

"这个小丫头太讨人喜欢了，你说是吧？"

"是啊，可爱极了。"

"家教也很好！"

"那你呢，你想要孩子吗？"他有点唐突地问道。

她马上改变态度，严阵以待："为什么问这个问题？"

"呃……因为你会是一个出色的母亲。"

"你怎么知道？"她咄咄逼人。

"这感觉得出来的。"

"别说傻话了。"

她的粗鲁回答伤了他的心，也让他不明就里。

"你为什么反应这么大？"

"我知道你那一套，我敢肯定，你一向用这些招数来哄骗小妞，讨她们欢心。因为你觉得这就是她们想听的。"

"完全不是！你这么说不公平！我对你做了什么，你要这样苛刻地对待我？"他激动起来，打翻了一杯水。

"你不了解我，米洛！你对我的私生活一无所知。"

"那好，告诉我啊，老天爷！到底是什么秘密让你这么心神不宁？"

她若有所思地打量着他，想要相信他是真诚的。也许她这次发火有点不分青红皂白。

米洛扶起杯子，用餐巾纸擦拭着。他后悔刚才失态大吼了，不过他再也无法忍受卡萝尔对他忽冷忽热的态度。

"为什么我一提到这个话题，你就变得不可理喻、暴跳如雷？"他发问的时候，语气平静了下来。

"因为我曾经怀过孕。"她别过头去承认道。

真相就这么自然而然地揭晓了。就好像一只蜜蜂从被困了好多年的广口瓶中意外脱逃一样。

米洛愣在当场，吃惊得目瞪口呆。他只看到卡萝尔的眼睛如同夜色中伤心的星星般闪烁。

年轻女人拿出自己的机票，放在桌子上。

"你想知道吗？那好。我可以向你坦白。我告诉你我的秘密，可是此后，我希望你一句话也不要讲，不能有任何评论。我要和你讲的事情没人知道，等我讲完了，我就站起来，打车去机场。今天21点30分有最后一班飞机去伦敦，然后明天早上6点伦敦有一班飞机飞洛杉矶。"

"你确定……"

"确定。我告诉你，然后我就走人。然后你至少等上一个星期再打我电话，或者回到我家住。你要答应这个条件，我才会说。"

"好。"他退让，"就按你说的来。"

卡萝尔环视周围，广场中央的四河喷泉紧紧围着方尖碑，壮观威武，喷泉上的雕塑朝她射来严厉而带有威胁的目光。

"他第一次那样做的时候，"她开始讲，"是我生日的晚上。我那年十一岁。"

布列塔尼

普洛戈夫，赫兹海岬

"你不会想告诉我你还会生壁炉的火吧？"比莉打趣道。

"我当然会！"我恼怒地回答。

"很好，来吧，男子汉一点，我正用那种听话女人的崇拜眼神看着你呢！"

"要是你以为这样会让我有压力的话……"

菲尼斯泰尔遭遇风暴袭击，百叶窗被狂风吹得颤抖，倾盆大雨兜头浇下。从我们的房间望出去一片汪洋，冷得像北极一样，比莉却喜出望外。显然，用法文写的招租启事里"乡间情趣"等同于"没有取暖设备"和"与世隔绝"。

我擦亮一根火柴，试着点燃放在柴火下面的枯叶。小火苗很快燃烧了起来……然后以迅雷不及掩耳之势熄灭了。

"这可不太有说服力啊。"比莉藏不住笑，评论道。

她全身裹在浴袍里，头发上包着一块毛巾，跳着小步来到壁炉前。

"麻烦给我点报纸。"

我在餐桌的抽屉里翻了一会儿，找到了 1998 年 7 月 13 日的一期《队报》过刊，前一天法国赢得了世界杯冠军。头条的标题上大大地印着"直到永远"，配着齐达内扑到队友尤里·德约卡夫怀里的照片。

比莉把报纸一张一张折起来，然后揉成蓬松的球状。

"要让报纸呼吸。"她解释道，"是我爸爸教我的。"

然后她从小木柴里面精心挑选了大量干燥的木枝，铺在了报纸团上面，接着把稍大的柴火在四周围成圆锥形的帐篷状。

"你现在可以点火了。"她不无自豪地说。

果然如她所言，两分钟后，壁炉里燃起了熊熊的火光。

风怒吼着，让窗户直打战，我真害怕玻璃会被撞碎。这时，百叶窗也咔咔作响，突如其来的断电让整个房间陷入一片黑暗。

我在配电箱里一阵乱按，希望能快点修好。

"没什么的。"我装得若无其事，"可能就是断路器或者保险丝……"

"可能吧，"她嘲笑道，"可是，你现在打开的是水表。电表呢，在大门口……"

算你厉害，我微笑着迎接她的回答。我正要穿过房间，她抓住我的手……

"等等！"

她解开包住头发的毛巾和浴袍的腰带，浴袍滑落到地上。

然后我把她拥入怀中，我们两在墙上微微变形的影子紧紧地拥抱着。

罗马

纳沃那广场

19 点 20 分

卡萝尔用虚弱的声音，向米洛坦承了自己在破碎童年经历的苦难。她告诉了他那些年里继父半夜爬到她床上来的噩梦。她在那些年里失去了一切：笑容、梦想、童贞和活着的乐趣。她向他讲述了在那些夜晚，这头凶猛的禽兽泄欲之后总是重复说："不准告诉妈妈，嗯？不准告诉妈妈。"

就好像她妈妈从来都不知道一样！

她坦白了心里的罪恶感、保持沉默的压力和每晚放学回家时都恨不得撞车自杀的念头。还有十四岁时的堕胎经历，这让她生不如死、身心俱裂，在她腹部留下了一个永远难以愈合的伤疤。

她还提到了汤姆，他帮助她紧紧抓住生命的绳索，每天坚持不懈为她描绘"天使三部曲"的魔法世界。

最后，她试着让他明白她为什么不信任男人：她已经失去了对生活的信心，再也没能找回来，还有直到今天仍会意外地涌上心头的恶心感，即便她已经远离了那个梦魇。

卡萝尔停了一会儿，却没有起身。

米洛遵守了承诺，没有开口讲话。可是，有一个问题还是溜了出来。

"什么时候结束的？"

卡萝尔犹豫着要不要回答。她转过头目送着澳大利亚小女孩和父母一同离去。她喝了一口水，套上搭在肩头的羊毛衫。

"这是事实的另外一面，米洛。我不确定它属不属于我。"

"那……属于谁？"

"属于汤姆。"

布列塔尼

普洛戈夫，赫兹海岬

火焰渐渐失去了威力，房间笼罩在摇曳的光影中。我们缠绕着彼此，在床单下绞成一股，紧紧拥抱着，如同回到初恋。

一小时后，我起身翻动快要燃尽的柴火，又往壁炉里添了一些。

我们饿极了，可是食品柜和冰箱里都空空如也。我在餐具橱里找到一瓶苹果酒，诡异的是，它是"魁北克出产"的。这是一种冰苹果酒，用隆冬时节从树上采摘的冻苹果为原料酿造而成。我打开瓶盖，从窗户看出去：暴风雨继续肆虐，能见度不足十米。

比莉裹着床单，手里拿着两只粗陶碗站到我身边。

"我想要听你说一些事。"她亲吻着我的脖子，说道。

她抓过我披在椅背上的外套，取出我的钱包。

"可以吗？"

我点点头。她打开纸钞袋后面半开的暗层，翻转过来，一颗金属弹头掉了出来。

"你杀了谁？"她指着弹丸问我。

洛杉矶

麦克阿瑟公园街区

1992 年 4 月 29 日

我十七岁。我正在中学图书馆埋头复习考试，这时一个学生进来喊道："他们被无罪释放了！"图书馆里的所有人马上明白了她说的是罗德尼·金事件。

一年前，这个二十六岁的黑人青年因为超速行驶被洛杉矶警察局质询。他当时醉醺醺的，拒绝配合警方，警察们就用电棒制伏他。他奋力反抗，他们就毒打他，丝毫没有料到阳台上有一名摄影爱好者拍下了整个过程，这位目击者翌日就把带子寄到了第五频道。很快，视频片段被世界各地的电视台剪辑采用，引起了强烈争议，怒火、羞耻和义愤一股脑儿迸发了。

"他们被无罪释放了!"

窸窸窣窣的谈话声瞬间静止,咒骂声在各个角落响起。愤怒和恨意渐渐如潮水般向我涌来。我马上明白了事态会恶化,最好还是赶快回家。一路上,审判结果像病毒一样迅速传开,空气中弥漫着紧张、愤怒的味道。当然了,这不是警察第一次犯错,也不是司法程序第一次偏袒他们,可是,这一次铁证如山,一切都不一样了。整个世界都眼睁睁地看着四个警察对这个可怜的小伙子拳打脚踢:他们对这个手戴镣铐的人打了五十多棍,踢了十几脚。这次令人难解的无罪释放成了压垮骆驼的最后一根稻草。里根和布什执政的年代里,底层人民过着悲惨的生活,大家都受够了。失业和苦难已经够多的了,毒品也肆虐成灾,而改革后的教育体系又加剧了不平等。

我回到家后,一边吃麦片,一边打开了电视。很多地方都爆发了骚乱,我最初看到的一些画面在今后三天里还会不断重演:趁火打劫,焚毁车辆,与警方武力对峙。佛罗伦萨路和诺曼底路交界处的房子着火了,有人受伤,有些家伙从商店里偷走了好几箱食物。其他人推着手推车或运货拖车对着家具、沙发或家用电器不问自取。政府徒劳地想平息骚乱,但我估计他们不会如愿。事实上,这倒正合我意……

我把藏在收音机里的积蓄全都取出来,抓起滑板直奔马库斯·布林克家。

马库斯是我们街区的小流氓,是一个"好好先生"——他不参加任何帮派,只从事贩卖弹药、交易大麻和销赃武器的生意。我小学时和他同班,他因为我帮他妈妈填过两三次社会救助申请表格而对我青眼有加。在这个街区里,一切都在蠢蠢欲动。大家都猜测各个帮派会利用现在的混乱局面找其他帮派还有警察好好算账。马库斯收了我两百块,给我找了一把"格洛克22"型手枪。在那个堕落的时代里,城里流通着几十把这样的枪，大把道德败坏的警察声称自己遗失了配枪，其实是私下里卖给了马库斯。我多给了二十块，他交给我一包十五发子弹。我带着武器回到家里，感到口袋里那把手枪冰冷沉重的金属质感。

那晚我再也睡不着了。我想到了卡萝尔。我只关心一件事：彻底结束她不得不忍受的酷刑。小说可以做到许多事，可并非万能。我讲给她的故事可以让她在虚拟的世界里躲避几小时，她只能暂时借此逃开刽子手对她身心的摧残。可这远远不够，活在虚构作品里不是长远之计，这和用吸毒或酗酒来遗忘痛苦一样不可取。

可它终究是无能为力：在某一时刻，现实生活总会压倒想象，重占上风。

第二天，暴力继续升级，局面完全失控了。电视频道租用的直升机每时每刻在城市上空盘旋，直播洛杉矶被围困的新闻画面：劫掠、棍棒交加、着火的房子、警察和动乱分子之间的交火。这些报道都清楚地显示出警察组织混乱、办事不力，对于趁火打劫完全无计可施。

已经有数人死亡，市长迫于压力，向媒体宣布现在是紧急时刻，他会召集国防部队，从黄昏到黎明进行宵禁。可这显然是个坏主意：在城里，大家以为"狂欢"接近尾声了，于是变本加厉地偷抢拐骗。

在我们的街区里，亚洲人开的店几乎被洗劫一空。那时候，黑人和韩国人之间的紧张关系到达了巅峰，骚乱第二天，大部分韩国人的小店、小超市和卖酒的铺子被砸毁、抢空，而警察对此根本无暇顾及。

快要 12 点了。一个小时以来，我站在滑板上，躲在卡萝尔继父开的杂货铺前。他不顾风险，早上还是开了店，怀着侥幸心理，祈祷不会遇上洗劫这种事。可现在，他也有些惴惴不安，我猜想他正要关上卷帘门。

此时，我决定从暗处走出来。

"要帮忙吗，阿尔瓦雷斯先生？"

他对我毫无防备。他认识我，而且我的脸看上去就给人安全感。

"好的，汤姆！帮我把木牌搬到里面去。"

我在一个胳膊下夹着一块木牌，跟着他进了商店。

这是个经营惨淡的杂货店，在这里同样的店有几十家，它们主要经营日用品，很快会因竞争不过街角的沃尔玛超市而不得不关门大吉。

克鲁兹·阿尔瓦雷斯是拉美人，中等个子，胖墩墩的，脸又宽又方，是电影里演夜总会老板或淫媒那种第三流角色的长相。

"我早就说过，总有一天这群狗娘养的……"他说着话转过身来，看到一把"格洛克22"正指着自己。

杂货店没有其他人。也没有监视探头。我只要按下扳机就行了。可我哪怕一句"去死吧，老杂种"也不想对他说。我不是来主持正义、报仇雪恨的，也不是来听他解释的。我的举动里没有任何荣耀、任何英雄主义或任何勇气。我只是希望结束卡萝尔的痛苦，这是我能找到的唯一解决方法。几个月前，我没有和她商量，就偷偷去社会家庭援助中心匿名举报了，可是没有结果。后来我寄了一封信给警察，同样石沉大海。我不知道善在哪一边，也不知道恶在哪一边。我不信上帝，也不信命运。我只相信我的位置在这里，在这把手枪后面，还有我相信我必须按下扳机。

"汤姆！你到底在做……"

我走近他，以便更好地瞄准。我不想失手，我只想用一颗子弹。

我开火了。

他的头爆炸了，血喷溅到我的衣服上。

我一个人在店里。我一个人在世界上。我站也站不住了。我的手臂挂在身躯两旁不停颤抖。

快跑！

我捡起弹壳，和枪一起收进口袋里。随后我跑回了家。我冲了个澡，烧了衣服，仔仔细细地擦干净了枪，扔到了一个垃圾桶里。弹壳呢，我决定自己留着，以免有无辜者做了我的替罪羔羊，可是真的到了那时候我会有勇气自首吗？

我也许永远也没有机会知道了。

布列塔尼

普洛戈夫，赫兹海岬

"我没有告诉过任何人那天上午的事。我一个人过来的，就是这样。"

"然后发生什么事？"比莉问。

我们重新睡回到沙发上。她蜷缩在我身后，用手环抱我的胸膛，我则搂着她的腰，好像抓着一只船桨。

倾诉让我卸下一个重负。我感觉得到她能理解我，不会评判我对错与否。我要的就是这样。

"晚上，老布什在电视里发表讲话，说他不能容忍这种无政府状态持续下去。第二天，四千名国防军士兵在城里巡逻，后来又来了好几个海军派遣队。第四天开始又恢复了平静，市长取消了宵禁。"

"那么调查呢？"

"动乱导致五十多人死亡，数千人受伤。接下来的几个星期里，几千人被逮捕，多多少少是符合法律程序的，不过也多多少少是武断的，可是没人被指控谋杀克鲁兹·阿尔瓦雷斯。"

比莉用一只手盖在我的眼皮上，在我脖子上印上一个吻。

"现在该睡觉了。"

罗马

纳沃那广场

"再见，米洛，谢谢你听我讲话，没有打断我。"卡萝尔站起来。

他还在震惊中没有恢复过来，也跟着她站起来，温柔地抓住她的手。

"等等……既然汤姆从来没有和你说起过这件事，你怎么敢肯定就是他干的？"

"我是警察，米洛。两年前，我被授权查阅洛杉矶警署的一些档案，我申请翻阅有关我继父的档案。没什么要紧的记录：在命案发生地周围询问的一些邻居的口供、案发现场的几张照片，还有一份草率取下的指纹。没人在意到底是谁暗杀了麦克阿瑟公园的一个小商贩。可是，在一张照片上，可以清楚地看到墙角靠着一块滑板，上面有一颗单线条勾画的流星。"

"那这块滑板……"

"……是我送给汤姆的。"她转过身来说道。

33 // 紧紧相偎

一个人可以给心爱的人很多东西：承诺、休憩、愉悦。
你给了我所有东西里最珍贵的：思念。
我完全无法没有你，
即使我看着你，我仍在思念着你。

——克里斯蒂安·博班，法国作家

巴黎

玛丽·居里欧洲医院

9 月 27 日，星期一

外科手术团队齐刷刷地围着让－巴蒂斯特·克卢索。

他用一把锯子切开了比莉的胸骨，竖切口，从下腹部一直延伸到下巴。

然后他找到心包，检查冠状动脉，安插体外循环系统，注射一剂钾含量很高的溶剂，使心跳停止。他用一个人工泵代替了心脏，一个供氧机代替了肺。

让－巴蒂斯特每次做开心手术时，都会对这个揭示生命奇迹和魔力的器官赞叹不已：每天跳动十万次，一年三千六百多万次，一辈子超过三十亿次。而这一切都是由这个小小红红、看上去无比脆弱的泵完成的……

他先打开右心房，然后左心房，摘除了两个肿瘤，切除了病灶以防复发。那个纤维瘤的确大得前所未见。

真幸运，及时发现了！

谨慎起见，他还查看了心腔和心室，找寻其他黏液瘤，不过一无所获。

手术一结束，他把心脏接上了主动脉，给肺部供氧，然后放置排泄管道排出污血，最后缝合胸腔。

干得快，干得好！他脱下手套，从手术室里走出来时心里想。

韩国

梨花女子大学

首尔的太阳渐渐落山。每晚高峰时间里，韩国首都的道路上车辆拥堵，动弹不得。

伊瑟尔·帕克从地铁站出来，快步经过人行道，穿过斑马线来到了校园。梨花女子大学在学生区的正中心，有两万多名学生，是韩国最好的大学之一，精英云集。

伊瑟尔沿着坡度很缓的巨大阶梯往下走，这个阶梯通向被大家叫作"断层"的地方：这块空地被玻璃罩住，里面有两幢面对面的房子，两边各有水泥散步道。她走进了这条半透明客轮的大门，底楼有商店和快餐馆，仿佛一个超现代的商业中心。她坐上电梯，到了上面几层，那里分布着教室、剧场、电影院、体育馆，还有一个二十四小时开放的大图书馆。她在一个自动贩卖机前停下脚步，买了一杯绿茶，然后在教室最后面找了一个位子。这里一切都是最现代化的：每张桌子都装有电脑，可以立即连到图书馆的电子书库。

伊瑟尔揉揉眼皮，她要勉力支撑才能站住。她前天晚上刚刚从夏令营回来，已经落下了很多功课。她花了大半个晚上整理资料，复习课程，不停用余光瞟手机，每次手机震动提醒有新邮件或短信时，她都会战栗一下，可每次都让她大失所望。

她浑身颤抖，身体发冷，快要失去了理智。为什么金波杳无音信？她被骗了吗？她平时和人交往时刻意保持距离，从不轻易相信他人，连她也会被骗吗？

快到午夜了。图书馆里人越来越少，可是一些学生会待到凌晨三四点。在这里是常有的事……

伊瑟尔从包里掏出那本在意大利茶室里意外获得的汤姆·博伊德的书。她翻到卢卡·巴尔托莱蒂和女友斯泰拉二十岁时骑在摩托车上游罗马的合影。

永远不要停止爱我。意大利女孩子这样写道。这正是她想要对金波说的话……

她从笔袋里面取出一把剪刀和一罐胶水，把他们共度的无比幸福的四个星期里拍下来的最美照片也贴在空白页上。还有一起看的演出和展览的门票来充实回忆：纽约现代艺术博物馆里的蒂姆·伯顿回顾展，大使剧院里的音乐剧《芝加哥》，在纽约大学电影资料馆里他带着她领略过的所有电影——《死亡幻觉》《梦之安魂曲》《巴西》……

她倾注所有感情整理了一个晚上。清晨时分，她双眼红肿，头昏脑涨，来到行政楼前的邮局买了信封和邮票，把这本夜蓝色的仿皮精装书寄往了美国。

巴黎
玛丽·居里欧洲医院
心脏复苏病房

比莉渐渐恢复知觉。她仍需呼吸机维持，气管里插着管子，没法开口说话。

"我们过一段时间就会撤掉它。"克卢索让她放心。

他检查了一下安在她胸口的小电极,一旦她心跳频率放缓,它们可以加以刺激。

"这里没有任何问题了。"他说。

我对比莉微笑了一下,她朝我眨眨眼以示回答。

一切安好。

纽约

格林威治村

9 月 29 日,星期三

"我要来不及了!"女孩子一边穿衣一边抱怨,"你说你会定闹钟的!"

她整理了一下裙子,套上平底鞋,扣上衬衫的纽扣。

年轻男人躺在床上好整以暇地看着她。

"要是你想打电话给我,你知道我的号码……"她打开寝室门说道。

"没问题,克里斯蒂。"

"我叫凯莉,坏小子。"

詹姆斯·林波——大家都叫他金波——笑得一脸灿烂。他坐起来,伸了一下懒腰,既没有道歉,也没有挽留一下共度一夜的伴侣。他走出了房间,去做早饭。

见鬼,没咖啡了!他打开橱柜门时抱怨道。

他从他那幢褐砂石房子的窗户望下去,瞥见"凯莉·无名氏"沿着街已经快走到休斯顿路了。

还不赖。其实,一般般啦……满分十分的话,可以打六分。他撇着嘴评价道。反正不够分数让我再来一次。

公寓的门开了，室友乔纳森提着两杯从街角咖啡店里买的咖啡走了进来。

"我在楼下碰到 UPS[1] 的快递员。"他用下巴指指夹在胳膊下面的包裹。

"谢谢。"金波接过信封和双份焦糖拿铁。

"你欠我三美元七十五美分，"乔纳森宣称，"还有两个星期前我借给你的六百五十美元房租。"

"知道了，知道了。"金波看了看信封上的地址。

"是伊瑟尔·帕克寄来的，对吧？"

"那又怎么样？"他打开装着汤姆·博伊德那本书的包裹。

这玩意儿真诡异。他翻着小说，仔细打量着不同时期的主人贴上去的照片。

"我知道你把我的话当耳旁风，"乔纳森说，"可我还是要对你说：你不该那样对伊瑟尔。"

"我的确把你的话当耳旁风。"金波喝了一口咖啡承认道。

"她又在电话答录机上留言了。她很担心你。要是你想和她分手，至少好好和她聊一次。为什么你总是对女人这样？你的问题到底出在哪里啊？"

"我的问题就是，人生苦短，我们总有一天要死的，这样解释清楚了吗？"

"不，我不明白这两点有什么关系。"

"我想当导演，乔纳森。我的人生就是一部部电影。你知道特吕弗吗？电影比生命更重要。对我来说也是一样。我不想要其他的牵绊，不要孩子，不要婚姻。人人都可以当好丈夫或者好爸爸，可是只有一个昆汀·塔伦蒂诺，只有一个马丁·斯科塞斯。"

"嗯……你这话还是很含糊啊，老兄……"

---

1 美国的一家快递承运商和包裹运送公司，业务遍布全球。

"你不明白就算了。别管了！"金波打着归营鼓，进了浴室。

他冲了热水澡，很快穿好衣服。

"好啦，我先走了。"他一把抓起包叫道，"中午有课。"

"好吧！别忘了房租……"

太晚了，他砰的一声关上了房门。

金波饿了，他在马蒙餐馆里买了炸鹰嘴土豆皮塔饼，然后在去电影系的路上三口两口下肚。他稍稍早到了一些，于是就在和学校大楼毗邻的咖啡馆前停下，喝了一杯可乐。他又翻看了一遍伊瑟尔送给他的这本哥特式封面的小说。年轻漂亮的韩国女孩性感聪明，他们俩在一起的时候的确很开心，可现在，她再给他看这些甜得流蜜的照片就有点不识相了。

可这本书却引起了他的兴趣。"天使三部曲"？好像在哪里听说过……他回想了一下，想起来在《名利场》上看到过好莱坞买下了这本书的影视制作权，正准备以此为基础拍一部电影。可为什么这本书会变成这副模样？他从高脚凳上站起来，坐到专供顾客使用的电脑前。他输入几个关于汤姆·博伊德的关键字，跳出了成千上万的链接，可是把搜索范围缩小到最近一周的话，他发现有人在各大讨论区广发英雄帖，希望能买到一个一半是空白页的特殊版本。

不就是他包里的那本吗？

他一边走上人行道，一边还在心里琢磨刚才搜索到的内容。然后他想到了一个点子。

格林威治村

当日

傍晚

凯鲁亚克书店是格林尼路上一家专营古籍和珍本的小书店。

肯尼斯·安德鲁身穿紧身黑西装，打着深色领带，正在往橱柜里摆放一本威廉·福克纳的《去吧，摩西》的作家签名本。一位老收藏家前不久去世了，他的继承人为了争夺遗产闹得满城风雨，他坐收渔利，得到了这一珍本。橱窗里还有斯科特·菲茨杰拉德的初版书、镶好边框的亚瑟·柯南·道尔的签名、安迪·沃霍尔签过名的展览海报和鲍勃·迪伦写在一张餐馆账单背后的歌词草稿。

肯尼斯·安德鲁打理这家店已经有近五十年了。上世纪 50 年代，他经历了文学波希米亚的辉煌时代，那时的格林威治村就是"垮掉的一代"、诗人、流行乐手的聚集地。可是，随着房租上涨，前卫艺术家不得不被"流放"到其他街区，而这里成了富商贵胄的居所，他们以高价购买那个年代的遗物，以求嗅到一些他们未曾谋面的过去的余韵。

书店的门铃丁零作响，一个年轻人出现在了门后。

"你好。"金波走近了一点。

他之前来过几次，觉得这里很有情调。光线柔和，有着一种枯萎的味道，旧时代的雕刻让他想起老电影里面的布景，好像时光倒流，将都市尘嚣隔绝于墙外。

"你好。"安德鲁说，"有什么需要吗？"

金波把汤姆·博伊德的书放在柜台上，给店主看。

"这个您有兴趣吗？"

老先生戴上眼镜，审视着这本小说，脸上流露出不屑的神情：仿皮封面、通俗文学、印刷错误，更不用说所有这些照片毁了书的品相。在他眼里，这本书只配扔进垃圾桶。

他正要对来者讲这番话的时候，突然想起在《美国书商》杂志上看到的一则短讯，讲到这本畅销书的限量版因为印刷事故全部销毁了。这会不会就是……

"我愿意出九十块。"他凭直觉出了一个价。

"您别开玩笑了。"金波很不满,"这是限量版。我要是在网上卖,可以贵三倍。"

"那好,您请吧。我最多出到一百五,您看着办吧。"

"成交。"金波想了一下,决定了。

肯尼斯·安德鲁等到年轻人离开了,才找出提到该书的那本杂志。

双日出版社流年不利:畅销作家汤姆·博伊德的十万册"天使三部曲"第二部限量版由于印刷事故全部销毁。

嗯,很有意思。老书商想道。要是运气好点儿,他可能买到了一个孤本……

罗马
普拉蒂街区
9 月 30 日

米洛穿着白色围裙,在德利·斯科里皮奥尼路上的一家西西里餐馆端盘子,给客人送去阿朗奇尼饭团、意式煎饺和比萨切片。卡萝尔离开后,他决定在罗马逗留几日,这份短工刚好够他付旅馆房租,还可以白吃白喝。他每天和汤姆通电邮,很高兴得知他又开始写作了,他马上与双日出版社和其他外国出版社取得联系,知会他们就这么放弃未免言之过早,汤姆的新书马上就会在书店里上架了。

"今天是我生日。"一个常客说道,她是个棕发美人,在康多蒂路上的奢侈品鞋店里上班。

"很高兴知道这件事。"

她咬一口圆形的面包，面包屑上沾上了一点口红。

"我今晚和朋友们在家里开派对，要是你高兴来的话……"

"谢谢你，不过还是算了。"

一个星期前，他可能求之不得，可是自从卡萝尔对他推心置腹以来，他好像变了一个人。他被她的故事深深触动，看清了他在这个世界上最爱的两个人隐藏着的面孔。这一切让他陷入矛盾的情感里：对卡萝尔无限同情，对她的爱与日俱增，而对汤姆的所作所为则怀着尊敬和骄傲，不过也气恼自己这么久以来被蒙在鼓里，尤其后悔没有为卡萝尔"手刃"恶徒报仇雪恨。

"我想我要试试千层酥。"丰腴动人的意大利女人指着撒满了蜜饯的蛋糕说。

米洛正要给她切一小块，感到了牛仔裤口袋里的电话振动了一下。

"请稍等。"

是卡萝尔的邮件，上面只有三个字："看这个！"后面是一条链接。

他双手都黏糊糊的，好赖在触摸屏上点击了地址，连上了一个网站，上面可以查阅珍本二手专业书店的目录。

要是消息可靠，格林威治村的一家书店刚刚将他们苦苦寻找的书放上了网络！

紧接着，他收到卡萝尔的短信：

曼哈顿见？

他赶忙回了一条：

我这就来。

他解开围裙，扔在柜台上，匆匆跑出了餐馆。
"哎，我的甜点呢！"女顾客跳脚道。

34 // 生命之书

读书的时光总是被偷走的时光。

也许这就是为什么地铁会成为世界上最大的图书馆。

——弗朗索瓦丝·萨冈，法国女作家

巴黎

玛丽·居里欧洲医院

比莉康复的速度快得惊人，撤去了人工呼吸机、引流管和电极后，就被转移到了医院的康复病房里。

克卢索每天都会来看她，以防可能感染的并发症或者心包液体泄漏，可据他判断，一切都尽在掌握中。

而我呢，我把医院当成了第二个办公地点。从 7 点 30 分到 19 点，我耳朵里塞着耳塞，在一楼的餐厅里用电脑奋笔疾书。中午我在员工食堂用餐，这还多亏了克卢索借给我磁卡——这家伙什么时候睡觉？他吃饭么？太神秘了……我以陪护的身份，在比莉的病房里弄到了一张床，于是我们又能继续一起度过一个个美好的夜晚了。

我从未如此深陷爱河。

我从未如此文思泉涌。

格林威治村

10 月 1 日

傍晚

卡萝尔头一个赶到格林尼路上的这家小书店。

凯鲁亚克书店

她看着橱窗，几乎不敢相信自己的眼睛。

那本书就在橱窗里！

它被翻开了，摆放在展示台上，旁边的标签上写着"独家珍本"，与之毗邻的是艾米莉·狄金森的诗集和玛丽莲·梦露亲笔签名的《乱点鸳鸯谱》海报。

她感到米洛也来到了她身后。

"祝贺你的锲而不舍终于有了结果。"他靠近橱窗，"我这次真的以为再也找不到了。"

"你肯定就是这一本？"

"我们马上就可以见分晓了。"他说着走进书店。

店主正准备打烊。肯尼斯·安德鲁站在柜台前，把刚刚拿出来掸灰的书放回原位。他停下了手里的活儿，招呼新来的客人。

"有什么可以效劳的，女士，先生？"

"我们想看看您这里的一本书。"卡萝尔用手指了指汤姆的小说。

"啊！这可是独一无二的一本书！"店主从橱窗里拿出书，小心翼翼的样子好像手里拿的是五百年前印刷术刚发明时的初版书。

米洛仔细审视了这本小说的里里外外，惊讶地发现每个读者都对它做了少许改造。

"怎么样？"卡萝尔着急地问道。

"就是它。"

"我们买下了！"她激情澎湃地说。

她既激动又骄傲。多亏了她，比莉现在脱离危险了！

"您的眼光一流，女士！我来帮您包起来。您想用什么方法支付？"

"呃……多少钱？"

肯尼斯·安德鲁经验丰富，早就嗅到了客人们志在必得的冲动，毫不犹豫地报了一个天价："六千美元，女士。"

"什么！您开玩笑吧？"米洛仿佛被什么东西哽住了喉咙。

"这是孤本。"店主为自己辩护。

"不，这根本就是抢钱！"

老先生对着他们指了指门："那好，我就不留二位了。"

"就是抢钱！去死吧……"米洛怒上心头。

"恕不相送，先生，祝您度过一个愉快的夜晚。"安德鲁把书放在柜台上，不客气地回答。

"等等！"卡萝尔调停道，"我会付这笔钱的。"

她拿出钱包，把信用卡递给了店主。

"非常感谢，女士。"他接过了这张小小的、方方的塑料卡片。

巴黎

玛丽·居里欧洲医院

当日

"好了，我能回家了吗？躺了那么久我都烦死了！"比莉抱怨道。

克卢索教授严厉地看了她一眼。

"我按这里的时候疼不疼？"他按了按她的胸骨问。

"有点儿。"

医生有点担心。比莉一直在发烧。她的伤口红肿化脓，针脚也有点裂开。说不定只是表面感染，不过他还是安排了几项检查。

纽约

"什么，刷不出来？"米洛狂吼。

"我也不太明白，"肯尼斯·安德鲁道歉，"可是您妻子的银行卡好像有点小问题。"

"我不是他妻子。"卡萝尔纠正道。

她转向米洛："肯定是买机票的时候刷爆卡了，不过我活期账户里还有点钱。"

"真是疯了，"米洛想让她恢复理智，"你不至于为了这个倾家荡产吧……"

卡萝尔什么也听不进去："我马上打电话给银行转账，可今天是星期五，可能要花点时间。"她向店主解释。

"没问题。您宽裕的时候再来。"

"这本小说对我们来说很重要。"她强调。

"我帮你们留到下星期一晚上。"安德鲁保证道，同时把书从橱窗里撤下来，放在柜台上。

"我能相信您吗？"

"我向您保证，女士。"

巴黎

玛丽·居里欧洲医院

10 月 4 日，星期一

"啊！"护士把一块热纱布敷在比莉的胸骨上，比莉大叫了一声。

这次的疼痛更剧烈了。她整个周末高烧不退，克卢索教授把她从康复病房又转移到了心胸外科。

医生在她的床边检查着：伤口红肿，且在不断恶化。克卢索担心她感染了骨髓炎症——胸骨发炎是心脏手术的并发症之一，虽然很罕见，可是足以致命，很有可能是由于金黄葡萄球菌感染引起的。

他之前安排了很多检查，可是无法得出确切诊断。胸部透视显示两根铁线断裂，可是手术引起的良性血肿很难解释原因。

可能是他多虑了……

他犹豫了一会儿，还是决定亲自来做最后一项检查。他在比莉两块肺之间的胸腔里插入了一根细针，抽取了一点胸腔液。肉眼看起来，抽出来的东西很像脓液。

他开了一点注射抗生素，并赶紧把抽取出的样本送到了化验室。

格林威治村

10 月 4 日

9 点 30 分

亿万富翁奥列格·莫尔多罗夫在纽约的每个早上，都会到布鲁姆路上的小咖啡馆里喝上一杯卡布奇诺。他手握纸杯，离开咖啡馆，拐到了格林尼路。

秋日煦阳的柔光照射在曼哈顿的高楼上。奥列格很喜欢在小路上闲逛。这不是浪费时间，恰恰相反，这对他而言是思考的最佳时刻，他常常走着走着就做出了人生中最重要的决定。他 11 点有个约会，要明确一项重要的不动产投资。他领导的集团正准备购买威廉斯堡、绿点和康尼岛的老房子和仓库，改造成豪宅。这项计划可能会遭到当地居民的反对，可这些都不用他操心。

奥列格今年四十四岁，可是他那张圆脸很显年轻。牛仔裤、灯芯绒外套、连帽套头衫，他看上去一点也不显山露水：他可是俄罗斯的首富之一。他从来不招摇过市，也不乘坐拉风的加长轿车，保镖们明白要和他保持距离、低调行事。他二十六岁时，在阿瓦恰湾当哲学老师，有人举荐他到俄罗斯东部平民城市彼得罗甫洛夫斯克市政府供职。他积极参与当地生活，然后利用叶利钦的改革重组举措，弃政从商，与一些品行可疑的生意人沆瀣一气，从国有企业私有化政策中渔翁得利。一开始，他看上去完全不像商人，他的对手们被他恍惚无辜的神情蒙骗住而掉以轻心，其实这副面具背后的他意志坚定、不可动摇。现在，他已经闯出了一条路，摆脱了碍手碍脚的兄弟们。他在伦敦、纽约和迪拜都有产业：游艇、私人飞机、职业篮球队和一支 F1 车队。

奥列格在凯鲁亚克书店的橱窗前驻足。他的目光被有玛丽莲·梦露签名的《乱点鸳鸯谱》海报吸引。

送给玛丽耶克做礼物？为什么不呢……

他正在和二十四岁的荷兰超模玛丽耶克·范艾登交往，她两年来频频出现在各种时尚杂志的封面上。

"你好。"他走进书店打了声招呼。

"有什么可以效劳吗，先生？"肯尼斯·安德鲁说。

"玛丽莲·梦露的签名是真的吗？"

"当然，先生，这里有它的真迹证明书。这是张漂亮的……"

"……多少钱？"

"三千五百美元，先生。"

"好。"奥列格没有还价就接受了，"是送人的。能不能帮我包一下？"

302 纸女孩 La Fille de Papier

"马上。"

店主小心翼翼地卷起海报，奥列格拿出白金卡放在柜台上，旁边摆放着一本蓝色仿皮封面的书。

汤姆·博伊德——天使三部曲

是玛丽耶克最喜欢的作家……

他翻开书浏览了一下。

"这本书多少钱？"

"很抱歉，这本书不出售。"

奥列格笑了笑。他做生意的时候对"声称"不出售的东西特别感兴趣。

"多少？"他重复了一遍。

他的圆脸少了几分和善。此刻，他的双眼闪烁着令人不安的火花。

"已经卖掉了，先生。"安德鲁平静地回答。

"要是已经卖掉了，它怎么会还在这里？"

"客人过会儿回来取。"

"这么说来，就是还没有付钱。"

"没有，可是我已经应承她了。"

"你的应承值多少钱？"

"我的应承不卖钱。"店主坚定地回答。

安德鲁突然感到很不自在。这家伙身上有种充满暴力的危险气质。他刷了信用卡，把礼物和发票给了俄罗斯人，为做成这笔生意而松了口气。

可是奥列格不是这么好对付的。他没有离开，而是在柜台对面的淡紫色皮沙发上坐下了。

"什么东西都有个价，不是吗？"

"我不这么认为，先生。"

"你们的莎士比亚怎么说的来着？"他在回忆一句名言，"钱能使丑人变美，使老人变年轻，使不公正变得公正，使卑鄙者变高尚……"

"这样子太愤世嫉俗了，您也同意这一点吧？"

"有什么东西是钱买不到的？"奥列格挑衅道。

"您知道的：友谊、爱情、尊严……"

奥列格把论据一手挥开："人类既软弱又腐坏。"

"您一定也和我一样认为，有些道德和精神价值是超越逻辑和利益的。"

"任何人都有个价。"

这次，安德鲁要送客了："我祝愿您度过美好的一天。"

可奥列格一动也不动。

"任何人都有个价，"他重复道，"您的价钱是多少？"

格林威治村

两小时后

"这里怎么乱哄哄的？"米洛到了书店前，差点跳起来。

卡萝尔不敢相信自己的眼睛。卷帘门不但放下来了，而且门上还挂了一块匆匆写就的牌子提醒来客：

书店易主，年度休假。

她感到泪水涌了上来，泄气地一屁股坐在人行道边，把头埋进双手里。她刚刚取出六千块。一刻钟前，她还亲自打电话告诉汤姆这个好消息，现在煮熟的鸭子飞走了。

米洛狂性大发，使劲摇着卷帘门，可是卡萝尔站起来和他说理："你就算把这里砸个稀巴烂，也于事无补了。"

她拿出六千块现金，给了他一大半。

"听着，我的假期用完了，可是你应该去巴黎陪陪汤姆。这是我们现在唯一能做的事了。"

就这么决定了。他们俩垂头丧气地打了辆车到肯尼迪机场，然后分道扬镳——卡萝尔回到洛杉矶，米洛前往巴黎。

纽瓦克

傍晚时分

离肯尼迪机场十几公里的另一个机场里，亿万富翁奥列格·莫尔多罗夫的私人飞机起飞前往欧洲。他决定偷偷去巴黎，给玛丽耶克一个意外惊喜。十月的第一个星期里，年轻的模特在法国首都为时装周走秀。所有推出最新设计的大品牌都争相邀请她。这个荷兰女人兼具古典美和典雅的女性气质，身上有一种独一无二的魅力，就好像众神在奥林波斯山的巅峰上向人间抛下了一块代表永恒的灰烬。

奥列格舒适地坐在机舱里，随手翻着汤姆·博伊德的书，然后把它放进装饰有丝带的信封里。

别出心裁的礼物，他想着。希望她会喜欢。

剩下来的旅途时间，他打理了几桩生意，然后睡了两个小时。

巴黎

玛丽·居里欧洲医院

10 月 5 日

5 点 30 分

"该死的院内感染！"克卢索走进病房时直截了当地说。

比莉被高烧和疲劳弄得昏昏沉沉，从昨晚开始就没有醒过。

"坏消息？"我猜道。

"很糟糕，化验显示有病菌。她感染了胸骨炎，情况很严重，需要马上动手术。"

"您又要给她开刀？"

"是的，马上送到手术室。"

奥列格·莫尔多罗夫的飞机早上6点停在了南奥利机场。一辆低调的轿车在等他，然后把他送到了巴黎市中心的圣路易岛。

汽车停在了波旁堤上一幢17世纪风格的漂亮房子前。他一手提着行李，一手夹着装书的信封，坐电梯到了六楼。复式房占了最顶上的两层，可以尽享塞纳河和玛丽桥的美景。他们刚交往时他为了玛丽耶克不惜一掷千金，这也算当时干下的疯狂事之一。

奥列格有一把备用钥匙。他进了公寓。一切都静悄悄的，沉浸在清晨苍白的光线中。他认出了玛丽耶克扔在白色沙发上的珍珠灰紧身外套，可是旁边还有一件男式皮夹克，并不属于他……

他马上明白了，不再继续上楼。

他一到街上，虽然极其想在司机面前掩饰受到的羞辱，可还是怒气上涌，狠狠地把书扔进了河里。

玛丽·居里欧洲医院

7点30分

实习生在克卢索的指导下，把除颤设备放在被麻醉了的比莉身上。然后外科医生上场，除去了缝合胸腔的线，接着将化脓性病灶的边缘切开，去除坏死或感染的组织。

伤口一直在流脓。克卢索决定进行"关闭胸腔"手术。为了吸出伤口的脓液，他用了六根小引流管，连到低气压的瓶子里。接着用新的铁线牢牢缝合胸腔，防止伤口结疤时被呼吸器干扰。

说到底，手术还是挺成……

"大夫，她大出血了！"实习医生叫道。

夜蓝色仿皮封面的小说只有一层信封保护，在塞纳河上漂了一会儿，渐渐地，河水开始渗入包装袋。

几个星期以来，这本书周游了世界，从马利布到旧金山，穿过大西洋到了罗马，接着在亚洲继续它的旅程，随后回到了曼哈顿，最后一站来到了法国。

它用自己的方式，改变了曾握有它的人的生活。

这本小说与众不同。它讲述的故事是在一个少年的脑子里慢慢成形的，而这个少年当时正为了童年好友的苦难一筹莫展。

多年以后，轮到它的作者被自己的心魔纠缠，而这本书把其中一个人物推到现实世界里，向他伸出了援手。

可是今天早上，当河水开始浸湿书页时，现实显然决定要重新占据上风，坚决要让比莉从地球表面消失。

35 // 心的考验

有时候遍寻不得，

有时候又得来全不费工夫。

——杰罗姆·K·杰罗姆，英国作家

玛丽·居里欧洲医院

8 点 10 分

"找到了。"克卢索说道。

这正是他担心的：右心室刚刚被撕裂了，病人大出血。

鲜血四处飞溅，淹没了工作台。实习医生和护士来不及用抽吸机，克卢索只好用双手按住心脏止住大出血。

这一次，比莉的生命真的危在旦夕。

圣贝尔纳堤

8 点 45 分

"哦！伙计们，还在吃你们的早饭，现在该干活了！"队长卡琳娜·阿涅利走进河道巡警总部的休息室，发飙道。

上尉迪亚和卡佩拉左手拿着羊角面包，右手端着牛奶咖啡，一边浏览着《巴黎人》的大标题，一边听着电台里早间节目模仿明星的插科打诨。

卡琳娜一头短发乱糟糟的，脸上还有几颗迷人的雀斑，妩媚中不失威严。她对这种懒散的态度很不满，关掉了收音机，推了推手下："刚才道路网来求援了，有紧急事件！一个喝醉的家伙从玛丽桥上跳了下去。现在你们都给我……"

"这就来，老板！"迪亚打断她，"别那么粗鲁。"

几秒钟时间，他们三人就上了巡视巴黎几条河域的明星巡逻船"科莫朗号"。船只破开波浪，沿着亨利四世堤从苏利桥下驶过。

"要醉成什么样才会在这种大冷天里跳河啊！"迪亚评论道。

"嗯……你们看上去也精神不济啊，你们两个都是。"卡琳娜评价。

"昨天晚上，小家伙一直醒。"卡佩拉为自己找理由。

"那你呢，迪亚？"

"我吗，是因为我妈。"

"你妈？"

"一言难尽。"他顾左右而言他。

她也不再追问。巡逻船沿着乔治·蓬皮杜河道一直前行，直到……

"我看到他了！"站在望远镜后的卡佩拉叫道。

船只放慢速度，穿过了玛丽桥。一个家伙在水中挣扎，艰难地想靠近岸边，可身上的风衣让他手脚不灵便，眼看快要窒息了。

"他就要淹死了，"卡琳娜说，"谁去？"

"这次该轮到迪亚了！"卡佩拉很坚定。

"开什么玩笑？昨晚，我可是……"

"好了，我明白了，"年轻女人打断他，"看起来，我是这里唯一一个带种的！"

她穿上连体衣，在两名上尉的窘迫目光中一跃入水。

她游到那个男人身边，让他放松，把他拖回"科莫朗号"。迪亚把他拉了上船，给他裹上了一条被单，然后进行简单的援救。

卡琳娜还在水里，瞥见河上漂着一个东西。她一把抓过来，是一个塑料大信封，看上去不像是可以生物降解的东西。反污染也是河道巡警的重要任务，于是她收起了这个包裹，然后让卡佩拉把她拉上了船。

玛丽·居里欧洲医院

外科手术团队奋战了一个上午，力图抢救比莉。

克卢索为了修复心室裂缝，用了一部分腹膜皱襞缝合伤口。

这是孤注一掷。

预后很不乐观。

圣贝尔纳堤

9点15分

卡佩拉上尉回到河道巡警总部后，整理了一下巡逻船，准备要高压清洗。

他看到了一只湿得像海绵一样的大信封，里面的英文书已经脏污难辨了。正要把信封扔进垃圾箱时，他突然改变了主意，最后把它带上了岸。

很多天过去了……

米洛来巴黎和我会合，帮助我一同度过这段难熬的时刻。

比莉每天都挣扎在生死线上，在急救室待了一个多星期，克卢索对她严密监护，每三小时评估一次病人的情况。

他很理解我的心情，允许我一直待在急救室。于是我白天的大部分时间是这样度过的：坐在一张椅子上，手提电脑放在膝盖上，就着心脏监视器和人工呼吸机的节奏疯狂地敲击键盘。

比莉被注射了镇痛剂，插着管，手臂和胸口贴着电极、胸腔引流管和输液管。她很少睁开眼睛，她睁眼的时候，我可以看到她眼神中的痛苦和绝望。我多么想安慰她，擦干她的眼泪，可是我能做的只有继续写作。

10 月中旬，米洛坐在一家咖啡馆的露天座上，写完了给卡萝尔的一封长信。他把信纸塞进信封，付了薄荷汽水的钱，穿过马路走到塞纳河岸边的马拉凯堤。他一路向法兰西学院前行，在路边一个邮箱寄出了信，又在旧书摊前流连了片刻。古书珍本与杜瓦诺的明信片、"黑猫"旧海报、60 年代的树脂唱片，与俗不可耐的埃菲尔铁塔钥匙圈为伍。米洛在一个专营连环画的书摊前停下了脚步。从《绿巨人》到《蜘蛛侠》，他童年的梦想里充满了"漫威"英雄的身影，而这个下午，他兴致勃勃地看起了《阿斯泰利克斯》和《幸运的路克》系列来。

最后一个摊位上都是"一律八欧"的书籍。米洛纯粹出于好奇翻了一下：发黄的旧版口袋书、破旧的杂志，一片凌乱之中，有一本夜蓝色仿皮封面的破烂小说……

这怎么可能！

他检视着这本书：精装的外壳翘了起来，内页都粘在了一起，干得好像块石头。

"Where…where did you get this book？" [1] 他一句法语也不会说。

摊主东拼西凑了几个英文词，解释说是在岸上捡到的，可是米洛完全不明白是什么样的奇迹让这本在纽约丢了线索的书十天后出现在了巴黎。

1　英语：这本书是从哪儿来的？

他还是有点摸不着头脑，把书在手里翻过来翻过去。

当然，就是这本书没错，可是这副德行……

摊主明白他的担忧。

"要是您想修复旧书，我可以向您推荐一个人。"他给了他一张名片。

圣本笃教堂别院

巴黎某处

在修道院的精装书手工作坊里，玛丽－克劳德嬷嬷仔细地检查交给她的这本书。书体被挫伤，仿皮封面也损伤严重。应承下来的修复工作看上去任重道远，可是修女坚定地开始了手上的活计。

她先是小心翼翼地拆下内页，然后借助一个比钢笔大不了多少的加湿器，在书上喷了一层薄薄的蒸汽，加湿器的屏幕上马上显示了温度。潮湿的雾气浸润了纸张，粘在一起的页码可以一张张地分开了。内文纸曾经浸过水，所以尤其脆弱，一部分已经被损毁了。玛丽－克劳德嬷嬷非常小心地把吸墨水的纸夹进每一页里，然后向着内切口摆放，无比耐心地用电吹风使它"起死回生"。

几个小时之后，这本书又可以自如地翻阅了。修女一页一页地仔细检查，确保每次都没有任何遗漏。她把掉下来的照片重新贴好，就像在理顺像天使一样的"新生儿"细如游丝的头发。最后，为了使书恢复原样，她把它在两块夹板里夹了整整一夜。

翌日，玛丽－克劳德嬷嬷为它做了一身新衣服，其专注和手艺不亚于外科医生。她在寂静安宁的作坊里平心静气地工作了一整天，为它做了一个浅色牛皮精装封面，用羊皮做了一块补缀，在上面用金箔刻下了书名。

19 点时，一个名字拗口的年轻美国人敲了敲修道院的门。玛丽－克劳德嬷嬷把书还给了米洛，他对她的手艺赞不绝口，让她不由得脸红到了脖子根……

"醒醒！"米洛一边推我一边命令道。

老天爷！

我又在比莉病房里的电脑前睡着了，比莉正等着下一次手术。我得到了医护人员的默许，可以一直留下来过夜。

帘子放了下来，整个房间被微弱的光线笼罩。

"几点了？"我揉揉眼睛。

"23 点。"

"今天星期几？"

"星期三。"

他不由得讽刺地加了一句："我知道你还要问什么，我们还在 2010年，奥巴马还是美国总统。"

"嗯……"

我一旦沉浸到故事里，时间线就会成为一团乱麻。

"你写了多少页？"他想越过我的肩膀看进度。

"两百五十。"我关上了屏幕，"差不多一半了。"

"比莉怎么样？"

"还在监护中，等待急救。"

他一本正经地从一个纸袋里拿出了一本装订豪华的书。

"我有个礼物要送给你。"他神秘兮兮地说。

我看了一会儿才明白这就是我的那本书，他和卡萝尔为了搜寻它的踪迹，不惜漂洋过海。

书已经被修整得焕然一新，它的真皮封面摸起来温热光滑。

"比莉什么也不用怕了。"米洛安慰我,"现在,你要做的就是把故事讲完,把她送回她的世界。"

时光如梭

10月、11月、12月……

秋风卷起人行道上枯黄的落叶,严冬的气息慢慢替代了秋天的和煦阳光。

咖啡馆纷纷把露天座的椅子收了进去,或者点燃了露天火盆。卖栗子的小贩出现在了地铁出口。行人们仿佛商量好了,整齐划一地戴上了帽子、兜紧了围巾。

我被激情驱使着,越写越快,几乎是一口气不停歇地在键盘上打着字,仿佛被故事附身了,与其说我是它的创造者,不如说我是它的傀儡,看到文字处理软件上的页码不断增加,我有种被催眠的感觉:350、400、450……

比莉承受住了打击,成功经历了"心的考验"。先是除掉了喉部插管,换上了氧气面罩。克卢索逐渐减少了镇痛剂的用量,去掉了引流管和输液管,看到病菌检测显示没有新的感染迹象后才长长地松了一口气。

接着,他帮比莉拆掉了绷带,用透明薄膜覆盖了缝合的伤口。几个星期之后,她的伤疤变淡了。

比莉又能自己进食了。我看着她在理疗师的照看下下地走路、尝试着爬楼梯。

她的发根重新恢复了原来的颜色,而她的脸上也重现了笑容和活力。

12月17日,巴黎醒来时,天空中飘起了今年的第一场雪,整整下了一个上午。

12月23日,我为我的小说画上了句号。

36 // 我见比莉的最后一面

真爱，就是两个梦相遇后，
有默契地逃到现实尽头。

——罗曼·加里，法国小说家

巴黎

12 月 23 日

20 点

圣诞前夜，各大商场人声鼎沸。比莉牢牢挽着我的手臂，任由我带着她穿过协和广场和香榭丽舍大街圆形广场之间的白色小木屋。摩天轮、霓虹彩灯、冰雕、热红酒和辛香面包为这条举世闻名的大道增添了魔幻和童话色彩。

"你打算送我一双鞋？"我们经过蒙田大道的奢侈品商店时，比莉撒娇道。

"不，我带你去剧院。"

"我们去看演出？"

"不，我们去吃晚饭。"

到达香榭丽舍剧院的白色大理石外墙后，我们乘坐电梯直达顶楼的餐馆。

餐厅的装潢很优雅，木头、大理石和玻璃三个元素运用得恰到好处，深紫色的立柱错落有致，整体色调像水彩画一般。

"两位想喝点什么？"我们坐在一处布满丝绸装饰的隐蔽小隔间里，餐厅主人等我们入座后问道。

我点了两杯香槟，从口袋里拿出一个小巧的银盒子。

"我言出必行。"我把手里的东西交给她。

"是首饰吗？"

"不是，别激动……"

"啊，是 U 盘！"她打开后惊叫，"你写完小说了！"

我点点头，这时我们的开胃酒到了。

"我也有东西要送给你。"她的口吻很神秘，从包里拿出一个电话，"干杯前，我要把它还给你。"

"可这本来就是我的啊！"

"是啊，我今天早上顺走的，"她大言不惭，"你知道的，我很喜欢小偷小摸……"

我拿回了手机，正在嘀嘀咕咕，她露出了一个满足的微笑："我还自作主张读了你几条短信。我觉得奥萝拉那边有戏！"

虽然她没有说错，我还是摇摇头，想否认这一点。这几个星期以来，奥萝拉的短信越来越频繁，措辞也越来越充满柔情。她说她想念我，并为以前犯下的一些错误道歉，字里行间暗示我们也许还应该给彼此"第二次机会"。

"她又坠入爱河了！我早和你说过了，我也会履行我的诺言的！"比莉从口袋里拿出那张加油站的皱巴巴的餐巾纸。

"那时候好开心。"我不无怀念地回忆起我们签这份合同的那天。

"是啊，我还扇了你一耳光，还记得吧！"

"好吧，那今晚……是冒险到了尾声吗？"

她故作轻松地看着我："是啊！我们俩都完成使命了：你写完了书，我把你爱的女人带回你身边了。"

"我爱的是你。"

"别把事情搞复杂了，求你了。"她说。这时服务员走上前来为我们点单。

我转过头以掩饰难过的表情，我的目光为了逃避，越过令人目眩的玻璃墙，望向下面巴黎层层叠叠的屋顶。我等服务员离开后，问道："说具体点，现在应该怎么做？"

"我们已经谈过很多次了，汤姆。你把手稿发给出版社，他们读完后，你描写的想象世界就会在他们的脑海中成形。我就该待在想象的世界里。"

"你该待在这里，和我在一起！"

"不，这是不可能的！我不能既在想象里，又在现实中。我不能生活在这里！我差点就丢了小命，我还活着本身就是一个奇迹。"

"可你现在好多了。"

"我现在是被判了死缓，你知道的。我要是留下来，就会病倒，下一次就不会那么幸运了。"

我被她这么悲观的结论弄得无言以对。

"听你这么说……好像你很高兴离开我似的！"

"不，我不会觉得开心，可我们一开始就知道我们的故事只能是昙花一现。我们早就知道彼此之间没有未来，什么也不能一起做。"

"可是我们之间经历了那么多事！"

"当然了，我们最近几个星期的确过得很开心，可是我们两个人的现实相差太远了。你生活在现实里，我只是一个想象的产物。"

"很好，"我站起来，"可你至少也该表达一下惋惜吧。"

我一把扔下餐巾，把钱扔在了桌子上，离开了餐厅。

把整个城市都冻僵的寒冷让我的骨髓都结了冰。我翻起大衣的领子，沿着大街走到了广场，三辆出租车正在等客。

比莉追上我，狠狠地抓住我的手臂："你没有权利这样离开我！你没有权利糟蹋我们共同经历过的一切！"

她冷得浑身发颤，眼泪顺着脸颊流下，嘴里冒出阵阵雾气。

"你以为什么？"她叫道，"你以为我想到要失去你不会心如刀割？可悲的家伙，你不知道我爱你爱到什么程度！"

她满腔愤懑地对我发了一通火。

"你就是想听我说：我这辈子从来没有和一个男人待在一起感觉这么舒服。我以前从来不知道可以对一个人有这样的感觉！也不知道爱情和仰慕、幽默、温柔是可以合而为一的！你是唯一一个教我读书的人，唯一一个真正听我讲话的人。在你眼里，我觉得我不是那么蠢。你也是唯一一个觉得我说的话和我的腿一样性感的人，唯一一个没有把我看作一夜情对象的人……可是你太蠢了，都没有意识到这一切。"

我把她拥入怀中。我也在生气：气自己太自私了，也恨这道无情的阻碍，让现实和虚构泾渭分明，让我们不得不和期待已久的真爱擦肩而过。

我们最后一次"回家"，回到这个见证我们爱情初始的菲尔斯滕贝格广场小公寓。

最后一次，我点燃了壁炉，告诉她我记住了她教的要诀：先放揉皱的纸，再堆小木枝，最后用木柴围成圆锥形。

最后一次，我们一起品尝滋味古怪却又让人欲罢不能的梨子酒。

最后一次，雷欧·费亥给我们浅吟低唱"岁月长，人心易忘"。

火渐渐燃烧起来，墙上的影子摇曳。我们睡在沙发上。比莉的脑袋靠在我的肚子上，我轻抚着她的头发。

"你要答应我一件事。"她回过头看着我。

"只要你说。"

"答应我不要再自暴自弃了，也不要再滥用药物了。"

我被她狂热的恳求深深打动，可是不太肯定一旦离开了她，我有没有能力实践承诺。

"汤姆，你又站起来了。你重新开始写作，又能够爱了。你有朋友。你要和奥萝拉开开心心的，生几个孩子。别再被……"

"我不在乎什么奥萝拉！"我打断她。

她站起来，继续说："就算我有十条命，也不够我感谢你为我做的一切。我实在不知道我身上会发生什么，也不知道我会降落到哪里，可是你要相信，不管我在哪里，我都会继续爱你。"

她走近书桌，在抽屉里翻找米洛给我的那本经过修复的书。

"你干什么？"

我正要站起来走近她，突然被一阵强烈的眩晕攫住。我的头变得很重，感到不可抑制的困倦向我袭来。

我怎么了？

我跟跄了几步。比莉打开小说，我猜她正在重读第 266 页上那句未完的话："她尖叫着跌……"

我的双眼合上了，力量离我而去，我突然明白了：酒！比莉只不过浅浅尝了一口，可是我……

"你……你在酒里放了什么东西？"

她并不否认，从口袋里拿出一管从医院里偷出来的麻醉药。

"可是为什么？"

"为了你让我离开。"

我脖子上的肌肉完全瘫痪了，只想呕吐。我勉强和麻痹的感觉搏斗，挣扎着不倒下，可是身边的一切都出现了重影。

我最后看到的清晰景象是比莉正在用拨火棍翻动炉火，然后把小说投入了火堆。她正是经由这本书来的，也该经由这书离开。

我无法阻止她，跪坐在地上，我的视线越来越模糊。比莉打开了我的电脑，我已经看不清楚了，只是猜想她可能把 U 盘插上了……

我觉得四周天旋地转，听到了邮箱中邮件发送成功的提示音。接着，我摔在地板上失去了知觉，一声微弱的"我爱你"在我耳边呢喃，侵入了我睡眠的迷失域里，悄悄融化其中。

曼哈顿

麦迪逊大街

与此同时，纽约时间已经过了 16 点，双日出版社的文学部主任丽贝卡·泰勒拿起话筒，回助手的电话。

"我们刚刚收到了汤姆·博伊德最新小说的手稿！"贾尼斯知会她。

"总算来了！"丽贝卡叫道，"我们等了好几个月了。"

"我帮您打印出来？"

"是，越快越好。"

丽贝卡让她取消了接下来的两个约会。"天使三部曲"的第三卷对出版社来说是个重量级的作品，她迫不及待要看看文本如何。

她 17 点不到便开始阅读，一直读到深夜。

贾尼斯没有告诉老板，她也给自己打印了一份小说。她 18 点离开办公室，乘地铁回到威廉斯堡的小公寓，不断对自己说冒这么大的风险真的是疯了。这样的错误要是被人知道，真的会被解雇的。可是她也迫不及待地想知道三部曲的结尾，她实在无法抵御这样的诱惑。

于是在这两位女读者的脑海里，汤姆笔下的想象世界开始成形。

比莉从此以后将在这个世界中继续她的人生。

巴黎

12 月 24 日

9 点

我睁开眼睛的时候，已经是第二天早上了，我感到恶心，嘴里苦苦的。公寓又冷又空。壁炉里只剩灰烬。

外面的天空很阴沉，雨点打在玻璃上。

比莉离开我生命的时候就像闯进来时一样突然，仿佛一颗子弹穿过我的心脏，再次留下我一个人独自悲伤。

37 // 我最好朋友的婚礼[1]

最值得交的朋友，
是那些可以在凌晨四点给他打电话的人。

——玛琳·黛德丽，德国女演员、歌手

加利福尼亚，马利布

八个月后

9 月的第一周

20 世纪 60 年代由一个古怪的亿万富翁建造的法国城堡遗迹矗立在祖玛海滩上。六公顷绿地、花园和葡萄园，让人如同身处勃艮第乡村，而不是白沙海滩和冲浪者云集的海滨城市。

米洛和卡萝尔选择在这个闹中取静的地方庆祝二人的结合。我们的历险结束后，我最好的两个朋友坠入了爱河，而我是第一个看着这两个差点失之交臂的人走向幸福的见证人，当然感到欣喜万分。

生活还在继续。我还清了所有的债务，也了结了官司。三部曲的第三

1　1997 年上映的美国轻喜剧电影名。

卷半年前出版了，到了读者们的手中。根据我的第一部作品改编成的电影连续三周占据了夏季票房第一名。好莱坞的节奏很快：我从行差踏错的失败者，摇身一变成了成功人士、畅销作家。Sic transit gloria mundi。[1]

米洛重开了事务所，从那以后打理起我的财产来加倍谨慎小心。他赎回了布加迪，可是知道未婚妻怀孕的消息后，他卖掉了跑车，换了一辆沃尔沃！

一句话，米洛不再是以前那个米洛了……

生活看上去又对我展露了微笑，可自从比莉消失后，我一直很抑郁。她离开时在我心灵深处留下了一汪永不枯竭的爱，我再也不知道要拿它怎么办。我不得不遵守承诺，没有再次陷入"抗抑郁剂、抗焦虑药和冰毒"的团团迷雾里，我现在无毒一身轻。为了避免无所事事，我参加了很多签名售书活动，几个月来把美国跑了个遍。重新看看这个世界的确让我脱胎换骨，可每当我独自一人时，一想到比莉，痛苦的回忆就又涌上心头，残酷地提醒着我们奇妙的相遇、唇枪舌剑中迸发的火花、可笑合约的雏形，还有缠绵的亲密时光。

从那以后，我为自己的爱情生活画上了句号，和奥萝拉也彻底断了联系。不值得再给我们的故事一次机会。我失去了一切对未来的打算，只满足于过一天混一天，被动地活着。

可是我不能再容许自己投奔地狱。要是我再次垮掉，可能就再也站不起来了。我没有权利让卡萝尔和米洛失望，他们俩不遗余力地让我对生活重燃热情。为了不辜负他们的关爱，我掩藏起悲伤和痛苦，心甘情愿地参加每个星期五晚上他们为我安排的晚餐，名为试镜，实为相亲。他们发誓要挖掘出"会发光的金子"，于是动用了所有的关系。几个月内，多亏他们的辛勤努力和精心挑选，我见了加利福尼亚各行各业的单

---

1 拉丁文：风水轮流转。

身女性——大学教授、编剧、小学老师、心理学家……可我一点也没有乐在其中，我与她们的交往也仅止于第一顿晚饭。

"请证婚人致辞！"宾客中有人喊道。

我们站在为宾客搭建的白色大帐篷下。来的主要是卡萝尔工作中打交道的警察、消防员、医疗急救人员及他们的家人，我和米洛的妈妈差不多是新郎这边仅有的宾客了。气氛轻松惬意。微风徐徐吹动布帘，送来阵阵青草的芬芳和海洋的气息。

"请证婚人致辞！"宾客们一起喊道。

他们用餐刀轻轻敲击着玻璃杯，催促我站起来，即兴发表一篇我本想逃过的祝酒词：我对这两个好朋友的感情太深厚了，在四十个人面前反而不知如何表达。

我还是遵守了游戏规则。我站起来，四周一下子安静了下来。

"大家好。很荣幸担任这场婚礼的证婚人，两位新人是我最好的朋友，说实在的，也是我唯一的真正的朋友。"

我先转向卡萝尔。她穿着缀满小水晶的婚纱，美得出奇。

"卡萝尔，我们从小时候就认识了，感觉好像认识了一辈子。你的故事和我的故事永远交织在一起。如果知道你不幸福，那么我也永远都不可能幸福。"

我朝她微笑了一下，她朝我眨眨眼。然后我对米洛说：

"米洛，我的兄弟，我们之间无所不谈，从我们困苦的少年时代一直到今天功成名就，我们之间从来没有秘密。我们一起犯错，也一起弥补。我们一起输得倾家荡产，又胼手胝足挣了回来。我希望我们会继续并肩前行。"

米洛对我微微颔首。我看到他目光晶莹，被我的话深深打动。

"自然，语言是我的老本行，可是今天看到你们结合我所感到的幸福，无论用什么语言形容都显得苍白无力。

"一年以来，你们证明了你们是可以让我依靠的朋友，即使在最戏剧化的时候，也对我不离不弃。你们告诉了我那句名言不是空话：友谊可以使幸福加倍，使痛苦减半。

"我从内心深处感谢你们，也向你们承诺：当你们需要我的时候，我一定会在你们身边，守护你们的幸福，一生一世。"

然后我在宾客面前举起酒杯。

"祝愿大家今天过得愉快，请大家举杯为新人祝福！"

"新婚快乐！"宾客们齐声叫道。

我看到卡萝尔抹去了一滴眼泪，米洛走过来给了我一个拥抱。

"我有话要跟你说。"他在我耳边说。

我们在城堡找了个安静的角落：湖边有一个船坞，几只天鹅在湖中游弋。船坞上面有个门楣，里面停着一队上过釉的木船，透出一股历久弥新的新英格兰风味。

"你想说什么，米洛？"

他松了松领带，努力想保持平静，可是他脸上的线条清清楚楚地表明他很不自在，还很忧虑。

"我再也受不了对你说谎了，汤姆。我早该告诉你的，可是……"

他停下来揉揉眼睛。

"发生什么事了？"我好奇地问，"别告诉我你股市又亏了！"

"不是，是比莉。"

"什么，比莉？"

"她……她真实存在。其实，不算真实存在，可是……"

我完全不明白他想告诉我什么。

"天哪，你喝醉了！"

他深呼吸，恢复冷静，坐到细木工作台上。

"要回到当时的场景里来说。你记得你一年前是什么样子吗？你完全垮掉了，接二连三地干蠢事：超速开车、嗑药、官司缠身。你再也不写东西了，陷入了抑郁中，有自杀倾向，什么也不能让你醒悟过来——治疗办不到，药物也不行，连我们俩都无能为力。"

我坐在他身边，突然担心起来。

"一天早上，"他继续说，"我接到出版商的电话，通知我'天使三部曲'的第二卷发生了印刷事故。他让人给我捎了一个样本，我发现句子停在一半：'她尖叫着跌……'这句话一整天都在我脑子里盘旋，下午在哥伦比亚电影公司的工作室里和他们谈生意的时候，我都还在琢磨它。制片商正在为那本小说改编的电影试镜演员，那天在面试配角。他们面试比莉一角的时候，我在幕后多待了一会儿，我就是这么认识她的……"

"哪个她？"

"她叫莉莉。她很年轻，有点迷糊，试镜的时候吃力地把书搬来搬去。她脸色苍白，涂着厚厚的睫毛膏，有着卡萨维兹电影里女主角的那种慵懒。我觉得她的表演很动人，可是导演助理一口回绝了她。这家伙真是不长眼，瞎子都看得出来，她就是你的比莉啊。于是，我就请她喝了一杯，然后听她讲她的人生。"

米洛停了一会儿，观察我的反应，我都快要抓狂了。他字斟句酌，可我看他这么拐弯抹角实在恼火极了："说下去啊，见鬼！"

"莉莉做过很多端盘子的小活儿，还偷偷打着一份模特的工，期待有一天能当上演员。她为一些杂志拍过照片，演过一些不太出彩的广告，还出演过几部短片，不过和凯特·摩丝这样的名模可没得比。她虽然还很年轻，却让人感觉她快要山穷水尽了。我觉得她很脆弱，在这个圈子里有点迷茫，毕竟时尚圈里长江后浪推前浪，二十五岁还没有崭露头角的话，就很难再有未来了……"

一阵寒意袭上我的脊柱，直至颈背。我感到血在太阳穴突突地跳。我不想听渐渐浮出水面的真相。

"你想对我说什么，米洛？你到底对那个女孩说了什么？"

"我给了她一万五千美元，"他最后承认，"一万五千，作为出演比莉这个角色的报酬，但不是在电影里，而是在你的生活里。"

38 // 莉莉

命运发牌，可是玩牌的人终究是我们。

——兰迪·保施，美国科学家

"我给了她一万五千美元，作为出演比莉这个角色的报酬，但不是在电影里，而是在你的生活里。"

米洛的招供好像一记上勾拳。我摇摇晃晃，像一个不敌对手的拳击手，在拳击台中央倒了下来。他趁我还在理清事实，为自己辩解："我知道听上去很疯狂，可是真的管用，汤姆！我不能就这么袖手旁观。一定要给你来一下电击，要足够强劲，你才会有反应。这是我为了把你拉上来能用的最后一招了。"

我完全失去了方向，听着他的话，却一个字也不能理解。

比莉只是一个普通演员？这整个冒险只不过是一场表演？我不能就这么随他信口开河……

"不，我不相信。"我说，"你说的东西站不住脚！除了外表上相似之外，有太多证据可以证明比莉存在过。"

"什么证据？"

"刺青，比如说。"

"是假的。化妆师给她做的临时标记。"

"她知道比莉的一切。"

"我让莉莉读了你所有的小说，她啃得很认真。我没有给她你电脑的密码，不过她看过你那些人物的生平介绍。"

"你是怎么做到的？"

"我请了一个技术人员黑进了你的电脑。"

"你真是个浑蛋！"

"不，我是你的朋友。"

无论他怎么辩解，我都无法被说服："可你亲自把我送到心理医生那里，要把我软禁起来！"

"因为我知道我的计划会管用，而你会拒绝，会想逃。"

我和"比莉"一起度过的画面一帧一帧清晰地在我脑海里回放，我一一筛选，希望用矛盾之处堵住米洛的嘴。

"等等！布加迪抛锚的时候，她知道怎么修好它！要不是她有几个哥哥在车行工作，她从哪里学到机械修理的本领的？"

他针锋相对，毫不示弱："我故意拆下了一根缆线。我和她一起事先安排好了这出戏，就是为了让你彻底打消疑虑。别再苦思冥想了：只有一个细节可能露出马脚，不过很幸运，你没有留意。"

"是什么？"

"比莉是左撇子，莉莉是右撇子。很蠢吧？"

这一点我却怎么也想不起来。没法知道他说的是不是实话。

"你的这些解释都说得通，不过有一点上你走进了死胡同：比莉的病。"

"的确，到了墨西哥以后，整个进展就变得飞快。"米洛承认，"哪怕你还没能重新开始写书，很明显你已经好多了，而且你和那个女孩之间也有些不寻常。你们自己可能都没有意识到，就已经开始爱上了对方。那时，我想要向你坦白，不过莉莉坚持要演下去。是她想到演这出生病的戏码。"

我如堕五里雾中。

"可为了什么？"

"因为她爱上了你，傻瓜！因为她希望你幸福：希望你重新写作，希望你赢回奥萝拉。她最后成功了！"

"那么，白头发，是……"

"……染的。"

"嘴里的墨水？"

"往舌头上倒了点钢笔墨水。"

"那些墨西哥的化验结果？她身体里找到的纤维？"

"我们都串通好了，汤姆。菲利普森医生还有三个月就要退休了。我告诉他你是我的朋友，我想和你开个玩笑。他在那个小诊所里闷得快发疯了，这个玩笑让他好好乐了一把。可是每个计划总会有什么意外发生，我们没想到奥萝拉建议你带比莉去见克卢索教授……"

"克卢索这样的人永远都不会恶作剧。我们到巴黎的时候，比莉的病不是假装的，她快死了，我很肯定。"

"你说得没错，这就是神奇的地方了，汤姆！比莉不知不觉间，真的得了病。多亏克卢索诊断出了她的心脏黏液瘤。从某种角度来看，我救了你们俩。"

"那么，你花了几个星期跑遍全世界找的那本书呢？"

"那东西，可真是世事难料了。"他承认，"卡萝尔完全被蒙在鼓里，对这个故事深信不疑。是她采取主动，那么，我只要顺水推舟就行了……"

米洛还没有说完，我就一拳把他打翻在地。

"你没有权利这么做！"

"我没有权利救你？"他站起来问，"不，这不是我的权利，是义务。"

"不能不惜代价！"

"不，就是要不惜代价。"

他擦了擦嘴角流下的一线血丝，开始咆哮了："你要是我也会这么做的。你为了保护卡萝尔，可以毫不犹豫地杀人，所以别对我指手画脚！这是我们的故事，汤姆！我们当中任何一个人有了麻烦，其他两个都会不顾一切地伸出援手。所以我们三个才能一直坚持着没倒下。是你让我从街上小流氓的行列脱身。没有你，我现在肯定在监狱里，而不是正在迎娶我爱的女人。没有你，卡萝尔可能早就上吊自杀了，而不是站在这里说我愿意。那你呢？要是我们任由你沉沦下去，你今天会在哪里呢？软禁在一家心理诊所？还是已经死了？"

阳光透过磨砂玻璃洒进来。我没有回答他的问题。此时此刻，我脑海中盘踞着其他事。

"那个女孩后来怎么样了？"

"莉莉？我不知道。我付了她钱，她就从我的生活中消失了。我想她大概离开了洛杉矶。以前她周末会在日落大道的一家夜总会兼职。我回去找过，不过那里再也没人见过她。"

"她姓什么？"

"我不知道！我都不确定莉莉就是她的真名。"

"你没有其他线索？"

"听好了，我知道你很想找回她，可是你要找的是一个二流女演员，当过脱衣舞俱乐部的服务员，而不是你爱的那个比莉。"

"这些话留给你自己吧。这么说来，你没有任何线索？"

"没有，我很抱歉。可是要知道，哪怕重来十次，我也会这么做的。"

我被米洛的坦白压得喘不过气来，从船坞里走出来，在木头浮桥上往湖的方向走了几步。白天鹅对人类的痛苦一无所知，仍旧悠闲地在野生鸢尾丛中徜徉。

我在停车场取回了车，沿着海岸一路行驶到了圣莫尼卡，然后进了城。我脑中一片混乱，漫无目的地开着，经过了英格尔伍德、凡内斯和佛蒙特大道，猛然发现一股无形的力量把我带回了我童年居住的街区。

我把敞篷车停在了花丛旁，在我小时候，那里就丢满了烟头和空罐头。

高楼下的一切都变了，但好像一切又都和以前一样。总会有一些家伙在沥青铺就的球场上投篮，而另一些人倚着墙壁伺机而动。有那么一刹那，我真的觉得他们当中有人会来挑衅我："嘿，变态先生！"

不过我已经变成了局外人，再也没有人来招惹我。

我沿着篮球场的铁丝网走着，一直走到停车场。"我的"树一直都在那里。虽然越来越瘦小，越来越稀疏，可是屹立如昨日。我像以前一样背靠着树干坐在干草上。

这时，一辆 Mini Cooper 飞速驶来，在两个车位中间刹了车。卡萝尔下车时还穿着婚纱。我看着她走向我，右手拿着一个运动包，左手抱着美丽的白色婚纱的拖尾，小心翼翼地不想弄脏它。

"噢噢噢噢！停车场要举行婚礼了！"篮球场上的一个小混混起哄。

他的"同伙们"过来瞅了一下又回去打球了。

卡萝尔走到我身边。

"你好，汤姆。"

"你好，不过我想你搞错日期了，今天不是我的大好日子。"

她微微一笑，可马上有一滴泪水滑过脸庞。

"米洛一个星期前向我坦白了。我发誓在此之前我什么都不知道。"她坐在停车场的矮墙上，对我解释。

"对不起，毁了你的婚礼。"

"没关系，你现在感觉怎么样？"

"觉得被人好好耍了一回。"

她拿出一包香烟，可我制止了她："你疯了吗？你忘记你怀孕了？"

"那就不要再说傻话了！你不应该这么看这件事的。"

"那你要我怎么看？我被骗了，就这么简单，而且是被我最好的朋友骗了！"

"听着，我看见过那个女孩怎么对你，汤姆。我看见过她看你的眼神，我向你保证她对你的感情不是装出来的。"

"不是装出来的，是计费的！一万五千，对吧？"

"别小题大做了！米洛从来没有要求她和你上床！"

"不管怎么说，合同一结束她就人间蒸发了！"

"你设身处地为她想想。你以为她这样伪装身份很容易吗？在她眼里，你爱上的是一个角色，虽然看上去爱的是她，可其实不是。"

卡萝尔说的话不是完全没有道理。我爱上的到底是谁？我创造的人物？米洛操纵的木偶？一个名不见经传、终于找到合适角色的演员？事实上都不是。我爱上的那个女孩，让我在墨西哥一望无垠的沙漠里明白了，有她相伴，什么都更有滋味一些，什么都更美好一些。

"你要把她找回来，汤姆，要不然你会后悔一辈子的。"

我摇摇头。

"不可能。丢了她的线索，连她叫什么名字都没人知道。"

"要找理由也要找像样点的。"

"你这么说是什么意思？"

"你看，我也一样，你要是不幸福，我也永远不会幸福的。"

我从她坚定的声音里听到了她的真心。

"所以，我给你带来了这个。"

她低头去翻包，递给我一件染血的衬衫。

"这件礼物很有心，可我还是更喜欢电脑。"我想缓和一下紧张的气氛。

她不由得笑了，然后解释道："你记得那天早上我和米洛来到你家，你和我们第一次谈到比莉？你的公寓一片混乱，露台上更是天翻地覆，玻璃和你的衣服上都有血迹……"

"是啊，就是那天比莉割伤了自己的手掌。"

"那时候，我看到那么多血很担心。我想到了最坏的情况：你可能杀了什么人，或者刺伤了他。第二天我就回到你家，把所有的血迹都洗干净了。我在浴室里找到了这件染血的衬衫，就带了出来，应付将来可能的调查。这件衬衫我从来没有离过身，当米洛向我坦白时，我带着它来到化验室查 DNA。我还比对了 DNA 联合索引系统……"

她故意停顿了一下，留出一段悬念，从包里拿出一个纸袋。

"我要宣布，你的女朋友是一个乖巧的轻罪犯。"

我打开文件夹，一眼看到了标着 FBI 字样的档案，卡萝尔在一旁说明："她叫莉莉·奥斯汀，1984 年生于奥克兰。最近五年两次被捕。不过没什么大不了的：一次是 2006 年，在呼吁堕胎合法化的游行里与警方发生冲突；还有一次是 2009 年，在公园里吸大麻。"

"这样就会留底？"

"你大概不常看《犯罪现场调查》吧？加利福尼亚的警察系统地收集了被捕罪犯或者嫌疑人的 DNA 样本。要是你不放心的话，我的档案也在其中。"

"你知道她的新地址吗？"

"不知道，可我把她的名字输入数据库，找到了这个。"

她递给我一张纸，是一封本学年布朗大学的申请信。

"莉莉继续读书了，读的是文学和戏剧。"卡萝尔说。

"她怎么会被布朗大学录取？这可是美国最好的大学之一……"

"我打过电话给学校，她的确是被正式录取的。我猜她肯定在最后几个月里很刻苦用功，因为她预备考试的成绩非常优秀。"

我看着两份文件，对这个陌生人莉莉·奥斯汀深感兴趣，她慢慢在我眼里有了生命。

"我想我差不多要回去招呼客人了。"卡萝尔看看我的表说，"你呢，你要出发去寻找另外一个人。"

我乘坐下个星期一的第一班飞机前往波士顿。下午四点我到了马萨诸塞州的首府，在机场租了一辆车，直接驶往普罗维登斯。

布朗大学的校园中心是一片巍巍红砖房，周围环绕着青翠的草坪。很多学生都结束了一天的课程。出发前我在网上查了一下莉莉所在院系的课程安排，我现在正心跳加速地等在快下课的阶梯教室的门口。

我躲在一个隐蔽的角落，不想让她发现，看着她和其他学生一起走出教室。我花了一点时间才认出她来。她剪去了长发，发色也更深了些，戴着一顶粗呢帽，身穿套装——灰色短裙、黑色连裤袜、堆领紧身小西装——看上去很有英伦范儿。我已经下定决心要和她见面，不过还是想等到她独自一人时。我跟着那群学生——两个男孩和另外一个女孩——走到学校旁的咖啡馆。莉莉喝着茶，和其中一个学生热烈辩论起来，他是一个颇具拉美风情的帅气家伙。我越看她，越觉得她光彩照人、沉稳从容。她在远离洛杉矶的城市继续求学，看上去重新找到了平衡。有些人就是有本事从头开始生活。可我连怎么继续都不知道。

我没有打招呼就从咖啡馆出来，取回了车。再次目睹学生生活让我无限沮丧。当然，我很高兴看到她过得很好，可是我今天看到的那个年轻女人再也不是我的"比莉"了。很明显，她人生的这一页已经翻过去了，看到她和那个二十几岁的家伙谈笑风生，让我顿觉苍老。说到底，我们之间十岁的差距也许不像看上去的那么无足轻重。

开车前往机场的路上，我不由得想到这一趟来得冤枉。更糟的是，就像一个摄影师没能把握住稍纵即逝、永不复现的影像，我也任由"决定性的瞬间"从我的手中溜走了。这一瞬间本可以改变我的人生，让它滑向欢笑和光明……

在飞回洛杉矶的飞机上，我打开了笔记本电脑。

也许我的人生才走到一半，可我已经清楚知道我再也遇不到比莉那样的女孩了。她在短短几个星期里，让我相信了不可思议的事，把我带离了那个危险的国度，那个国度只有绝望、沮丧，早晚会让我粉身碎骨于痛苦的深渊。

我和比莉的冒险结束了，可是我不想忘记其中任何一个插曲。我要讲述我们的故事，为那些一生中曾经有幸认识爱情、今日正在经历爱情和期待明天遇到爱情的人讲一个故事。

于是，我打开文字处理软件，给我下一本小说取了一个名字：纸女孩。

在五小时的飞行中，我一口气写好了第一章。开头如下：

第一章
爱在屋檐下

"汤姆，你给我开门！"

叫喊声被风声吞没，没有回答。

"汤姆！是我，米洛。我知道你在家。从你的狗窝里滚出来，该死的！"

马利布

加利福尼亚州，洛杉矶

海滩上的一幢别墅

米洛·隆巴尔多站在好友家门前的露台上，足足捶了五分钟木制百叶门。

"汤姆！开门，要不然我撞门了！你知道我说到做到！"

39 // 九个月后

春风吹过古老的波士顿。

莉莉·奥斯汀穿过比肯丘的倾斜小路，一路上繁花郁郁，汽油路灯和有着威严木门的石砖房给这个街区增添了迷人的味道。

她在丽芙路和拜伦路交界处的古董店橱窗前停了一下，然后走进了一家书店。书店很逼仄，小说和随笔没有分类摆放。一堆书引起了她的注意：汤姆写了一本新小说……

一年半以来，她养成了有意避开虚构类书架的习惯，就是为了不要不小心看到"他"。因为她每次不经意地在地铁、公共汽车、海报或者咖啡露天座上与"他"打照面时，总是感到悲从中来，止不住想哭。她的女同学们谈起"他"（其实是谈他的书）时，她强忍着不对她们说："我和他一起开过布加迪，和他一起穿越了墨西哥沙漠，和他在巴黎生活过，和他做过爱……"甚至有时候，当她看到读者沉浸在三部曲的第三卷里不可自拔时，会油然而生一种自豪，甚至想冲上前去对他们说："多亏了我，你们才能读到这本书！他是为了我才写这本书的！"

她看了新书的标题：纸女孩。

被好奇心驱使，她翻了最开始几页。这是她的故事！是他们的故事！她心跳加速，飞快地跑到收银台付了钱，在公园的长凳上读了起来。

莉莉狂热地翻看着故事，她一直不知道他会怎么写结尾。她透过汤姆的视角又重温了他们的冒险，难掩好奇心地窥测着他的情感变化。她经历的那段故事在第三十六章宣告结束，她有些恐惧地开始阅读最后两章。

汤姆用这本书来感谢她救了他的命，也用这本书来告诉她他已经原谅了她的欺骗，告诉她他的爱从未随她的离开而消失。

当她读到他在去年秋天来过布朗大学，又悄无声息地离开时，泪水盈睫。她也在更早之前感受过一样的心情！一天上午，她实在熬不住了，就乘飞机去了洛杉矶，心心念念要坦白一切，因为内心残留一线希望，但愿他们的爱情故事还没有结束。

她傍晚时分到了马利布，可是海滩上的房子空荡荡的。她叫了一辆出租车去位于帕利塞德上的米洛的别墅试试运气。

看到有灯光透出，她靠近窗户，看见两对情侣正在吃晚餐：米洛和卡萝尔看上去如胶似漆，另外一对是汤姆和一个她不认识的年轻女人。她当时难过极了，几乎要挖个地洞钻下去，她竟然以为汤姆没有找到取代她的人呢！读完书，她现在明白了，这是两个好朋友为他安排的"周五试镜"！

她合上书，心在胸口怦怦跳动。这一次，不再是一线希望，而是确定无疑：他们的故事远远没有结束。他们可能只经历了第一章，而她太想太想和他一起书写第二章、第三章……

夜幕在比肯丘降临了。她穿过马路走到了地铁站，迎面走来一个穿得一本正经的波士顿老太太。老太太手里牵着一只约克夏犬，正要过斑马线。

她洋溢着幸福，忍不住对她大喊。

"纸女孩就是我！"她对她扬了扬手里的封面。

幽灵和天使书店
诚邀您与汤姆·博伊德面对面
6月12日，星期二，15点到18点
《纸女孩》签名售书

洛杉矶

快要19点了。我的读者队伍正慢慢缩短，签售活动也接近尾声。

米洛整个下午都陪着我，他一边和客人们聊天，一边不断插科打诨调节气氛。他平易近人的个性和一份好心情让等候的人没有感到那么无聊。

"我都没注意时间！"他看着我的表说，"你自己结束吧，老兄。我还要去喂奶呢！"

他的女儿出生三个月了，不出所料，他现在整个变得和孩子一样。

"我一个多小时前就叫你走了！"我提醒他。

他穿上外套，和书店的工作人员道了别，匆匆赶回家去了。

"啊！我给你叫了辆车。"他在门口回过头说，"司机在十字路口等你，在马路对面。"

"好啊。帮我向卡萝尔问好。"

我又签了十分钟才结束，然后和书店负责人聊了一会儿。

幽灵和天使书店里的灯光柔和温暖，地板嘎吱嘎吱作响，书架上都上了漆，是一家已不多见的老式书店，有点像"街角小书店"或者"查令十字街 84 号"。早在媒体蜂拥而至使我的书名声大噪之前，书店就默默地支持我的第一本小说。自此以后，为报答知遇之恩，我总是把这个带来好运的地方作为每一轮签售的第一站。

"您可以从后门走。"书店负责人对我说。

她正要放下卷帘门时，有人敲了敲玻璃。一个迟到的女读者正挥舞着手里的书，双手握成祷告状，恳求店主让她进来。

店主用眼神征询了一下我的意见，我同意给她开门。我旋开钢笔笔帽，坐回桌子前。

"我叫萨拉！"年轻女人递过来她的书。

我正为她签着名，另一个女顾客从开着的门溜进了书店。

我把书还给"萨拉"，然后头也没抬，接过了下一本书。

"您的名字？"我问道。

"莉莉。"一个温柔庄重的声音回答。

我一时没有反应过来，正要在扉页上写她的名字，这时她补充道："要是你更喜欢比莉……"

我抬起头，明白过来，命运刚刚给了我第二次机会。

一刻钟后，我们走在了人行道上，这次我下定决心再也不放手了。

"要不要送送你？"我提议，"有辆出租车在等我。"

"不用了，我的车就在旁边。"她指了指停在我后面的车。

我回过头，不敢相信自己的眼睛：竟然是载着我们跌跌撞撞地穿过墨西哥沙漠的粉红色的菲亚特 500！

"要知道，我一向不太喜欢这部车的。"她辩解道。

"你是怎么找到的？"

"唉！说来话长了……"

"说嘛！"

"说来话长……"

"我有的是时间。"

"那我们去哪里吃晚饭吧。"

"求之不得呢。"

"我来开车哦。"她坐到"酸奶罐"的方向盘前。

我付了钱把出租车打发走，坐到莉莉的身边。

"我们去哪儿？"她发动了车子。

"随便你。"

她踩了油门，"酸奶罐"开始摇晃——它还是那么简陋，完全谈不上舒适。可我幸福得如同升上了天堂，微醺之中感到好像从未离开过她。

"我带你去吃小龙虾和海鲜！"她提议道，"我知道在梅尔罗斯大道上有家超级棒的餐厅。不过，应该是你请我，因为你知道现在我手头可没有你宽裕。这次，你可不能唠叨个没完了：'我不吃这个，也不吃那个，牡蛎吃上去像胶水……'你肯定喜欢吃小龙虾吧？我爱死它了，特别是浇上干邑烤过以后。人间美味啊！还有螃蟹？好几年前，我在长滩一家餐厅当服务员，那里有一种'小偷蟹'……最重的有十五公斤，你想想！它可以爬到树上去把椰子弄下来，回到地上后再用钳子把椰子敲开，然后吃里面的果肉！很夸张，是不是？听说马尔代夫和塞舌尔也有。你知道塞舌尔吧？我做梦都想去那里。礁湖椰林、水清沙细……锡卢埃特岛上还有大得不得了的海龟。太神奇了，大海龟。你知道吗，它们有的重达两百公斤，还有的能活一百二十多岁，真是不可思议！还有印度，你去过吗？我有个好朋友告诉我他在本地治里市有一幢房子……"

（全书完）

图书在版编目（CIP）数据

纸女孩 /（法）纪尧姆·米索著；缪伶超译 . — 长沙：湖南文艺出版社，2019.4
ISBN 978-7-5404-8859-8

Ⅰ . ①纸… Ⅱ . ①纪… ②缪… Ⅲ . ①长篇小说—法国—现代 Ⅳ . ① I565.45

中国版本图书馆 CIP 数据核字（2018）第 229588 号

著作权合同登记号：图字 18-2017-247

Copyright ©XO Éditions, 2010.
Simplified Chinese Translation copyright © 2019 Hachette-Phoenix Cultural Development (Beijing) Co., Ltd. China.
Published in cooperation between Hachette-Phoenix Cultural Development (Beijing) Co., Ltd. and China South Booky Culture Media Co., Ltd., 2019.
All rights reserved.

上架建议：畅销·浪漫悬疑

ZHI NÜHAI
纸女孩

作　　者：[法]纪尧姆·米索
译　　者：缪伶超
出 版 人：曾赛丰
责任编辑：薛　健　刘诗哲
总 策 划：徐革非
监　　制：吴文娟
策划编辑：董　卉
特约编辑：叶淑君
版权支持：辛　艳
营销编辑：李天语
封面设计：利　锐
版式设计：梁秋晨
出版发行：湖南文艺出版社
　　　　　（长沙市雨花区东二环一段 508 号　邮编：410014）
网　　址：www.hnwy.net
印　　刷：三河市天润建兴印务有限公司
经　　销：新华书店
开　　本：880mm×1230mm　1/32
字　　数：273 千字
印　　张：11
版　　次：2019 年 4 月第 1 版
印　　次：2019 年 4 月第 1 次印刷
书　　号：ISBN 978-7-5404-8859-8
定　　价：45.00 元

若有质量问题，请致电质量监督电话：010-59096394
团购电话：010-59320018